JN079656

〝研究者失格〟のわたしが阪大でいっちゃんおもろい教授になるまで

弱さと向き合い、自分らしく学問する

千葉 泉

Vamooooooos!

明石書店

はじめに

「オーレー・オーレー・オラ！」

ギターが刻むラテンのリズムに合わせ、百数十名の大合唱や打楽器の音が響き渡る。多文化共生への思いを表現したわたしの自作曲だ（歌1：「¡Ole, hola!　オレ・オラ！」）。コンサート？　いや、大学の授業でのひとコマだ。

「プロの音楽家」ではないわたしが、なぜ授業でギターを弾いて歌うのかって？　それは、自分の「本当の姿」を学生に見てもらうことがとても大切だと感じているからだ。

世間ではいま「カミング・アウト」ということがよく言われている。それまで隠していた自分の本当の姿や経験を思い切って外に出し、気持ちが楽になる。わたしが授業で歌うのも全く同じことだ。

子供の時は自然体で過ごしていたが、成長するにつれ、次第に自分の本来の姿でふるまうことができなくなった。こうして偽りの自分を演じるようになったわたしの精神状態は、次第に暗いものとなっていった。この状況は、大学生～大学院生時代を経て、大学教員になった後もずっと続いた。

なぜこんなに憂鬱なのだろう。何のために生きているのかわからない、苦しい……。そう感じ続けたわたしは、あるとき「こんな人生が続くくらいなら、もっと自分に正直に生きてみようか？」そう思い立った。

それまで「本当はこんなことがしてみたい、こんな風にふるまいたい、他の人たちと接したい」とずっと感じながら、他者の期待や世間の常識から外れているからと、自分で抑制していたことを、ほんの少し勇気を出してやってみた。すると不思議なことに、すぐに何か結果が出たわけではないのにこころが軽くなり、より正しい方向を向いて進んでいるように感じられるようになった。

もちろん、それからずっと順調に歩んできたわけではなく、何度も失敗や挫折を繰り返し、自信を失い、絶望したこともあった。でも、何を大切にして生きてるのか、つまり「人生の歩み方」という大きな方向に関して、「自分の場合は多分これでいいはずだ」という、一筋の光に照らされている感覚がある。そして、生きるのがただ苦しいだけでなく、何か素敵なことだなとも思えるようにもなった。

授業で学生たちと演奏する著者

その後、さらにいろいろな経験を重ねるうちに、「自分らしさ」を尊重することが、個人の生き方だけでなく、複数の人びとが交わるさまざまな社会的場面でも重要であることにも気づいていった。

だからこの本では、「自分らしさ」という考えを軸に、わたし自身が一人の人間としてたどった試行錯誤のプロセスを、さまざまな失敗や挫折のエピソードも交えながら、さまざまな体験から得た学びに着目しつつ描く。すなわち、「自分らしさの展開」という観点から、これまでのわたしの歩みを、わたし自身の実感に基づいて深く描いた「自己物語」、それが本書である。

本書を書き終えた今、わたしが感じているのは、「ありのままの自分を受け容れよう」「ダメな自分にも価値がある」「苦しいからこそ人とつながれる」といったメッセージを、「生きづらさ」を抱えながら生きているさまざまな人々に伝えたい、という思いだ。

読者の中にはわたしより若い人の方が多いだろう。でも、皆さんにも得意なことや不得意なことがあるだろうし、これまでの歩みの中で、楽しいことも苦しいこともあったのではないだろうか。だから、わたしの歩みを追体験しながら「自分とは全く違う！」でもいいし、「ここは重なっているかも……」でも「すごく似てる！」でもいいので、ご自分の特徴や経験にも照らし合わせ、それぞれの人生を振り返っていただくことで、これから歩んでいかれる上で、この本が少しでも参考になればと思う。

〈本書挿入歌のご案内〉

本書には、記述内容に関連する18曲の「挿入歌」があり、そのすべてを、明石書店ホームページ（https://www.akashi.co.jp/）の本書紹介ページで聴くことができます。あわせて、歌詞も（スペイン語の歌は日本語訳も）記載しています。

なお、全18曲のうち、歌1・2・3・6・8・9・10・11・12・13・14・15・16・17・18は著者の創作曲、そして歌4・5・7はチリの伝承曲を著者が演奏したものです。前者（創作曲）の著作権と録音物の使用権、および後者（伝承曲）の録音物の使用権は著者に帰属します。

これらの創作曲の作品および録音物、および、伝承曲の録音物に関して、使用を希望される方は、著者の公式Webサイトまで、事前にご連絡いただけますようお願いします。

千葉泉 INFO【公認】
https://ameblo.jp/chibaizumiinfo/
（2020年3月現在）

千葉　泉

目次

第3章 南米留学で「自分らしさ」を再発見する 37

第4章 就職後の試行錯誤――「自分らしさ」の再喪失と回復 73

第10章　「語り合う」ことで育むきずな――苦しいからこそつながれる　195

第11章　セラピーとしての「自分史」の執筆　281

第1章 「自分らしさ」とは？
――「強い自分」と「弱い自分」

　まず自己紹介しよう。わたしの名刺の一番上には「ラテンアメリカ音楽演奏家・作曲家」というタイトルがでっかく書き込んであり、「大学教員」の肩書はその下に記してある。

　ふつう大学の先生なら、「大学教員」という肩書だけを記すところ、なぜこんなスタイルの名刺にしているのか？　「演奏家」とか「作曲家」という表現が、わたしの「自分らしさ」をより正しく表現しているのに対して、「大学の先生」という肩書は、あまりそうではないと感じているからなんだ。

　では「自分らしさ」とは何か？

　心理学や社会学などの分野では、「アイデンティティ」という言葉が、個人の「自己同一性」とか「集団への帰属意識」などを意味する言葉として使われる。でもこの本では、必ずしもこうした学術用語の定義には当てはまらない、さまざまな意味を込めて、より親しみやすい「自分らしさ」という言葉を使うことにする。読者の皆さんにも、気軽に自分の人生を振り返るきっかけにしてほしいと思うからだ。

「自分らしさ」。本書ではこの言葉を、「その人が備えているさまざまな特徴」という意味で使うことにする。その中には、生まれながら持っている資質や性格などもあるだろうし、成長する過程でいろいろな経験を経ながら、後天的に身に着けた特徴もあるだろう。

これらの特徴の中には、ポジティブに思える長所（トガった部分、強い自分）もあれば、ネガティブに思える短所（へコんだ部分、弱い自分）もあるが、わたしは、この両方を含めてその人の「自分らしさ」だと考えている。あくまでも「自分の経験に基づいてこんな風に考えている」という個人的な定義なので、妥当かどうかは皆さん一人一人に判断していただければと思う。

以下、「ポジティブな自分らしさ」「ネガティブな自分らしさ」のそれぞれについて、より具体的に説明しておこう。

まず、「ポジティブな自分らしさ」とは何か？　わたしは、こんな風に考えている。たとえば……。

・他人に言われなくとも、自然に自分がそうしている、そのようにふるまっている
・必死に努力しなくても、なぜか、うまくできてしまう
・他人に教えられなくとも、こうしよう、ああしよう、というアイデアが勝手に湧いてくる
・そうしている、そういう風にふるまっていると楽しくて、自分が生き生きしてる、と感じられる
・他人がどう言おうと、こういうことは大切だ、意義があるとこころの底から感じられる、など。

では、逆に、「ネガティブな自分らしさ」とは、たとえば……。

・必要があったり、他者から命令されなければ、やる気が起こらない
・やる必要があり、懸命に努力しているのに、さっぱりうまくできない
・やる必要があるのに、自分では、どうしたらいいか全くアイデアが浮かんでこない
・そうしていても、楽しいとか、自分が生き生きしてるとは感じられない
・他者や世間一般で「これは重要なことだ」と言われていても、自分としてはそう思えない、など。

これらのことがらは、その人の「ネガティブな自分らしさ」だと考えている。

わたしの場合で説明してみよう。たとえば、冗談を言って人を笑わせること、国籍や民族を問わず、初対面の人とすぐに打ち解けられること、いろいろな曲を、楽譜がなくても原曲に近い形で、あるいはアレンジしてギターで弾き語りすること、これらのことは、わたしの「ポジティブな自分らしさ」（強い自分）だと思う。

それに対して、「大学の先生」という職業の「典型的なイメージ」から期待されることがら、たとえば、学術に関する難解な本を読んだり、抽象的なことがらを論じる文章を書いたり、ものごとを論理的に説明したりすること、つまり、ふつう大学の先生なら、こんなことが上手にできるでしょ、ということは、残念ながら、あまり得意ではない。一応わたしも、大学教員・研究者のはしくれなので、学会で発表したり学術論文を書かなければ、という意識がないわけではないが、あまり頑張れない。得意ではないので、しばしば失敗を犯し、そのたびに自己否定に陥ったりする。だから、これらのことは、わたしの「ネガティブな自分らしさ」（弱い自分）だと感じている。

もちろん、「ネガティブな自分」に関することがらでも必要最低限はやっている。また、やりたい

ことだけやってあとは無視してもいいとか、自分勝手に生きればいいと言いたいわけでもない。ただ、自分が得意ではなく、本心では大事だと思えないこと、他者からの指示、世間の常識などをこころの「中心」に置き、四六時中、それに縛られて過ごす、つまり「ポジティブな自分らしさ」を必要以上に抑えつけながら生きるのは苦しく、そんな人生に意味があるのだろうか、と思うのだ。

後述するように、わたしは長年にわたって「トガった自分」を抑え、苦しい気持ちで生きてきた。しかし、さまざまな失敗や挫折を経て、思考錯誤を重ねるうちに、少しずつ「ポジティブな自分らしさ」を活かすことができるようになり、生きることに喜びを感じられるようにもなった。だから名詞に「演奏家」って書いたり、教室でギターを弾き、受講生たちと一緒に歌ったりして、「トガった自分」を人目にさらす（カミングアウトしている）というわけだ。

だがその後、さらに紆余曲折の人生を重ねるうちに、「トガった自分」だけでなく、実は「ヘコんだ自分」にも意味や価値があることに気づいていった。

苦手なことがうまくできず自信をなくしたり、必要があってやったことが失敗し、悪い結果を招いて苦しくなることもある【今のわたしもまさにこの状態にある】。こうしたネガティブな経験は、一人で抱えていると否定的なものにしか思えず、苦しいだけで克服することは難しい。

だが苦しい思いを、思い切って他の人に打ち明けてみると、実はその人も失敗を経験していて、互いの苦しみを分かち合えたりする。そして、苦しい経験をした・しているからこそ、相手の苦しみに共感できたり、こころの底からその人を励ませたりすることもある。つまり、他者と共有することで、「弱い自分」ゆえの「ネガティブ」な経験にも価値があると思えてくる。

こうして、「強い自分」、「弱い自分」のそれぞれに大切な意味や価値があることに気づくことで、すぐに失敗してしまうわたしや、挫折や苦しみに満ちたわたしの歩みを「全体」として肯定することができ、穏やかな気持ちになれた。そして、自分のポジティブな特徴とネガティブな特徴のすべてをひっくるめて、「自分らしさ」なのだと考えるようになった。

この本の主な内容は、「自分らしさ」をめぐって、わたしがたどったこのような変化のプロセスという、とても個人的なことがらだ。ただ、その個人的なことがらを、できるだけ具体的かつ赤裸々に、率直に描き切ることで、その時その時にわたしが置かれていた状況、心理状態、取った行動、それぞれの体験を通じて得た学びなどを、生き生きと伝えることはできる。そして、読者の皆さんにもわたしの人生を「追体験」していただきながら、自分の場合はどうだろうと、皆さん自身のことをじっくり考えるきっかけにしていただければと思う。

皆さんの「トガった」ところ、「へコんだ」ところは何？「トガった自分」をどのくらい活かせている？ 失敗したことや、挫折した経験はある？ いま、どんな気持ちで生きている？（歌2：「嵐にざわめく幾万の花」）

第2章

「自分らしさ」の萌芽とその喪失

「自分らしさ」を抑圧せず、楽しく過ごせていた少年時代。だが成長するにしたがって、家族の唱える「学者至上主義」を内面化し、自分らしく生きることができなくなったわたしの人生は、次第に苦しいものになっていった。

本章では、わたしの家庭的背景と、わたしが萌芽的な「自分らしさ」に気づいた幼少期から、「自分らしさ」を喪失するに至った大学院時代までの道のりを見ていこう。

1 江戸時代から続く学者の家系に生まれて

宮城県古川市にルーツがある父の曽祖父は、江戸末期に長崎で蘭学を学んだという、まるで時代劇に出てきそうな人物で、明治時代に近代的な学校制度が整備されると、仙台市内に設立された小学校の初代校長も務めたそうだ。

大正末年に日本統治下の台湾で生まれた父は、台北帝国大学に入学し、同級生の多くが「友好国」ドイツの言語を勉強する中、「敵国」の言語だった英語を専攻した。そして終戦後、一家が裸同然で古川の実家に戻ったのち、東北大学の文学部に入学し、エリザベス朝時代の演劇を専攻した。

大学院修了後、父は愛知県にある私立大学に就職し、以後数十年にわたって同大学で教鞭を取りながら、クリストファー・マーロウなど、日本であまり知られていないイギリス人演劇作家の演劇作品の翻訳にいそしんだ。長年にわたるその研究の成果が認められ、瑞宝中綬賞を受賞した父は、古い時代の英語で書かれた演劇作品の翻訳に情熱を燃やす姿勢を、85歳で永眠するまで貫き通した。

わたしが小学校時代に抱いた父の印象は、平日でも家にいて、いつも難しそうな英語の本を読み、ノートに何やら書き込む真剣な学者の姿だった。

また、宮城県仙台市生まれのわたしの母親も、やはり学術や教育を重んじる人だった。戦後の混乱の中、片道二時間がかかる、木炭バスでの通学をこなしながら、宮城県内の師範学校を卒業し、仙台市内の小学校で教員を勤めた。父と結婚して愛知県に移住した後も、自宅で教室を開き、近所の子供たちに絵や習字を教えていた母の口癖は、「学者は好きなことをして生活していける最高の職業、お前も学者になるのが一番」だった。

さらに、わたしの二人の兄も、子供の頃から成績は優秀で、日本でも有数の国立大学に進学したのち、それぞれ文化人類学および原子核工学の博士号を取得し、立派な学者として活躍している。

研究や教育を重んじる両親に二人の優秀な兄。あまりにも学術的な雰囲気が濃い家庭で育ったために、物心がついた頃、すでにわたしのこころには、何となく「学者にならないといけない」という意識が植え付けられていた。この意識（学者至上主義）は、長年にわたって頑丈な鎖のようにわたしのこころを縛り、苦しめることになった。

2 勉強嫌いの小学生が弾く「自分流鉄腕アトム」

戦後の混乱が収まり、「高度経済成長期」を迎えようとしていた1959年、愛知県豊橋市でわたしは生まれた。

今大学の先生になっているのだから、小さな頃からさぞ優等生だったのだろう、と思われるかもしれない。でも事実はまったくその逆だった。学科は苦手で、国語も算数も理科も社会もすべて嫌いだった。勉強は、まさにわたしの「ネガティブな自分らしさ」だったのである。体育は嫌いではなかったものの、運動系クラブの選手になれるほどの素質はなかった。

学校が終わると、クラスメートと近所の公園でソフトボールをしたり、川で釣りをしたりして日が暮れるまで遊ぶ。それがわたしの日課だった。

2010年、父の葬儀に出席するために実家に帰った時、母親がこんな思い出話を語ってくれた。わたしが小学校の3年生だった時、夏休みの課題として読書感想文の宿題が出た。ところが、一か月にわたる夏休みの間中遊び呆けた結果、1冊も本を読まなかったわたしは、休み明けの登校日、連絡ノートにこう書いて先生に提出した。「いそがしくて本を読むひまなんかありませんでした」。宿題をサボった上に図々しい言い訳まで書いたことに対し、烈火のごとく怒った先生は、わたしをひどく叱りつけ、優等生だった同級生の女の子が書いた5冊もの本の感想文を持たせ、わたしを帰宅させた。恐縮した母は翌日先生のところに謝りに行ったそうだ。幼い頃から「本を読む」ことがいかに嫌いだったか、よくわかるだろう。

このように、まったく見るべきところのなかった当時のわたしにも、一つだけかすかに光の射すことがあった。音楽である。

当時、子供の「習いごと」が流行していた。そして、父の同僚の奥さまが開いていたピアノ教室に真ん中の兄が通う様子を見て、わたしも何となく興味をおぼえ、習い始めた。

何かを規則正しく学習することが苦手なわたしは、習字もそろばんも三日坊主どころか一日坊主で終わった。でも、このピアノ教室だけは、小学校の4年生から5年生まで、2年間だけは続いた。

とはいえ、子供用のソナチネなど、楽譜に書かれた、ただ「技術を鍛錬」するための練習曲を繰り返し弾くことはつまらなく、かなり苦痛を伴う作業だった。最初から「これが正しい」と決まっていることを「正確にやり遂げる」のは好きではなかった。これも「ネガティブなわたしらしさ」だった。

一方、ちょうどその頃、一般家庭にもやってきた「テレビ」の画面で、「鉄人28号」や「鉄腕アトム」などのテレビ・アニメが観られるようになった。すると、わたしは、誰に言われたわけでもなく、楽譜もないのに、アニメの主題歌を家の電気オルガンで弾き始めた。親しみやすい曲のメロディを、楽譜に縛られず、自分で勝手に伴奏を考えながら「自由に弾くことは楽しい！」と感じていた。

これも最近母に聞いたのだが、わたしが適当に弾く「自分流の鉄腕アトム」に兄が興味を示すのを見た母は、それをわざわざ楽譜に書きとり、兄に弾かせていたのだそうだ。こうして、楽譜に書かれてなくても、自分が好きな、耳に心地よい音楽を演奏することができることを発見したわたしは、2年間続けたピアノ教室をやめた。

何かを自分で考えて工夫し、手作りで仕上げることが子供のころから好きだった。わたしの「ポジティブな自分らしさ」の一つだったのだ。こうして「自分、音楽はけっこう得意なのかな?」と感じていた。

そして大きな転機が訪れたのは、中学校2年生の時だった。ある日、同級生のA君がレコードを数枚持って家に遊びにきた。そのうちの1枚のレコードのA面1曲目に収録されていたのは、ビートルズの「トゥイスト・アンド・シャウト」だった。けたたましいエレキ・ギターやドラムスの音、そしてジョン・レノンの強烈な叫び声を耳にした瞬間、わたしは完全にこころを奪われてしまった。

その後、小遣いをはたいて友人の兄から譲ってもらった中古のエレキ・ベースに、兄から借りたクラシック・ギターを加え、A君たちと一緒にビートルズの曲の「いい加減な」コピーをやり始めた。

でもそのうちに、コピーには飽き足らなくなり、自分たちで英語の(?)オリジナル曲も創作するようになった。「英語の曲」といっても、劣等中学生が辞書を片手に無理やりひねり出した、ほとんど意味不明な歌詞と単純なメロディから成る他愛のないしろものだった。それでも、誰かに命令されることなく、自分の思いつくままに創作することの楽しさを、わたしは毎日のように感じていた。

一方、勉強の方は相変わらず嫌いで、優等生だった兄とは対照的にわたしの成績は鳴かず飛ばずだった。ところが二年生の時に、今では悪名高いものとなった「学校群」という制度が豊橋市にも導入されたため、何とわずか「1・01倍」という倍率のおかげで、奇跡的に県内でも有数の進学校に進むことになったのである。

高校生になった頃流行していたのはフォーク音楽で、1年生の時に同級生になったB君は、井上陽水やかぐや姫の曲などを上手に歌っていた。これに感化されたわたしはB君とデュオを組み、学校の文化祭などの機会に人前で演奏するようになった。原曲をそのままコピーするのは嫌いだったので、すべての曲を自分なりにアレンジして演奏していた。それが幸いしてか、わたしたちのデュオは学内でかなりの人気を博した。

とはいえ、学年が進むにつれて勉強のプレッシャーは増していった。受験戦争の中、猛勉強して「いい大学」を目指すのが当たり前という雰囲気の中、勉強嫌いのわたしもさすがにそのプレッシャーを無視する度胸はなく、受験勉強にいそしんだ。

音楽は好きだったものの、「楽譜嫌い」でクラシック音楽に興味がなかったわたしには、音楽系の大学に進むという選択肢は存在しなかった。もちろん受験したところで合格できなかっただろう。結局、ビートルズとの出会い以来、外国語には興味を持っていたことに加え、スペイン語に憧れていた父親の勧めもあり、東京外国語大学のスペイン語科に進学した。

このように、高校時代くらいまでは、「学者にならなければならない」という意識はまだ潜在的なものにとどまっていたため、わたしの「(ポジティブな)自分らしさ」の中核である音楽にも自然に打ち込むことができており、人生はそれほど苦しいものではなかった。

だが、大学へ進学した後、わたしの「自分らしさ」はだんだんとこころの隅へと追いやられ、わたしの人生も憂うつなものに変わっていった。

3 視力に関する困難——永続的な「足かせ」

さて、大学生活を記述する前に、のちのわたしの人生に暗い影を落とし続けることになる、ある身体上の不調について書いておかなければならない。

中学2年生が終わった春休みのこと、急に遠くが見えにくくなった。近視である。その頃、自宅の近所に「視力回復センター」という施設があり、友人の勧めでわたしも通い始めた。数メートル先に小型の機械が置かれていて、視力検査で使うような、プラスチック版に一端が切れた黒い円が描かれていて、くるくると回転する。片目を黒いスプーンで覆い、もう一方の目でその円を眺め、切れ目の方向を当てる。「右、左、下」というやつだ。この作業を30分ほど繰り返し続けることで視力が改善し、近視が治るという治療法だった。

はじめのうちは確かに効果があったように感じ、高校に入学してからも、貸し出してもらった機械を用い、自宅で訓練を続けた。だが次第に目の疲れがたまり、むしろ視力は悪くなっていった。

訓練を中止したものの、3年生になった段階で、すでにわたしの視力はかなり悪くなっていた。そのまま学校に通っていたが、後期に入って受験勉強の追い込みの時期となり、ついにメガネを作ってもらった。すでに近視も乱視もかなり進行していた。そして、急に度の強いメガネをかけたのが悪かったのか、わたしの視力は短期間でさらに急速に悪化し、「教科書や参考書を読む」という作業自体がとても辛いものになった。こうした状況の中で受験勉強を進めなければならなかったことも災いし、結局第一志望の大学には合格できなかった。

少し先走って書いてしまうが、視力に関する困難は、それ以降のわたしの人生において常に重い足かせとなり、現在に至るまで40年以上にもわたって、肉体上の困難だけでなく、わたしの精神状態にも、決定的と言えるほど否定的な影響を与え続けることになる。

4　大学に入って「学者病」が発症する！

大学に入学すると、すでに感染はしていたものの、潜伏状態にあった「学者病」がついにわたしのこころをむしばみ始めた。以下、この心理変化の過程を見て行こう。

入学後、最初の1～2年くらいの間は、スペイン語の動詞の百を超える活用形を暗記することが大変だったものの、新しい言語に挑戦する楽しみもあり、それなりに頑張ってスペイン語を勉強した。「学者にならなければ」という意識が頭の片隅にはあったものの、卒業まで時間の猶予があったことから、まだわたしのこころを固く縛るまでには至っていなかった。

その一方で、本当に情熱をこめて取り組んだのは音楽活動だった。週末になると、東京都内の他大学に進学した、中学以来の友人A君の下宿に逗留し、中学生時代と同じように、ポップス風やロック風のオリジナル曲を数曲創作しては、2台のカセット・テープ・デッキを駆使し、ピンポン方式で多重録音して仕上げていた。

こんな生活を続けながら3年生になり、専攻を決定しないといけなくなった時、わたしは、メキシコの歴史を研究するC先生のゼミに入った。「学術的な研究とは何か」がよくわかっていなかったわたしには、著名な学者たちが書いた論文をテキストとし、さまざまな学説を紹介するというC先生の授業が「カッコいい」ものに思えたからだ。1年後の1981年、わたしが卒業論文のために選んだのは、「18世紀のメキシコにおけるブルボン朝改革」という「学術性あふれる」テーマだった。

「植民地時代にメキシコで行われた改革」、なぜそんなテーマを選んだのかって？　実は、わたしにもよくわからないのだ。ただ一つ覚えているのは、4年次が始まる直前の春休みのある日、同じゼミの学生と二人でC先生のご自宅を訪れた時のことだ。卒論のテーマについて相談したわたしに先生は、「千葉君、ブルボン朝改革なんかいいんじゃない？」と低音系ソフト・ボイスでささやいた。

その言葉を聴いたわたしは、「ブルボン朝改革？　おお、これぞアカデミック！」と思ってしまったのだ。今考えると、わたしの「自分らしさ」とは全く無関係なテーマだったのだが……。もちろん、そう決断した責任は百パーセントわたしにある。他のゼミ生たちはみな、みずからの考えでそれぞれテーマを決めていたからだ。

その同級生たちは、バブル景気全盛の中、三井物産やトヨタ自動車など、大企業に次々と就職を決めていった。将来の道が定まった彼らは、充実した表情で残りの学園生活を満喫していた。

だがわたしには、「就職」という選択肢は存在しなかった。幼少時以来、ずっと学術的な家庭環境の中で育ち、二人の兄も学者になることを目指し、「当然のこと」のように大学院に進学していた。それゆえ、「企業への就職」は全く未知の「怖い」ことであり、「どうしようかな？」と迷うことすらできない心理状態だったのだ。「学者にならなければならない」という意識が、明確にわたしの意識や行動を支配し始めた。幼少期に感染していた「学者病」がついに発症したのだ。

だが、「ブルボン朝改革」というテーマは、わたし自身の自然な興味や特徴（自分らしさ）とは全く関係ないものだった。それゆえ、このテーマで論文を書くために、日本語やスペイン語、英語の資料を読むことはとてもしんどい作業であり、視力上の困難がそこに追い打ちをかけた。卒論の執筆は心身ともに「苦行」となったのである。

こうして、「楽しい」とか「充実してる！」と思うことは一瞬たりともなく、つねに背中に重い石を担いでいるかのように、憂鬱な気持ちで毎日を過ごしていた。それでも、「学者の道」をあらかじめ自己設定してしまっていたわたしは、自分のこころが発していたこの「苦しさ」を封印し、「学術性あふれるテーマを研究することは意義深いはず」「学者の道ってこういうものなのだろう」と思い込むようにしていた。

ここで皆さんにお伝えしておきたい。こういう「違和感」、つまり理由はわからなくても「何か変だな、イヤな気持ちがするな、違うんじゃないのかな」という感じ、それをこころが発していたら、その感情を無理に抑えつけるのではなく、一度立ち止まってその違和感とゆっくり向き合い、「本当にこれでいいのかな」と真剣に考えてみてほしいのだ。

結局、就職という選択肢が考えられなかったわたしは、全くの「惰性」で大学院を受験した。そして、外国の歴史を研究する学生も受け入れていた、東京大学大学院社会学研究科の国際関係論という分野の修士課程を受験してみたところ、ほとんど一夜漬けの勉強しかしなかったのに、2科目あった外国語の成績がよかったせいか、何と合格してしまったのだ。

合格発表の瞬間、わたしは三分間ほど小躍(こおど)りして喜んだ。でも、ふと我に帰ったわたしのこころは、憂鬱な気持ちで一杯になったことを、今でもはっきり覚えている。大学院合格という、普通なら喜ばしい事実に対し、わたしのこころは明らかに拒絶反応を示していたのだ。卒論を書くだけでもあれだけ苦しんだのに、より厳しい「茨の道」にみずから突入してしまった。そもそも勉強が苦手な上、視力上の困難から、文章を読むという作業自体が物理的な「苦行」であることがわかっているのに……。その頃のわたしは、ロボットのように、何かにこころが支配されていたのだ。

5　分裂していくわたしのこころ

憂鬱な気持ちのまま大学院に進学してしまったわたしを待っていたのは、学部時代以上にどっちつかずの中途半端な生活だった。

まず学業の面では、「まじめな」大学院生の体を装っていた。一応大学に通ってはいたが、今振り返って正直に言えば、こころから興味をそそられるような授業は一つもなかった。また、メキシコの歴史に関する勉強も続け、英語やスペイン語の研究書などを少しずつ読み進めてはいたが、憂鬱さは増すばかりだった。

だが、同期に入学した他の大学院生たちは、国際関係の理論や外国の歴史に関するテーマについて、堅実に研究を進めていた。充実した顔つきで資料の収集や分析にはげむ彼らの姿を横目に、「わたしの研究テーマも意義深いはず」と自分に言い聞かせ、「学問とはこういうもの」と無理やり思い込むようにしていた。以前からこころが訴えかけていた「何かおかしいのでは？」という違和感を抑え込み、自分に嘘をつき続けていたのだ。

その一方、中学時代以来の友人A君とも交流を続け、A君の友人たちも誘ってロック・バンドを結成した。そして、少なくとも「楽しい」と実感できるのは、このバンドで活動している時だけだった。下宿の近くにある音楽スタジオに週2～3度通って練習し、時折、新宿のライブハウスで演奏することもあった。レパートリーはローリング・ストーンズ風のオリジナル曲で、そのほとんどは、ロック魂あふれるA君が創作したものだった。

こうして、学部生時代以上に分裂的な生活を送りながら、何とか修士課程の1年目をやり過ごし、ついに修士論文のテーマを確定する二年目を迎えてしまった。

6 「新しい歌」との出会い

メキシコの歴史のテーマではとうてい修士論文を書く気になれず、悶々とした日々を過ごしていたわたしに、突然ビートルズとの出会い以来の大きな転機が訪れた。ある研究会を通じて知り合いになっていた他大学の院生Dさんが、メキシコ留学中に購入したレコードを数枚貸してくれたのだ。「そんなに音楽が好きなら、これを聴いてみたら」。それは、1960年代から70年代の初めにかけて、チリで隆盛した「新しい歌」の作品を集めたものだった。

「新しい歌」というのは、当時ラテンアメリカが抱えていたさまざまな社会・政治的な諸問題を告発し、よりよい社会の建設を訴える、批判的精神にあふれる音楽の運動で、チリやアルゼンチン、ウルグアイなどの国々で盛んとなった。中でもわたしのこころを強くとらえたのは、チリのビオレタ・パラとビクトル・ハラだった。

ビオレタ・パラは、外国産のポピュラー音楽の流行により、チリの伝統音楽が衰退していた1950年代に、国内各地を回って伝統歌謡を採集し、みずから演奏するとともに、伝統音楽の要素を生かしつつ、当時の社会を覆っていた不正な状況を告発する内容の、個性あふれる自作曲を数多く残した。▼1ビオレタの反骨精神は、同時代の音楽家たちはもちろん、のち、軍事政権期のロック世代の若者、さらに現代のヒップ・ホップ世代の音楽家たちにも受け継がれている。

ビオレタの志を受け継いだ音楽家の一人がビクトル・ハラである。[2] ビクトルは、ラテンアメリカの伝統音楽の要素とともに、ビート音楽やクラシック音楽などの要素も積極的に取り入れ、ストレートな社会的メッセージを備えた数々の歌を創作した。そして１９７０年に、選挙を通じた社会主義の建設を目指すアジェンデ政権が誕生すると、チリ社会の構造変革を訴えるさまざまな作品を発表し、多くの人々に影響を与えた。そのため、１９７３年9月11日に軍事クーデターが発生すると、ビクトルはサンティアゴ市内のスタジアムに連行され、数日後に殺害された（歌３：「Un vals para Victor Jara ビクトル・ハラに捧げるワルツ」）。

ラテンアメリカについて勉強していたにもかかわらず、わたしはその時まで、同地域の音楽にはまったく興味がなかった。「ラテン音楽」といえば、年配の人たちが踊るタンゴ、「巨大なソンブレロ」をかぶって歌うおじさんグループなど、なにか「古くさく」「カッコ悪い」代物に他ならなかったからだ。

ところがその夜、住んでいた4畳半の下宿のレコード・プレーヤーから流れてきたのは、こうしたイメージからかけ離れた魅力的な音楽性と、力強くダイレクトなメッセージを併せ持つ、個性あふれる歌の数々だった。魂が揺さぶられるほどの感動を覚えたわたしが、修士論文のテーマを「メキシコのブルボン朝改革」から「チリの新しい歌運動」に変更したのは、その夜のことだった。

7　落ちこぼれてありがとう！

「チリの新しい歌」に魅かれたとはいっても、その時点でこのテーマに関してわたしが持っていた知識はゼロだった。それに加え、当時「新しい歌」について参考にできる資料といえば、特定の歌い手やグループに関して他者が書いた伝記やエッセイの類にすぎず、「堅実」な学術研究や一次資料の類は、まだほとんど出版されていなかった。こんな状況の中で、全くの素人がこのテーマに関する修士論文を、たった1年で書き上げようとするのは、冷静に考えれば、明らかに無謀な試みだった。でも、その時のわたしには「新しい歌」以外のテーマは考えられなかった。

今思えば、あれは一種の「逃避」行動だった。「メキシコの歴史」という、全く興味を持てないテーマで「修士論文を書く」という「拷問」には、どう考えても耐えられない。それで、自分の興味につながる「音楽」に関してなら、何とか論文を「でっち上げられる」のではないか、そう考えたわけだ。視力上の困難もこの「安易な」発想を後押しした。

つまり、「論文を書かなあかん」という、事前に設定された「目標」があって、それを実現するために、何とか我慢できそうなテーマに決めるという「つじつま合わせ」をやったのだ。

それから1年間、七転八倒の苦しみを重ねながら、無理やり「論文らしきもの」を書き上げた（わたしの視力もさらに悪化した）。だがそれは、「これについて、こういうことが書きたい！」という自発的かつ健全な問題意識を持って書いたものではなかったので、およそ「論文」と呼べる代物ではなかった。

結果は火を見るより明らかだった。論文の諮問会で、複数の先生たちから厳しい批判を浴びせられ、修士修了の資格は何とか認めてもらったものの、博士課程には進学させてもらえなかった。同期の13名の修士院生のうち、不合格だったのはわずか2名で、そのうちの一人がわたしだった。

この結果を何となく予想していたとはいえ、いざ現実のものとなり、行き場を失ってうろたえたわたしは、指導教官であるE先生のもとに相談に行った。先生は開口一番、わたしにこう尋ねた。

千葉君は自分が研究者に向いていると思いますか？

明らかに「反語」であるこの問いは、本当はわたしがずっと前に、自分自身に向けて発しなければならなかったものだった。うすうす気づいていながら直視してこなかった「自分は（典型的な）学者には向いていない」という事実を、ストレートに表現してくださったのである。その時はかなりショックを受けたが、今ではE先生にとても感謝している。

「落ちこぼれ」という劣等感に苦しめられていたわたしは、E先生の一言で学術の世界から離れることにした。この決定はわたしにとって画期的な意味を持っていた。幼少期に外部から与えられた「学者の道」と、「自分らしさ」を発揮できる「音楽活動」の間で中途半端な生活を続けてきたわたしが、初めて自分自身で行った明確な選択だったからだ。この選択は「短期的」には間違っていたが、長期的な観点から振り返ると、この時「自分の意思で行動したこと」は正しかったと感じている。

8　ロック・バンドとの決別とC先生の促進的支援

「研究者の道」を絶ったわたしは、例のロック・バンドで、A君たちと一緒にミュージシャンになるべく努力した。昼は塾でアルバイト、夜はバンドの練習、ときどき新宿のライブハウスで演奏、という生活を2年間にわたって思いきり続けてみたのである。

そして、しばらく頑張ってみる過程で、こころの中である思いが固まった。わたし以外のメンバーはみな一寸の迷いもなく、「ロックンローラーの道」一筋だった。それに対し、わたしはというと、ギターを弾くこと自体は楽しかったものの、内田裕也さんみたいに「ロックンロール最高！」と叫びながら一生やっていく気持ちにはなれなかった。

その一方で、「新しい歌」に関する勉強は、「逃避の手段」というよこしまな動機で始めたものの、社会や人間に関する真剣なメッセージをストレートに投げかける歌い手や作曲家たちの真剣な想い、そして個性あふれる音楽性は、わたしのこころにしっかりと刻み込まれていた。

こうして、学術的な世界といったん縁を切り、ロック音楽ざんまいの生活を思い切り続けてみたおかげで、一つの踏ん切りがついた。わたしの場合はロック音楽、少なくとも「この種の」ロック音楽を一生続ける意義を感じない、と確信することができたのだ。

バンドを辞めることを告げたA君は、「気にするな、お前がいなくなっても影響はないから」と言ってくれた。この言葉には、他のメンバーに迷惑をかけることに対し、責任を感じないようにという、A君の思いやりも多分に含まれていたと思う。

さて、こうしてロック・バンドと決別したわたしのこころの中には、次第に「新しい歌」の音楽家たちが創作のために活用した、中南米の伝統音楽そのものについて勉強してみたい、という気持ちが芽生えていった。生まれて初めて「自分の自然な興味に基づいて研究してみよう」と思えたのである。

そこで、大学時代にお世話になったC先生に相談すると、「千葉君はギターが得意なんだから、音楽でやってみたらいいじゃないか」と言ってくれた。数年前、わたしに「ブルボン朝改革」のテーマを勧めた、あのC先生である。

実はその間に、先生ご自身にも大きな変化が起こっていた。先述したように、わたしが大学生だった頃の先生は、メキシコの歴史に関して研究者たちが書いた論文を紹介するというオーソドックスな授業をやられていた。ところが、3年後の1985年に再会したC先生は、現代のメキシコ南部の先住民が歴史上の出来事に関して持つ記憶、生活の営み、世界観などをテーマに、現地に赴いては、先住民の人たちから直接聞いた「生の情報」に基づいて、授業で話したり論文を執筆されていた。「今のぼくは『自分の言葉』で語っているから、楽しいよ」そう語る先生の表情は生き生きしていた。

またC先生は個人的にも、「千葉君には、音楽を通じて中南米の歴史を語る、みたいな研究をしてほしいな」と励ましてくれた。「これこれ、こういう方法で研究するように」といった、具体的なアドバイスをくれたわけではない。一学生であるわたしのこころに芽生えた「未完成」の想い、つまり「何となくこんなことがやってみたい」という気持ちを否定することなく、そのまま受け容れ、心理的に後押しするという態度で接してくれたのだ。

他者の考えることが明確なものではなくとも、敬意を持って話を聞き、「自分が何をやりたいのか」を、その人自身がより明確に知るためのプロセスを支援する。他者に対する「促進的な態度」の大切さを、わたしはその後さまざまなことを経験する過程で、はっきりと認識することになった（歌2：「嵐にざわめく幾万の花」）。

「自分らしい」やり方で、生き生きと研究や教育に携わっておられたC先生の精神的な後押しを受けたわたしは、東京外国語大学大学院の修士課程に無事合格すると、人生ではじめて自分自身の「自然な興味」に基づいて研究ができる環境が整った。

第3章 南米留学で「自分らしさ」を再発見する

二つ目の大学院で、スペインやラテンアメリカの音楽に関する研究を始めたわたしは、修士課程の1年目が終わろうとしていた1987年の2月から、ロータリー・クラブの奨学金を得て南米の国チリに留学できることになった。この本の中心的テーマである「自分らしさの展開」に関し、最初の、だが決定的ともいえる転機が訪れたのはこの時のことだ。

留学の直接の目的は、現地の音楽を研究することだったが、わたしが学んだのは学術的なことだけではなかった。日本から見て地球のほぼ反対側に位置するチリ。気候も時間も日本とはほぼ反対であるこの南米の地で、わたしはそれまでの常識を覆される、さまざまなことがらを体験した。そして、それまで自分を縛っていた既存の価値観や考え方を脱ぎ捨て、自分自身の頭とこころで、「自分が誰なのか」、時間をかけてしっかり見つめ直す機会を得た。

日本から遠く離れたチリには、親も優秀な兄も指導教員もいない。千葉家の「学者至上主義」も日本の常識も存在しない。遠隔の地に身を置くことで、こころに重くのしかかり、わたしの「(ポジティブな）自分らしさ」を押しつぶしていた他者の価値観や常識が突然消滅した。すると、もう死滅したと思っていたわたしの「自分らしさ」が、元気によみがえったのである。

「わたしにもこんな長所があったんだ、わたしはこんな人間だったんだ、こんな風に他者と交わりたかったんだ」など、さまざまな本源的な思いが次々にこころに浮かんできた。そして「生きているって素晴らしい」「わたしにも生きている価値がある」という感覚、つまり「いのちの大切さ」を、理屈ではなく、わたし自身の実感としてこころの底から感じることができた。

それまで日本で暮らしている時は、客観的に見れば、わたしは「マジョリティ」の一員として「何不自由なく」生活していたはずだった。だからといって、少なくとも主観的には、決して幸せに感じていたわけではなく、幼少期を除き、ほぼ常に苦しい精神状態で生きていた。今考えると、その苦しみの最大の原因は、わたしが「自分らしく」生きられていなかったことだった（視力上の困難はこの苦しみを倍増させていた）。

もちろん、「苦しさ」には気づいていたが、それが「普通」のことであり、「そもそも人生は苦しいもの」と思い込んでいた。だがチリでの生活を経験するうちに、その状態の「異常さ」に気づき、「そうではない生き方があり得る」ことを、深く実感することができたのである。

チリに身を置くことで、どのように、それまでこころに重くのしかかっていた価値観や常識が消滅し、わたしの「自分らしさ」が息を吹き返していったのか。以下、そのプロセスを見ていこう。

1　学生が成績を決める「あり得ない」授業

当時チリで最も難関と評価され、政治的には保守的傾向が強いとされていたチリ・カトリック大学。その芸術学系大学院の音楽科に留学生として在籍したわたしが、大きな衝撃を受けた授業がある。それは日本でいう「一般教養」の授業として開設されていた民俗学の授業で、担当するF教授が、チリの伝統民謡の歌詞や民話を読み上げたあと、その特徴や意義について、受講生たちがコメントしたり論じ合ったりする、という内容だった。受講生の専攻は医学部、法学部、経済学部などバラバラだが、わたし以外は全員チリ人の学生だった。

受講を開始した頃は、留学直後で、スペイン語圏の中でも、最も癖が強いと認識されているチリのスペイン語にまだ慣れておらず、教授が口頭で吟ずる詩や朗読する民話の内容が半分もわからなかった。そのため、チリ人学生たちが活発にコメントしたり議論したりする中で、わたし一人だけがほとんど発言できないでいた。

それでも1か月、2か月と時間が経ち、「チリ弁」にも慣れていったわたしは、授業の内容も少しずつ理解できるようになっていった。半年後、授業は最終回の期末テストを迎えた。

テストの形式は、いつものようにF先生が民話を朗読し、その内容に関して受講生が解釈を加えるというものだった。具体的には、狐や狼などの動物が登場する物語だった。

そして、わたしが驚いたのは評価の方法だった。

まず受講生の一人、マリアが2～3分で自分の意見を述べる。すると教授は、マリア以外の学生たちにそのコメントの点数を尋ね、受講生たちは次々に評価を口にしていく。チリの大学では満点が7・0、単位取得に必用な最低点は4・0である。


〈F教授〉

「はい、マリアのコメントは何点？」

〈受講生たち〉

「う〜んと、……に関するコメントがあまりピンとこなかったんで、4・2かな」

「ぼくは4・5」

「……はよかったから、ぼくは5・0あげてもいいと思うな。イズミ、君はどう思う？」

「そ、そうだな……。……に関するコメントが興味深かったので、5・2でどう？」

〈F教授〉

「なるほど。じゃ平均すると4・6。いいね？」

〈受講生たち〉

「オッケーで〜っす」

〈F教授〉

「じゃ次、カルロス君、コメントを」


こんな風に、各受講生が発したコメントに他の受講生が点数を付け、それらの点を平均して各自の成績が決められていき、教授は評価には一切関与しない。

そして、最後に順番が回ってきたのがわたしだった。留学後半年が経過し、ある程度チリのスペイン語に慣れていたこともあり、民話の内容はしっかり理解できた上で、その回だけ奇跡的に頭が調子よく働いた。その民話に登場するのが女狐だったことから、日本の昔話にも言及しつつ、その狐の言動に根差して、ストーリーの展開をジェンダー的な視点から分析する、といった内容のコメントを発することができた。

すると、受講生たちはわたしのコメントを褒めながら、「６・７」「６・１」「６・２」と高い点数を口にしていった。

〈F教授〉

「じゃイズミの点は６・４でいいね。はい最高点。おめでとう！」

信じられないことに、自分が最高点を取ってしまったのだ。

学生たちに点数を決めさせるというシステムにも驚いたし、言語があまり達者でない留学生のコメントでも、内容に応じて平等に評価してくれるチリ人学生たちの誠実さにも感動した。

受講生に成績を付けさせるなど、日本の大学でやれば「なんと無責任な！」とか「恣意的な評価になる！」と、すぐにクレームが飛んできそうだ。

だが受講生たちは平然と点数をつけていき、それをもとに教授が口頭で出した点数に全員が納得していた。自身の評価を自分たちで決めるのは当たり前といった様子だった。この部分を書いたあと、念のためカトリック大学出身の妻に聞いてみたが、学生自身による評価が成績に反映されるのは「チリでは通常のこと」という返事だった。

現在わたしは、授業を行う際に学生の「自分らしさ」を重視しているが、この経験も、そうした授業を構築する過程で「手がかり」の一つになったように思えている。特定の様式が厳格に重んじられそうなアカデミックな場でも、「こんなやり方もあり得る、いいんじゃないか？」という、より柔軟な発想を得る経験だったのだ。

2 宗教民謡「カント」に魅かれて

次に、カトリック大学に籍を置きながら、わたしが現地で行った研究活動について紹介しよう。研究テーマに選んだのは「カント・ア・ロ・ディビーノ」（以下「カント」と省略）という現地の宗教民謡だった。先述したように、1960年代から70年代の初頭にかけて活躍した「新しい歌」の音楽家たちは、チリを含む中南米の伝統音楽を創作の基礎に置いていた。中でもわたしが特に興味深く感じていたのが、チリ中央部の農村地帯に伝わるカトリック系の民謡「カント」だった。

農民や鉱山労働者など、庶民層の歌い手が歌う「カント」の歌詞は「デシマ décima」（8音節十行詩）という、とてもややこしい韻を踏む詩形に従って作られている。この詩形はもともと、王侯貴族のサロンに出入りする詩人やカトリック教会の関係者など、スペインの上流層知識人の間で創作に使われていたものである。[3] ある文化がどんな風に異なる文化を持つ人々の間に伝わり、根付くのか、いかにその土地の人々らしいものに生まれ変わるのか。文化要素の「現地化」という観点から、「カント」が興味深いテーマに思えていたのだ。

そこでわたしは「カント」の現状、つまり、イエズス会士などの手でチリにデシマの詩形が伝わってから数百年が経過していた当時（1987年）、これをどんな人たちが、どんな社会的な場で歌っているのかを研究することに決めた。

といっても初めての留学だったことに加え、「勉強嫌い」のわたしのこと、フィールドワーク（現地調査）の方法を事前にしっかり学んだわけではなかったので、ほぼ手探りで研究を始めることになった。

最初のうちは歌い手の知り合いもいなかったので、民衆音楽を専攻する先生の指導を受けながら、とりあえず「真面目に」大学の図書館や国会図書館に通い、テーマに関する文献資料を集めることにした。だがそのうち、全く思いがけず「自分らしい」研究や調査の方法を発見することになったのだ。

3　ミイラ取りがミイラになる――「弾いて歌って」調査する

留学後2か月が経過した土曜日の午後、サンティアゴ市内に住むマヌエルさんという男性の歌い手の自宅を訪問できることになった。当時50歳代前半の年齢だったマヌエルさんは、サンティアゴから南方に数十キロ離れたアクレオという農村の出身で、青年期に首都に移住した。そしてわたしが知り合った当時、チリ大学の印刷部局の建物に家族とともに住み込んで働いていた。

マヌエルさんは、カセットレコーダーを手にわたしが発したいくつかの質問にていねいに答えてくれたあと、おもむろにギターを手にし、アクレオ村に伝わるカントのメロディ「アクレオ節」を実際に歌い、解説してくれた。

その後「あんたも弾くのかね?」そう言って彼は弾いていたギターをわたしに手渡した。それは通常のクラシック・タイプの6弦ギターだったが、弦を指で押さえない解放弦(オープン)の状態で、Gの長和音(ソ・シ・レ)を構成する特殊な調弦(オープンGチューニング)が施されていた。現代のギターの定式的な調弦とは全く異なるものだ。

定式的な調弦:ミ・ラ・レ・ソ・シ・ミ(6弦から1弦に向かって)
特殊調弦:レ・ソ・レ・ソ・シ・レ

音感にだけは自信のあるわたしは、「アクレオ節」のメロディと「変調弦ギター」の基礎的な演法を数分で修得することができた。それがいい印象を与えたようで、マヌエルさんは「別のメロディを教えるから来週も来なさい」と言ってくれた。

こうして、ほぼ毎週のようにマヌエルさんのもとに通い、アクレオやその他の村に伝わる多様なカントの旋律やギターの調弦法、奏法などを伝授してもらった。

練習の合間には、カントにまつわるお話もマヌエルさんや、やはりアクレオ村出身の奥様からごく自然に聞かせていただくことができた。わたしも留学前や留学中に覚えたチリの民謡のほか、宮城県や神奈川県の子守唄などを歌って差し上げると、「何てきれいなメロディなんだろう!」と言って、お二人とも大変気に入ってくれた。

そして留学2年目の5月下旬の土曜日、120年以上にわたってアクレオの地で続く「五月の十字架」の儀礼が催されることになった。1960年代に著名なチリ人民俗学者が参与観察を行い、成果を著作として発表している有名な儀礼だ。[4] 代々この儀礼を執り行ってきたのは、マヌエルさんの奥様のご家族で、奥様とカントの歌い手であるお兄様は十字架の現保有者だった。

実はわたしはその前年にも、夜を徹して行われるこの儀礼の様子を、「外から」観察する「研究者（の卵）」として参加していた。「参与観察」である。

マヌエルさん（右から二番目）や奥様（一番左）と著者（右）

アクレオ村の五月の十字架の儀礼で歌う

だが2年目の儀礼の開催前、マヌエルさんは何か月も練習を重ねてきたわたしに、「あんたも歌い手として（儀礼に）参加しなさい」と言って、「十字架へのあいさつ」のテーマに関する伝承詩を「プレゼントして」（教えて）くれた。

わたしは、アクレオに伝わる数種類のメロディとギターの複数の変則調弦や奏法を必死で練習し、プレゼントされた詩を含む、複数のテーマの詩を暗記した上で儀礼に臨んだ。

会場である現地の小学校の食堂に到着したのち、

チリの25弦ギター「ギタロン」

「本当に歌っていいのかな?」と緊張しながら、マヌエルさんの左隣の歌い手の席に座った。そして儀礼が始まり、チリ独特の25弦ギター「ギタロン guitarrón」の伴奏に合わせて、現地の歌い手たちが次々に歌っていく中、わたしもおそるおそる「十字架へのあいさつ」の最初の十行詩を歌ってみた。儀礼に参列していた村人たちは、はじめ東洋人が歌う姿に驚いていたが、その驚きはすぐに愛情に変わった。先祖代々受け継ぎ大切に歌い続けてきた歌謡を、外国人であるわたしが真剣に歌う姿を見て、誇らしく感じたようだった。

その場で詩とメロディを組み合わせなければいけないので、とても緊張したものの、「十字架のあいさつ」や「イエスの受難」「イエスの生誕」などの詩をなんとか歌うことができた。またわたしも弾き手として「アクレオ節」を変調弦ギターで演奏した。現地出身の歌い手たちは、外国人のわたしが弾くギターの伴奏に合わせ、うれしそうな表情を浮かべながら歌ってくれた。こうして、わたしは無事に「歌い手デビュー」を果たした。「ミイラ取りがミイラになった」のである（歌4：「Verso por nacimiento　イエス生誕の詩――アクレオ節で」）。

同じ年の7月には、同地のある農民の自宅で、やはり数十年にわたって開催され続けてきた「カルメンの聖母のノベーナ（9日間の勤行）」という儀礼にも、歌い手として参加させていただいた。

こうして2年弱にわたるチリ滞在中、わたしはチリ中央部のさまざまな地区で開催されるカントの儀礼に、のべ20回ほど「歌い手」として参加することができた。歌の合間や食事の時間に、歌い手たちは日本やわたし、わたしの家族などについて質問する一方、カントの奥義に触れる貴重な情報を自発的かつ赤裸々に語ってくれた。多くの歌い手たちが発してくれた「あんたはわしらの歌い手仲間だ。Tú eres un cantor más.」という言葉は、今でもこのこころに深く刻まれている。

4　共感できなくても傾聴する

さて、宗教民謡に関する現地調査に関わる過程で、わたしは研究テーマとは全く別の、とても大切なことも一つ学んだ。それは、他者と接する際の根本理念で、「共感できなくても傾聴すること」の大切さである。

人は他者から、自分が理解できないことがらや自分とは異なる考えを耳にした時、しばしば、これを否定したり論破したいという感情に駆られる。だが、安易に否定したり批判したりする前に一歩とどまり、その人がなぜそういう考えを持つように至ったのか、その背後にある経験について詳しく話を聞いてみる。すると、そういう考えを持つに至ったプロセスや背景、理由などがわかり、もう少し理解できたり、部分的に納得できたりして、その意見を「否定したい」という感情は薄れる。必ずしも共感できるわけではないが、「その人がそう考えること」を尊重しよう、という気持ちが芽生える。

このように考えるようになった経緯を説明しよう。

わたしが留学中に研究した「カント」は、主にチリ中央部の農村地帯に住む農民たちの間で歌い継がれてきた民謡である。

ところで1960年代後半から1970年代始めにかけて、チリでも、他のラテンアメリカの多くの国々と同じように「農地改革」が行われた。農村における社会的不平等の根源とみなされていた大土地を接収し、小作人や臨時労働者に分与することで社会正義を実現することが改革の目的であり、中道のフレイ政権（キリスト教民主党）や中道・左派諸政党が連合して誕生したアジェンデを首班とする人民連合政権によって推進された。

ところが、アジェンデ政権が急進的な改革を進める途上にあった1973年9月11日、ピノチェ将軍率いる軍部がクーデターを起こした。こうして、武力で誕生した軍事政権は農地改革を中止し、接収していた土地の一部を旧所有者に返還するなど、地主層に有利な政策を進めた。

大学時代、本や論文を通じ、現代チリの政治変革について少し学んでいたわたしは、「農地改革＝善」「大地主＝悪」「軍事政権＝悪」など、一連の政策や政治的アクターを図式的に評価していた。もちろん、ピノチェ将軍その人や大土地を所有する地主層も、当時のわたしにとっては「悪の権化」以外の何者でもなかった。

ところで、わたしが現地調査でインタビューしたカントの歌い手たちの大半は零細農民だった。そしてお話をうかがううちに、話題が政治や歴史のテーマにも触れたりするのだが、彼らのほとんどが軍事政権に好意的な立場で、ピノチェ大統領のことを「わたしの将軍様 mi general」と愛情をこめて呼ぶ人すらいた。一方、ほとんどの人々がフレイ政権やアジェンデ政権には否定的で、農地改革は失策だったとこっぴどく非難する一方、伝統的な大農園を懐古的に賛美する人も少なくなかった。

はじめのうち、わたしはこれらの発言を耳にして不快な気持ち、さらには心理的苦痛さえ感じていた。ありとあらゆる方法で「人権を踏みにじってきた」軍事政権を、どうして支持などできるのだろう。研究のためとはいえ、こんな人たちと付き合っていかないといけないのか、と。彼らの考えが理解できなかったからである。

だが、こうした違和感を横に置き、とりあえずカントの伝統についてお話を聞いたり、メロディを教えてもらったり、一緒に歌ったり、政治以外のさまざまな話題についてのお話もうかがったりしてみた。すると、わたしにも共感できる経験や尊敬できる行動をしばしば見出すことがあり、彼らに対して、「一人の人間」として好意や敬意を感じられるようにもなった。

そして、農地改革についてもより詳しくお話を聞いてみると、当時実際に起こっていたことがらや彼らが抱いていた思い、行動などについて具体的に教えてくれた。当たり前だが、わたしが「知らないこと」の方がはるかに多かった。すると、農地改革や軍事政権に関する彼らの考えについても「なるほど、一理ある」と思えるようになった。わたし自身の軍事政権に対する根本的な意見が変わるわけではない。ただ、「農地改革を批判したり、軍事政権を支持する」という考えや、そうした考えを持つ人に対する「否定的感情」が緩和された。何よりも、最初から否定しないこと、ともかく詳しく話を聞いてみないとわからないことに気づいたのである。

この経験からわたしは、自分とは異なる意見に出くわしたときに、それを直ちに否定するのではなく、どうしてそう考えるのか、とにかく話を聞いてみる、教えてもらう、すなわち「傾聴する」ようになった。その結果、自分が知らないことがらやものの考え方、価値観について学び、自分の意見を相対化したり、より広いものの見方を身に着けることができるようになったと感じている。後述するように、この時の学びも、現在のわたしの考え方や行動に大きな影響を及ぼしている。

5 「自分らしさ」を活かして研究する

すでに見たように、日本から見て地球の真逆に位置するチリで、わたしは生まれて初めて、思いっきり「(ポジティブな)自分らしさ」を活用しながら過ごすことができた。この二年間について言えば、「研究した」とか「調査した」というよりも、「思いっきり楽しんだ」という意識の方が強い。「にもかかわらず」、というよりも「だからこそ」現地調査や学術研究の方法について、いくつか重要なことを学ぶことができた。

第一に、現地で実際に生活している人たちは、調査の目的で訪れる外部者を、必ずしも好意的な視線で見ているわけではない。

カントの歌い手たちのチリ人研究者たちに対する評価は、あまり芳しくなかった。数十年にもわたって現地に住み続け、その文化を生きてきた自分たちを差し置き、短時間現地に滞在しただけで「自分こそその文化の正しい理解者」という態度で、論文の執筆や学会での発表にいそしむ「研究者」たちを、しばしば苦々しい思いで見ているからである。

第二に、上の点とも関連するが、「現地の人と共有する」ことの重要性である。彼らがわたしにこころを開いて接してくれた最大の理由は、彼らが「誇り」に感じ、「大切」に思っているもの（伝統音楽）を「ただ調査する」のではなく、彼らとともに「実践した」ことにある。その結果、「研究対象」（彼ら）と「研究者」（わたし）とを隔てる壁が、「解消された」とは言えないまでも、少なくともかなり低くなり、わたしたちの間に円滑なコミュニケーションが発生したのだと感じている。

そして第三に、「自分らしさを活用する」ことの重要性である。はじめから意図したわけではなかったが、2年弱にわたる留学期間の大部分を、わたしは思いっきり「自分らしく」過ごすことに費やした。もちろん、現地の大学の授業に出席したり、図書館に通って資料を収集するなど、あまり得意ではない学術的な活動も必要最低限だけはこなした。

だがそれ以上に、自分の自然な興味やモティベーションに任せ、伝統的な儀礼や音楽会に参加してみずから歌ったり、歌い手たちから、狭い意味での学術調査に関連することに限らずお話を聞いたり、自分や日本のことを語ったりして、楽しく過ごした。そして、こうした「調査」を行う際、わたしは「ギターと歌」という「（ポジティブな）自分らしさ」を思いっきり活用した。

こうした調査方法を最初から知っていたわけではない。ただ自分の特長を生かし、自分が楽しめるやり方で現地の人々と交流した。その結果「歌い手として儀礼に参加する」という全く思いがけない形で調査に従事できることになった。これは、フィールドワークの重要な方法の一つである「参与観察」よりも、さらに積極的な調査方法だといえるだろう。

こうして、「研究者（の卵）」というだけでは得ることが難しかったであろう貴重な情報、現地の人たちの「本音」をかなりたくさん聞くことができた。もちろん、短期間の滞在で「彼らの文化を完全に理解した」などと言うつもりはない。それでも、彼らの意識の深いところに少しだけでも触れることはできたと思う。

それと同時に、「学術研究」に関する意識も変化した。幼少期から留学する時まで、「憂鬱なもの」にほかならなかった「研究」という行為が、生まれて初めて「楽しいもの」に思えた。「こんな方法でいいならやっていけるかもしれない」。そう感じ、ささやかな自己肯定感も芽生えた。

帰国後、自分が「歌い手」として各地の儀礼に参加した時の経験や、歌い手たちとの対話を通じて得た豊富な情報をもとに、一定のオリジナリティを備えた論文を書き上げることもできた。[5]「これが書きたい！」という、強いモティベーションを感じながら学術的な文章を書いたはじめての経験だった。

自分の「自然な興味」を研究の中核に置き、そこに引きつけながら、それまで他の研究者が蓄積してきた成果も取り込む。こうして、内容の大部分は「外部」から得た既存の情報であっても、まん中に独自の論点が置かれることで、全体として「自分らしさ」がにじみ出たオリジナルな研究に帰結する。こうして「研究とは、学者とは何か？」という問いにも自分なりの答えを得た。

いや、正確には「得たように思っていた」と言わなければならない。なぜならその後わたしは、他者の価値観に縛られて「自分らしさ」を見失い、再び長く暗いトンネルに突入するという誤りを犯すことになったからだ。このプロセスは第4章で見ることにしよう。

6　庶民の街「ポブラシオン」

このように、学術的な活動の主なフィールドは農村だったが、ほぼ2年にわたる留学期間中、わたしが住んでいたのは首都のサンティアゴ市、つまり都市部で、そのうち1年半を過ごしたのが、「ポブラシオン」とよばれる低所得者層の人々が居住する地区（表現は悪いが、いわゆる「スラム地区」）だった。そして、このポブラシオンでの滞在経験は、わたしの人生観や価値観、人間関係のあり方に関する考え方に、決定的といってもいいほど大きな影響を及ぼすことになった。

と言っても、はじめからポブラシオンに住んでいたわけではない。ロータリー・クラブの奨学生だったわたしは、当初「バリオ・アルト（上流地区）」とよばれる富裕層の住宅街に位置するロータリー会員の家に居候していた。薬草加工会社の重役だったロータリー会員のご主人とその家族は、親切に接してくれていたが、ずっとそこにお世話になるわけにもいかなかった。そこで、1か月後にそのお宅を出たわたしは、別の上流層地区、さらに中流層地区の一般家庭での下宿生活を経て、サンティアゴ市の南部に位置する「ラ・バンデーラ」という名のポブラシオンに住みつくことになった。

わたしが留学した1987年～88年のチリは、十数年続いた軍事政権の末期にあたり、ポブラシオンは劇的な状況にあった。今でこそ「経済の優等生」と言われるチリだが、1973年の軍事クーデターののち、ネオ・リベラリズムに基づく経済政策が極端な形で実施されたことで、その後十年以上にわたり、多くの市民が厳しい状況の中で生活することを余儀なくされた。ネオ・リベラリズムとは、市場メカニズムが「健全」に機能することで、経済の活性化と国富の増大が実現できるので、経済領域での国家の介入や公共支出は最低限にとどめるべきだとする経済思想だ。

この経済理念に基づいて、公共事業や社会福祉の予算が極端に削減される一方、資本の自由化によって急速に流入した外国資本との競争に敗れ、多くの民族系企業が倒産した。こうして発生した高い失業率により、都市・農村を問わず、一般庶民だけでなく、中間層の一部までも、長期にわたって生存維持すれすれの不安定な生活にさらされることになった。

その一方で、軍事政権は、「市場メカニズムの機能を最大限に発揮させる」という目的で、民主主義的な議論やストライキなどの社会的な「阻害要因」を排除するため、国会を閉鎖して選挙を廃止し、基本的人権に反するさまざまな抑圧的措置を実施した。反対派の人々の拉致・拷問、殺害、国内辺境地での抑留、国外追放などがそれだ。政治的な理由で拘束されたのち行方不明になった人々の数は数千名にものぼる。

ポブラシオンには軍事政権に反発する人たち、中でも、実力行使（武力闘争）を含む反政府活動を積極的に展開する、マヌエル・ロドリゲス愛国戦線（ＦＰＭＲ）に所属する若者も多く住んでいたため、軍や警察など、当局側からの激しい弾圧の対象となっていた。

「極貧層」の人々が多く住み、さまざまな危険に満ちていたポブラシオンに、なぜ宗教民謡を勉強するために留学したわたしがわざわざ住み着いたのか？　実は、当初はポブラシオンに住むつもりなどなかったのだが、いろいろな出会いを経て、そこに住む人々のあり方や考え方、そして生き方に魅かれていき、ついにはそこに住むようになったのだ。

7 はじめてのポブラシオン訪問

はじめてポブラシオンを訪れたのは、留学を開始して2か月ほど経った頃だった。すでに書いたように、チリの「新しい歌」の代表的な歌い手で、その社会的影響力ゆえに、軍事クーデター直後に殺されてしまったビクトル・ハラという歌い手がいる。そのビクトルが、亡くなる数か月前に発表したLPレコードの題名が「ラ・ポブラシオン」だった。零細農民家庭の出身で、みずからもポブラシオンで育った経験を持つビクトルが、1973年、あるポブラシオンに住む人々の生活、苦悩、そして希望を代弁して創作したさまざまな歌が収録された作品だ。これらの曲を留学前に聴いたことがあったわたしは、何となく「ポブラシオン」っていうところに行ってみたいと考えていた。

しかし、ロータリー・クラブの奨学生であったわたしが留学初期に滞在したのは、ポブラシオンとは正反対の、「バリオ・アルト」とよばれる上流層の人々が住む地区だった。そして、お世話になったロータリー会員の奥様は、チリの全国看護士協会の会長を務める方だった。ある日、わたしは思い切って「ポブラシオンに行ってみたいんだけど……」と相談してみた。すると奥様は、協会の会計係を務めていたカルラ（仮名）を紹介してくださった。のちにわたしの奥さんになる人だ。

わたしは、それまで付き合いのあった上流層や中流層の人たちから、「ポブラシオンは危険な場所だから行くな」という忠告を受けていた。「恐喝、窃盗、殺人沙汰、バリケード、投石、発砲……」、彼らから聞き知るポブラシオンのイメージは、ありとあらゆるネガティブなレッテルで塗り固められていた。

ある日の夕刻、初めてカルラと会った時に、「ポブラシオンに行ってみたい」という思いを告げると、彼女は快く承諾してくれた。他日、サンティアゴ市内の繁華街で待ち合わせてバスに乗ると、南方に1時間ほど行ったところに、ポブラシオン「ラ・バンデーラ」はあった。ラ・バンデーラは、サンティアゴ市内に点在する数多くのポブラシオンの中でも有数の規模で、9万人以上の人々が生活していた。

1961年の夏のある日、サンティアゴ南部に位置する大農園の土地を、200家族あまりの土地なし住民の一群が占拠した。テントと簡易住居が入り混じる住居郡から、幾度にもわたる当局との交渉を経て、土地所有権のほか、上下水道、電気などの都市サービスが整備されていき、誕生したのがポブラシオン・ラ・バンデーラである。もともとの土地所有者がラバンデーロス一族であったことから、この名前が付けられた。

カルラは、カトリック大学の看護学部を卒業後、同大学の精神看護科の大学院を修了したのち、国立の精神病院でアルコール依存症などの患者の治療に従事するかたわら、カトリック大学看護学部の助手も務めていた。その一方で、当時、社会的使命感を持つ一部の医者や看護士たちがそうしていたように、ポブラシオンに住み、軍政下で過酷な生活を強いられていた住民の間で、初期治療や精神治療の分野におけるボランティア活動を行っていた。

みずからポブラシオンに住み、住民の間で支援活動を行っていたカルラは、「わたしと一緒にいれば大丈夫」と太鼓判を押してくれたが、正直なところ、わたしはかなり不安だった。バスを降り、カルラの後についておそるおそる道を歩くと、すぐに街角にたむろする若者たちから「オーラ・チニート！」と威勢のいい声がかかる。「チニート（チーノ）」というのは、直訳すると「中国人」という意味だ。中国系移民の歴史が古く、日系人が少ないチリでは、東アジア系の人たち一般のことを「チーノ」と呼ぶ。慣れるまではそう言われることに腹が立ったが、特に悪気がないことがわかってからは、気にしないようにした。

カルラの住むアパートで少し休憩したのち、彼女はわたしをある広場に連れていった。地元のカトリック系組織が執り行うことになっていた儀礼に参加するためだ。その儀礼とは、ポブラシオンの街

ポブラシオン・ラ・バンデーラ（1988年）

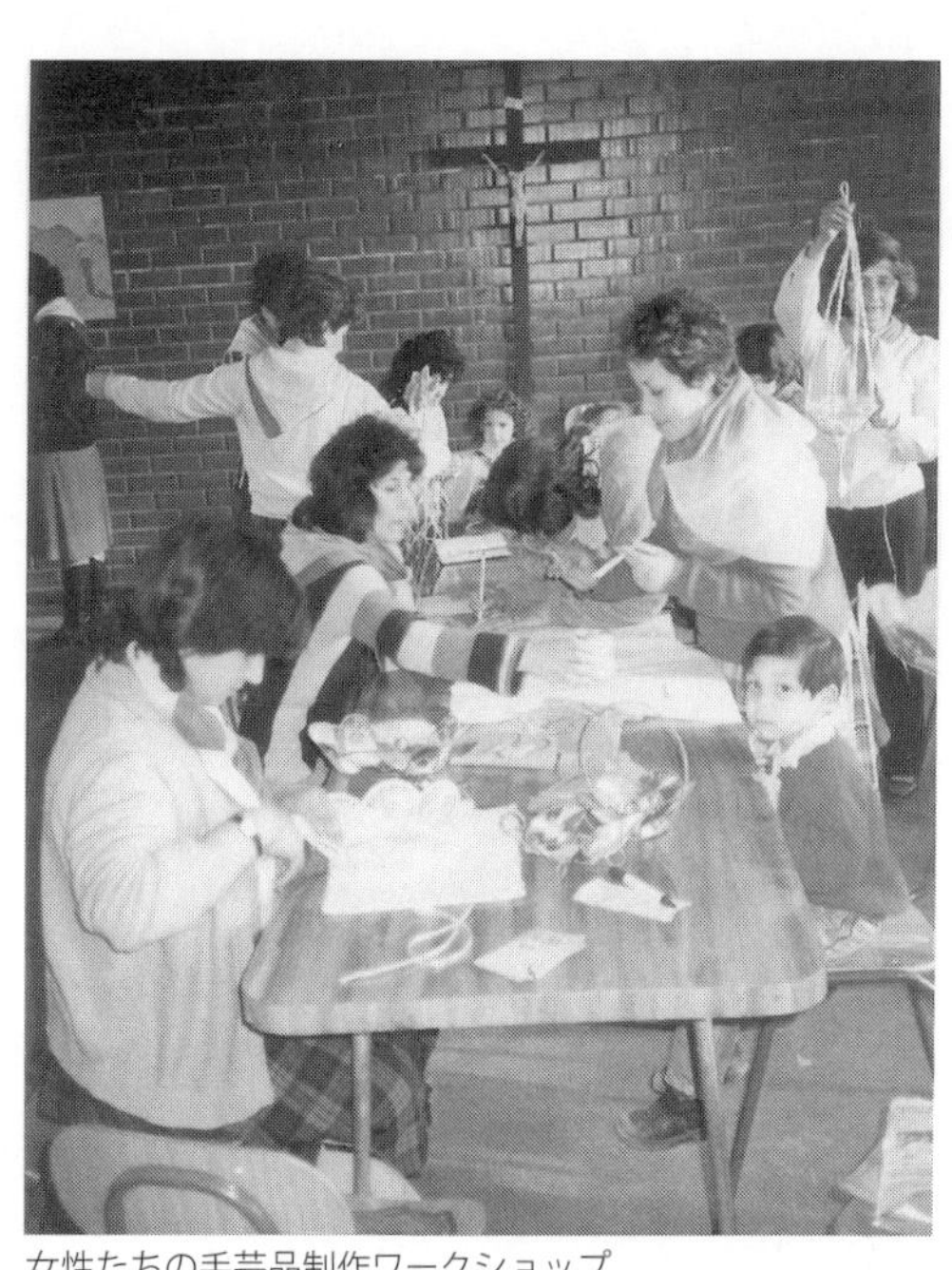
女性たちの手芸品制作ワークショップ

路を行進し、イエス・キリストの放浪と受難の過程を再現しながら、当時住民たちが経験しつつあった苦難に満ちた状況の意味を解釈するという、政治的・社会的な意味合いを強く帯びた宗教儀礼だった。

当時チリのカトリック教会には、伝統的に顕著だった現状肯定主義ではなく、貧困や社会不正といったネガティブな現状の変革や改善を求め、積極的に働きかけることを唱える「解放の神学」という革新的な潮流の影響が及んでいた。わたしが住んだラ・バンデーラの第一地区で活動を行っていたのは、米国のメリノルという修道会で、とくに女性たち、つまり修道女たちは、行方不明者や政治囚の家族に対する法的支援や生活振興に関連する組織の設立など、多岐にわたる支援活動を展開していた。

一般信徒であるポブラシオンの住民たちも、地区で起こるさまざまな出来事に関連するミサを自主的に開催したり、生存維持を目的とする草の根の経済組織を立ち上げ、運営するなど、極めて主体的に行動し、積極的な役割を果たしていた。ミサをはじめとする宗教儀礼には、もちろん神父や修道女も参加していたが、現状に関して神父が発する聖書の解釈に対し、一般信徒が異を唱え、みずから聖書の一節を引用しつつ独自の解釈を展開する、といったことも珍しくなかった。カトリック教会が、抑圧的な軍事政権に対峙しうる唯一の制度的機関として地区の人々の傘となり、狭義の宗教的役割にとどまらず、人々が「住民参加」や「民主主義」を実践する社会的な場としても機能していたのである。

こうして、わたしにとって最初のポブラシオン訪問は、住民たちに一目置かれるカルラと一緒だったので、全く危険な目に会うことなく、無事に終了した。

8　カトリック教会の音楽会「ペーニャ」

２回目にポブラシオンを訪れたのは、そのわずか１週間後のことだった。わたしがチリの民謡や「新しい歌」を歌うのを知っていたカルラが、その夜、ポブラシオンのカトリック教会で行われることになっていた「ペーニャ」という音楽会に誘ってくれたのだ。

「ペーニャ」というのは、もともとは１９６０年代にサンティアゴ市の中心街で、「新しい歌」の音楽家たちが、ラテンアメリカの民謡や社会的内容の自作曲を歌うレストランや酒場のことを意味していた。

軍事政権時代には、各地のポブラシオンでも盛んにペーニャが行われるようになり、「ソパイピージャ」とよばれる揚げパイや「ビーノ・ナベガーオ」という甘口の温ワインが販売され、収益は地元の自助組織の運営資金や特定の慈善的活動の資金に充てられていた。

そして、この初めてのペーニャ体験でわたしは大きなインパクトを受けた。住民たちの自己表現が、極めて強烈な形で実践されていたからである。「古典的」な「新しい歌」や、当時起こっていた出来事を告発する自作曲を歌う若者の歌い手たち、過酷な現実やそこからの解放への思いをシリアスかつコミカルなストーリーに描き、脚本から演出・出演まで、すべて住民自身がこなす創作演劇のグループ、チリ各地の伝統舞踊を実演するグループなど、演目は実に多様で、住民の積極的な参加が感じられるものだった。また、これらの演目を鑑賞する人々の反応も自然かつダイレクトなものだった。

「貧困」地区のカトリック教会という小さな空間と乏しい物質的資源という、決して恵まれているとはいえない条件のもとにありながら、住民自身が有する精神的、社会的な資源をフルに活用することで、極めて豊かで創造的な自己表現とコミュニケーションが実践されていたのだ。

当時、マスメディアは軍事政権の監視下に置かれ、一部のラジオ放送を除き、ほとんどのテレビやラジオでは、毎日のように政権を賛美するニュースや番組が流され、政権に反対する人たちの意見が放送されることは皆無であった。だが、各地のポブラシオンでは、こうした官製のマスメディアに対抗する、いわばミニメディアの文化が現地で盛んに作られ、そこに住む人々の間で流通していた。支配的文化に対抗する「代替文化」である。

住民自身の手で創られ、地元で消費される歌や演劇は、テレビから流れる、偽りとファンタジーで塗り固められた情報や商品とは対照的に、リアリティに満ちあふれていた。

サンティアゴ西部には、プダウェルという別のポブラシオンがあった。そのプダウェル出身の三人兄弟のグループ「ソル・イ・ジュビア」が作る数々の作品は、ポブラシオンに生きる人々の生活の現状やそこで起こる出来事をダイレクトに反映するもので、ラ・バンデーラの住民たちにも広く支持され、ペーニャでもよく歌われていた。

　テレビの画面に映し出される
毎分60ものウソを君が見始めるこの時間
そう、まさにこの時間に

ペーニャでの住民による演奏

住民による演劇

君を誘い出したいものだ
長い散歩の旅にね
　プダウェルやラ・バンデーラを
プダウェルやラ・レグアを巡る旅に
そうすれば君にも、生活の本当の実態がわかるはず
（ソル・イ・ジュビア、『長い旅』）

　君がぼくを拷問にかける
ぼくは悲しくなる
すると世界にはテロルがはびこる
君がみずからを解放し
ぼくも自分を解放する
すると世界には愛が満ちる
　もしぼくの鳩が翼を拡げて
飛翔することができないなら
ぼくは泣くだろう、君も泣くだろう
ぼくらは泣くだろう
（ソル・イ・ジュビア、『飛翔する鳩のように』）

作るのも消費するのもポブラシオンの住民である。歌の内容は、貧困や失業、殺された父、行方不明の姉、生存維持のための共同ナベ、バリケードやモロトフ爆弾、生きながら焼き殺された若者への追悼など、すべて実際の出来事である。演劇も、当局に告発される恐怖、過酷な現実から逃避するための拝金主義など、現実の状況や人々の心理を印象的に描く作品の数々であった。

演じる方も観る・聴く方も同じような状況を生きる住民であるため、内容に応じて観衆のこころには深い悲しみ、怒り、憤り、そして希望、勇気など、さまざまな感情が生まれ、強烈な反応が出演者に返される。そして出演者もまた即興的にこれに応える。そこには、演じるものと聴く・観るものの境はほとんど存在せず、強烈な相互的コミュニケーションが生成する。

ソル・イ・ジュビア

だが、単に「深刻」な作品というだけではない。歌の詩や劇のセリフには、しばしばピノチェ大統領や軍人たちなど、抑圧的な権力者を揶揄する歌詞や場面が盛り込まれているので、観衆の間には、日本でいえば吉本新喜劇と同じように何度も爆笑が起こる。極めてリアルでシリアスな状況、そして作品だからこそ「笑い」の要素は欠かせない。深刻な文脈にユーモアを介在させることでこころをゆるませ、現実の辛い状況をみんなで笑い飛ばす。日々の苦悩や緊張が、一時的に緩和され、何とか生きていこうという元気が得られる。ペーニャは、単に、経済組織を運営するための資金集めというだけではなく、住民たちの「自分らしさ」の発現、深いコミュニケーションの実践、そして集団的なセラピーの場でもあったのである。

わたしは、初めて体験したペーニャで、住民たちの活力や想像力、ユーモアのセンス、そして住民同士の強烈なコミュニケーションを肌で感じた。そして、バブル景気に沸き、市場で売られる高価な「既成商品の消費」を「豊かさ」とみなす、当時の日本の「常識」を思い、複雑な気持ちにならざるを得なかった。「どっちの方が豊かなんだろう」と。

一方、このペーニャは、わたし個人にとっても忘れられない思い出となった。カルラが主催者たちに「チリの歌を演奏する日本人」と紹介していたため、その場でわたしも演奏するはめになったのである。軍事政権下という政治状況を考慮すると、留学生の身で社会的内容の曲を演奏することは危険だと思われた。そこで、「新しい歌」の先駆者であるビオレタ・パラが、トナダという抒情民謡の形式で創作した失恋の歌「ラ・ハルディネーラ（「女性の庭師」の意）」を歌ってみた。すると、ギターでトナダに特有の、8分の6拍子のリズムを刻み始めたとたん、会場にいた多くの住民が手拍子を打ち始め、リフレイン（サビ）の部分は大声で一緒に歌ってくれた。そして、3番まで歌い終わった瞬間、割れんばかりの拍手と、耳をつんざくような「ブラーボ！」という大歓声が会場一杯に沸き起こった。その場にいたのは100名ほどの住民だったが、千人くらいいるのではないかと思えるほど迫力のある反応だった。このような強烈でダイレクトな反応は、日本ではもちろん、チリでも経験したことがなかった。「ああ、生きてるってこういうことなのか！」、これがその時わたしが受けた素直な印象である。

なお、その後何度もペーニャで経験した、出演者と観衆との強烈で率直なコミュニケーションのあり方は、現在わたしが大学で実施している授業の形態にも、大きな影響を及ぼしている。「学生たちと深く交わる、笑いを混ぜる、一緒に歌う、楽しくやる」といった哲学である。

9　ポブラシオンで体験したいろいろな「あり得ない！」

その後、何度かポブラシオンを訪れ、さまざまな住民と知り合ううちに、わたしのこころには「ポブラシオンに住みたい」という気持ちが芽生えていった。

こうして、留学後数か月経った時に、中流層家庭での間借り生活に終止符を打ったわたしは、カルラの知人のアパートを又貸ししてもらい、ポブラシオン・ラ・バンデーラでの生活を開始した。

その結果、わたしは幾度となくポブラシオンのペーニャで歌うことになったため、「ビオレタ・パラの曲を歌う日本人」として多くの住民に認知され、ラ・バンデーラのどこを歩いても危険な目に会うことはなくなった。

とはいえ、バブル経済に沸く、平和な日本から留学したわたしにとって、軍事政権下のポブラシオンでの生活は「あり得ない！」の連続で、生まれてから20数年にわたって日本で暮らすうちに、わたしが内面化していた「ふつう、こうだろう」とか「絶対こうするべきだ」、という常識や規範は根底から覆されていった。以下、特に印象的だった出来事や状況をいくつか見ていこう。

当時、貧困層の若者の間では、「ネオプレン neoplén」というシンナー入りの安価な接着剤が、一種のドラッグとして使われていた。そのネオプレンでハイになった若者が肩を組んできたり、「札付きのワル」と、住民ですら敬遠する若者たちと道で出くわしたこともあった。そういう場合、わたしは、ビクトル・ハラなど、チリの音楽のことを話題にすることにしていた。すると、彼らの顔つきは即座にゆるんで世間話に移行し、「カツアゲ・モード」は消え去るのだった。「ビクトル・ハラなんて古いな、あんた。今はロス・プリシオネーロス[6]の時代だよ！」

また、先述したように、当時ポブラシオンには、軍事政権に反対して武装闘争を行う組織に所属する若者も数多く住んでいた。そのため、銃声が響くことは日常茶飯事であり、爆弾の破裂音も毎週のように聞いた。また、「アパゴン apagón（停電）」もポブラシオン名物だった。これは、軍や警察による捜索行動をかく乱するために、鉄製のチェーンを上に投げて電線に絡ませ、人工的に停電させるという行為だ。アパゴンも、ほぼ毎週のように発生するので、ロウソクは常備品である。わたしも、「蛍の光」ならぬロウソクの炎を頼りに勉強したことがある。

また、年に何度か「プロテストの日」というのがあった。それは、クーデターが起こった9月11日をはじめ、反対派の人々にとって意義深い日付に、軍事政権に対する抗議の意を表明する日だった。もちろん、都市の中心街などで、政党や社会組織の呼びかけのもと、公開的な形での抗議行動も行われていたが、ポブラシオンでも、地元住民の手で、反意を表明する活動が活発に展開されていたのである。

プロテストは非合法の活動なので、当たり前ながら、当局による鎮圧行動が予想される。そこで、プロテスト当日は、午後の明るい時間から、住民たちがあらかじめ、自分たちが住むポブラシオンをブロックアウトする。地区を東西南北に走る主要幹線道路の入り口数か所で、使い古したタイヤを

ポブラシオンの壁絵

積んでバリケードを作り、燃やす。そして、バリケードの周囲には尖ったビスのような金属片を蒔き、車両の入場を阻止する。一時的だが、ポブラシオンが住民自身によって占拠され、事実上、独立した空間になるのである。こうなると、もうバスで帰宅することができなくなるので、わたしは、プロテストの日は、午後3時くらいまでに帰宅することにしていた。

ポブラシオンを東西に横断する目抜き通りには、警察の詰め所があった。そこから警察車両に乗ってパトロールする警官たちと、武装した住民の間で撃ち合いになったこともある。わたしが住んでいたアパートの横を、銃口を斜め上方に向けた戦車が、威嚇するように、ゆっくり通り過ぎたこともある。また、ポブラシオンを南北に走る道路に沿って、住民たちが数メートルごとに一本ずつロウソクを立て、火を灯しながら、静かに抗議の意を表明するという、厳かで美しい抗議行動にもわたしは参加した。

抗議活動は、芸術的な形でも行われていた。先述した、教会で開催される音楽会での歌や劇以外にとても印象的だったのが「壁絵 mural」だ。ポブラシオン内を歩くと、アパートの壁や小学校の塀、住居群を仕切る塀など、さまざまな公共空間に描かれた巨大な壁絵が目に付く。地元の若者グループによる作品群だ。警察による取り締まりを避けるため、見張り役のほか、数名で塗る箇所を分担し、高さ2メートル、幅数メートルの巨大な作品でも、作業を同時に進めることによって、わずか20～30分ほどで完成させてしまう。

題材はビオレタ・パラやビクトル・ハラ、ノーベル賞詩人パブロ・ネルーダ、アジェンデ大統領など、庶民層の人々が尊敬するチリ人の芸術家や政治家のほか、キューバの歌い手シルビオ・ロドリゲス、ガンジー、チャップリンなど、外国の進歩的な著名人が描かれることもあった。また労働者や農民、先住民などチリの大衆が社会正義を求めて闘う姿、住民たちが直面する現実を赤裸々に描いた作品もあった。

とにかく、さまざまな公的な空間に勝手に描いてしまう。日本だったら間違いなく器物損壊の罪で逮捕されるところだが、ポブラシオンでは何となく許される雰囲気がある。もちろん住民の中にも軍事政権を支持する人もいるので、全員が快く思っているわけではないのだろうが、多くの住民たちが力強くも美しいこれらの壁絵に誇りを感じ、勇気を得ていた。

このように、わたしはポブラシオンでの滞在経験を通じ、いろいろな「あり得ない！」を体験した。それらの体験を通してわたしの印象に強く残ったのは、多くの住民が示していた強烈なイニシャティブである。客観的に見て極めて過酷な状況のもと、住民たちはただ嘆き、運命と諦め、受け入れていたわけではない。プロテストや芸術などさまざまな形で協働しながら「異議申し立て」を表明し、社会正義やよりよい生活を求め、活発に行動していた人も決して少なくはなかったのである。

10　ポブラシオンで再発見した「自分らしさ」

さて、「先進国」日本の中流家庭で生まれ育ち、潤沢な奨学金を得て留学していたわたしが、なぜ、現地の外部者も「危険極まりない」と形容するポブラシオンにわざわざ住みついたのか、読者は不思議に思うかもしれない。

ペーニャのところでも書いたが、ポブラシオンに1年半住んで、わたしが最も強く感じたことを一言で言えば、「この人たちは『本当に』生きている！」という感覚である。逆に言えば、わたし自身は正直なところ、「生きている」と胸を張って言えるような状態ではなかったのだ。もちろんわたしも、物理的・肉体的には「生きて」いたのだが、第2章で見たように、精神的にはかなり長い間「死んだ」も同然の状態で過ごしてきた。「自分らしく」ふるまうことができず、息苦しく感じていたのである。そして何度も書くが、視力上の困難はわたしの、このネガティブな心境をさらに悪化させていた。

だが、「あり得ない」ことが連日のように起こるポブラシオンに身を置くことで、それまでに自分が内面化していた他者の基準や「常識」は希薄化していった。それとともに、縛られていたわたしのこころは解放されていき、本来わたしが持っていたのに長い間麻痺させられていた「自分らしさ」が蘇ってきた。たとえば音楽的資質や社交的な特徴がそれである。ポブラシオンで生活する中で、これらの「自分らしさ」を明確に認知し、それを自然に発揮しながら生きられることの喜びと意義を深く実感した。

そもそも自分が誰なのか、何をしている時、どんな風に人と交わっている時に幸せに感じるのか、どんなことを大切にして生きたいのか……。ポブラシオンに住む間に、そうしたわたしの「自分らしさ」、わたしの存在そのものに直接関する大事なことがらを、時間をかけてしっかりと、こころと体で確認することができたのである。「自分らしさ」を否定されることなく、「ありのままのわたし」でいられることの無限の喜び。「生きていることは素晴らしい！」——単なる「理想論」に思えていたことが、実際にあり得ると気づいたのである。

農村の宗教民謡を研究するために留学した「はず」なのに、研究テーマには全く関係がなく、しかも「危険極まりない」都市のスラムに住む。アカデミックな文脈で考えれば、どう見ても「正しい」

選択とは言えない「非常識」な行動と映るだろう。だが「人は何のために生きるのか」という、より大きな人生哲学の学びの観点から見れば、ポブラシオンに住んだことは「大正解」だった。チリ留学から30年以上経過したいま、この文章を書きながら、わたしはそう確信している。

宗教民謡の研究とポブラシオンでの生活、この両面において、わたしは自分自身をさらけ出し、他者とオープンに交われることの幸せをこころの底から感じたこと。それが、チリへの留学で得た最も重要な学びであった。後述するように、以後の試行錯誤の過程でしばしば見失ってしまうことになったが、それでもこの学びは、現在に至るまでわたしの思考様式や行動様式の中核的指針となっている。

軍事政権下のチリで過ごした経験はわたしにとって、それまでの人生で最も幸せな時間だった。「奨学金を得た留学生」という特権的条件の分は割り引くべきかもしれない。それでも、少なくともわたしの主観において、思いっきり「自分自身でいられた」こと、そして「他者とストレートに交われた」ことは、人の「幸福感」や社会における人間関係を考える上でかけがえのない教訓を与えてくれた。

だが、次章で見るように、「自分らしくあること」を実践し続けるのがいかに難しいか、わたしはその後十数年にわたり、いやというほど思い知らされることになった。

第4章 就職後の試行錯誤
――「自分らしさ」の再喪失と回復

帰国後わたしは、チリへの留学でつかみとった「自分らしさ」の意義をふたたび見失い、長く暗いトンネルに突入するという誤りを犯した。本章では、就職を機にわたしが「自分らしさ」を再度喪失したいきさつ、そして、「失敗」に終わった二度目のチリ滞在を経て、試行錯誤の道を歩む中で、また自分らしくふるまえるようになるまでの過程を振り返る。

1　大学教員になることへのためらい

充実した生活をチリで送っていたわたしに指導教員のC先生から国際電話があったのは、留学生活が2年目の後半に入った1988年9月初旬のことだった。大阪外国語大学のイスパニア語学科で常勤講師を公募しているので応募するように、と知らせてくださったのだ。そこでわたしは、チリでの滞在予定を短縮し、10月1日に帰国することにした。

だがわたしの心境は複雑だった。ポブラシオンでの生活を続けるうちに、そのままチリに住み着きたいという思いが芽生えていたからである。それまで、こんなに自分らしく楽しく、充実した気持ちで生活できたことは一度もなかった。自分には日本の環境よりもチリの方が合っている、そう強く感じていた。

現地で人材派遣の仕事をする日本人の方から、時々通訳のアルバイトをさせてもらっており、ポブラシオンで生活するには、月に2～3日ほど仕事をすれば十分な収入が得られた。「本当は帰国したくない……」。

だが、国立の外国語大学で常勤職を得る可能性があるのだ。研究者をめざす大学院生という立場で理性的に考えれば、応募しないという選択肢はない。感情と理性が衝突し、迷いながらわたしは後者を選んだ。後述するように、この選択は短期的には間違っていたが、長期的には正解だった。

予定より早く帰国し、教員採用の件に公募すると、留学前に出版していた日本語の論文と、カントについて留学中に執筆したスペイン語論文の業績が認められ、「無事」に大阪外国語大学イスパニア語学科の常勤講師として採用された。

ここで、とても恥ずかしいが、正直に告白しなければならないことがある。実は採用が決定した直後、わたしは、あるとても「非常識」な行動を取った。

採用の一報を電話で受けた時のことだ。受話器を置いた瞬間、わたしのこころは重苦しい気持ちで一杯になった。研究歴の浅いものが、いきなり国立大学で「常勤」の教員に採用される。客観的に見ればこんなに恵まれた話はほとんどない。また自分でも研究者を目指し、頑張って現地調査も進めた。その努力が認められ、晴れて大学教員になることができるのだ。普通なら大きな喜びと安堵に浸るところである。

それにもかかわらず、わたしのこころは拒絶反応を示していた。一つ目の大学院に合格した時と同じ、いやそれよりさらに強烈な「しんどい、きつい」という感覚がこころを襲ったのである。

30年経ったいま、この時の心境をはじめて落ち着いて正直に分析してみた。

第2章に書いたように、子供の頃から勉強すること、本を読むこと、計画を立てて何かをやり遂げることは苦手だった。これらのことがらはわたしの「ネガティブな自分らしさ」を形成しているが、大学教員や研究者にとっては、本質的に重要な資質である。そもそもわたしは研究者に向いていないのだ。

その一方で、留学中に現地調査を行う過程で、「歌って弾いて調査する」という独自の方法を見出した。「自分らしさ」を積極的に活用することで、楽しく調査しながら、さまざまな興味深い情報が得られる。また、苦手な文献資料を読む作業も最低限はこなし、これも参照しながら論文にまとめる。こんなやり方が許されるのであれば、何とか研究者がつとまるかもしれない。そんな楽観的な意識も芽生えていた。

だが、別の要因がわたしの足を引っ張っていた。先述した「視力上の困難」である。すでに高校2年生の頃からわたしにとり、そもそも本や論文を読むという作業が物理的に辛い作業（苦行）になっていた。

もし大学教員や研究者になれば、これまで以上にこれらの作業を行う日々が待っている。それを想像しただけで、本格的な苦悩の予感がわたしのこころに重くのしかかってきた。一方、しあわせに過ごした留学の日々を思い出し、もう一度チリに戻りたいと思うようになった。

思い悩んだわたしは、大学院の同級生Gさんに「採用を断りたい」という思いを告げてみた。「このままでは大変なことになる」、そう判断したGさんは指導教員のC先生に連絡し、話し合いの場を設けてくれた。

正直に思いを打ち明けたわたしにC先生は、「本当なら怒鳴りつけるところだけど、Gさんの気持ちを酌んで、穏やかに話そう」と言い、「今やめてしまうと多くの人に迷惑をかける。嘘でもいいから1年間だけは勤めてくれ」。そう助言してくださった。

採用を断るくらいなら、そもそもどうして応募したのか？　もっともな批判である。いま書いていても、顔から火が出るくらい恥ずかしい非常識な話だ。だが、とにかく「苦しかった、逃げ出したかった」のだ。

第一に、そもそもわたしは学者には向いていない。ここに第二の要因、すなわち「目の不調」という物理的な困難が加わっていた。二つの阻害要因がタッグを組み、圧倒的な力でわたしのこころを暗闇へと引きずり込んでいたのである。

結局わたしは不安な気持ちのまま就職した。自分のネガティブな資質や思考傾向に対抗し、何とか大学教員としてやっていくためには、「自分らしさ」をしっかり自覚し、活用することで、自身を肯定できる事実を一つ一つ築いていくことが大事だった。だが、それがいかに難しいことか、就職後に思い知らされることになった。

2　就職して再発した「学者病」

帰国後、わたしは講師として採用された大阪外国語大学のイスパニア語学科（のち「スペイン語学科」）に、平成元年4月から勤務することになった。

1年後の1990年、ラテンアメリカの植民地時代の歴史を専門とする同僚の先生のご厚意で、国立民族学博物館の共同研究に参加することになった。メンバーは、マヤ文明、アステカ文明、インカ文明など、アメリカ大陸の中でも、かつて特に複雑な先住民文明が発達した地域を専門とする考古学者や歴史学者、現代の先住民社会を研究対象とする人類学者、ラテンアメリカの小説を専門とする文学者など、いずれも著名な研究者の方々だった。

そして、共同研究のテーマは「ラテンアメリカにおけるメスティィサへ（混血化、文化の混交）」だったのだが、わたしがチリ滞在中に研究した「カント」は、主にヨーロッパ系の農民たちの間で歌い継がれてきた民謡だったので、適当な事例ではないように思われた。とはいえ、優秀な研究者がたくさんいる中米やアンデス地域に関する研究を始める気にもなれなかった。

そこで苦し紛れに、南米南端のチリとアルゼンチンに居住する「マプーチェ」という先住民族の歴史を研究することにした。マプーチェについては留学中に名前を聞いたことがあるだけで、実質上ゼロからのスタートだったが、日本で研究している人はほとんどいなかったので、何とかなるのではないかと思ったのだ。視力上の困難に起因するしんどさも、この「安易」な決断を後押しした。

ところが、この「苦し紛れ」の決断をきっかけに、もう一度「自分らしさ」の活用に関して、苦しみに満ちた、と同時に、意義深い試行錯誤のプロセスを経験することになろうとは、その時のわたしは想像もしていなかった。

当初わたしは、そうそうたる先生方を目の前にして、大きな不安に包まれた。そもそも、先生方の前に出して恥ずかしくないような研究をすることができるのだろうか？　こうして、就職したばかりのわたしのこころには、「大学教員」や「研究者」といった社会的な「肩書」が重くのしかかり、「大学の先生らしい、立派な研究者にならなければ」という強迫観念でがんじがらめに縛られるようになっていった。

メンバーの中には、植民地時代に記された一次資料を鋭く読み解き、国際学会で活躍する著名な歴史学者の方々もいた。それらの先生方の発表を間近に見ていたわたしは、このような文献研究こそ「正しい」方法であり、自分も同じやり方で研究を進めないといけないと思いこんだ。「自分らしさ」を封印し、本来のあり方とはかけ離れた「学者の仮面」をかぶるという誤りを再び犯してしまったのである。以下、その経緯を見ていこう。

就職してから3年が経過した1992年、文部省の在外研究費を得て、10か月の間ふたたびチリに滞在する機会を得た。だが、すでに「仮面」をかぶってしまっていたわたしは、前回とは対照的に、ほとんどの時間とエネルギーをマプーチェの歴史に関する文献を中心とする研究に費やし、現地の図書館や古文書館に毎日のように通った。

こうして自分の「本来の特長」（強いわたし）とは違う、むしろとても「苦手」な「文献研究」（弱いわたし）に「専念」した。大量の文献資料を入手し、日々、同時代の文書や歴史家が書いた著作を精読し、内容の要約をノートに記述していった。視力上の不調は作業をとても苦しいものにしていたが、何とか頑張った。このように精一杯「努力」したにもかかわらず、チリ滞在中も帰国後も論文の一本すら書くことができなかった。

「カント」に関する研究で得た喜びも自信も失い、「研究者失格」という強い劣等感に襲われたわたしは、成果が出なかったのは、自分が研究者として「不適格な人間」「ダメな人間」だからだと自分を責めた。

こう書くと、二度目のチリ滞在の経験は「完全な失敗」だったように思えるかもしれない。だが後述するように、長い目で見るとこの時の挫折は、わたしが自分の「自分らしさ」についてもう一度じっくり見直す機会を与えてくれたという意味で、とても意義深い経験だった。

3　悲しくも感動的な歌——「アンヘリートのお別れ」

「失敗」に終わった2回目のチリ滞在だったが、深い学びにつながった経験もあった。歌い手として「幼児の葬礼」に参加したことである。

スペイン語で「小さな天使」を表す「アンヘリート angelito」という言葉がある。生まれてから7歳くらいまでの年齢で亡くなった幼児を指し、宗教的な意味での罪を犯すことなく、「純粋」なまま亡くなっているので、その魂は間違いなく天国に赴き、残された家族の安寧を保証する守護聖人のような存在となると考えられている。もともと地中海地域に根付いていたこの信仰は、コロンブスによる新大陸到達以降、ラテンアメリカ各地にも伝わった。

幼児死亡率の減少に伴い、頻度は減ったものの、チリ中央部では現在でも幼児が亡くなると、「べロリオ・デ・アンヘリート velorio de angelito」（以下「ベロリオ」と略）という特別な儀礼が幼児の自宅で催される。

そして、第3章で説明した聖人儀礼と同様、ベロリオでも、当日の夕方から聖書にちなんださまざまな宗教的テーマの十行詩が一晩をかけて歌われる。唯一の違いは、儀礼の最後に「アンヘリートのお別れ Despedimento de angelito」という特別なテーマの詩が歌われることである。詩の名称が「への
お別れ Despedimento a ……」ではなく、「のお別れ Despedimento de……」になっていることには重要な意味がある。

わたしが実際に儀礼の場で歌った「お別れ」の詩を例に見てみよう。この詩は、一度目のベロリオに誘ってくれた友人Hさんが、わたしのために当日作ってくれたものだ。靴職人でカントの歌い手、そして即興詩人でもあるHさんは、儀礼の前に彼の自宅で軽い夕食を取っている時に、「お別れ」のテーマにふさわしい内容の四つの十行詩を、その場で詠んでいった。わたしは彼が口頭で発する詩句をノートに筆記していった。こうして即興的に創作された詩のうち、第二連目の十行詩を日本語に訳したものがこれだ。

母さん、わたしのために泣かないで
悲しんだまま行きたくはないの
幸せに天に飛んでいくのは
尊いことなのだから
あなたのためにお願いするから

口づけでわたしを送り出してね
どうか信頼してほしい
わたしなりにお祈りするため
みんなのためにかけ橋となるはず
このいとおしいアンヘリート

亡くなった幼児が「一人称」で、つまり「自分の言葉」として母親にお別れを告げていることがわかる。「お別れ」の詩には、自分は天国で家族の幸せを祈ること、満足して旅立つのだから悲しまないでほしいこと、喜びとともに送り出してほしいことなど、悲嘆に暮れる家族を優しく、決然と「諭す」詩句が並ぶ。

このように歌い手たちは、幼児に代わって両親、祖父母、兄弟、代父母（洗礼上の両親）などに、幼児の「悟った」思いを歌の形で伝えていくのである。一同は歌声を聴きながら、「子供の死」という過酷な現実が突きつける悲しみに、思い切り「浸りきる」。だが、彼らの心情は次第に変化していく。

以下、著者が参加した儀礼で実際に体験したことを見てみよう。

一度目のベロリオは、サンティアゴ市南部に位置するある地区の一般住宅で行われた。われわれ二人は、儀礼が行われる場所の近くで、アンヘリートの父親と落ち合い、彼の運転するバスで自宅まで連れていってもらった。歌い手はHさんとわたしの2名だった。亡くなったのは1歳にも満たない乳児で、テーブルの上に小さな白い棺桶が置かれた居間には数脚の椅子やソファーがあり、家族や隣人たちが重苦しい表情で座っていた。

席を譲られ、腰を掛けたわれわれ二人は、さっそく歌い始めた。はじめに、Hさんが一人で「アンヘリートへのあいさつ」の詩を歌い、次に、二人で「イエスの受難」、そして「天地創造」に関する十行詩を歌っていった。わたしは前回の留学時に覚えていた詩を歌ったが、Hさんは十行詩の厳格な韻律に従いながら、テーマに沿った詩をその場で即興的に考案し、躊躇することなく見事に歌っていった。

その後、休憩を取るために外に出たわれわれに、父親が話しかけてくれた。幼い頃にベロリオに参加した経験があったため、万が一我が子に不幸が起こった場合は、「ベロリオ」式の儀礼で弔いたいと考えていたのだそうだ。そして、その日の朝、娘が肺炎で亡くなっていたこと、その時の妻の絶望的な様子について語る彼の表情は深い悲しみに満ち、目には涙があふれていた。

休憩後「イエスの生誕」の詩、そして最後に「アンヘリートのお別れ」の詩を歌い、その場を去ろうとするわれわれに、父親が家の近くまで送るからと申し出てくれた。憔悴する父親の世話になるのは気がひけたが、断るのもしのびなく、小型バスで大通りまで送ってもらうことにした。

ところが、道中の彼は陽気ともいえるほど元気な様子で、その表情は穏やかだった。こころの底からわれわれに感謝している様子で、謝礼の支払いをHさんが断ると、喫煙する彼のためにわざわざ途中で車を止め、キオスクでマルボロを一箱買ってプレゼントしてくれた[▼7]。

次に、わたしが歌い手として参加した二度目のベロリオは、コルチャグア州のコデグアという農村集落の民家で行われた。居間のテーブルの上には、1歳に満たない乳児の遺体が収められた小さな白い棺が置かれていた。わたしを含む5名の歌い手たちは、壁際に並べられていた椅子に座り、棺の方を向いて「イエスの生誕」や「天地創造」などのテーマの十行詩を歌っていった。夜食後、われわれが庭で休憩を取っていると、家族が乳児の亡くなった経緯を語ってくれた。癌に冒されていたこと、入院していた病院で職員のストライキがあり、死期が早まった（と感じている）ことなど、痛々しいお話だった。

その後、さらに聖書にちなんだテーマの詩をいくつか歌い、棺を墓地に送り出す早朝を迎えた。われわれ歌い手が「アンヘリートのお別れ」の詩を歌い始めると、母親は柱に寄りかかりながら、胸が張り裂けんばかりの声で号泣し始めた。他の家族や隣人たちの顔にも悲痛が走った。

この時、残っていた歌い手は４名だったが、わたし以外の３名はいずれも即興詩人で、休憩中に耳にしたさまざまな情報をその場で十行詩に盛り込んでいった。赤ん坊の名前、亡くなった日付や病名、病院から自宅への亡骸の搬送の様子……。具体的な言葉がちりばめられることで歌のリアルさは残酷なまでに高まり、列席者たちのこころを強く揺さぶった。わたしを誘ってくれた歌い手Ｉさんはその村の出身で、乳児の母親は小中学校時代の同級生だった。そのＩさんともう一人の年配の歌い手は感極まり、泣きながら歌い続けた【今こう書きながら、わたしも涙が出ている】。わたしも深い悲しみに襲われ、泣き崩れそうになったが、「家族のためにもしっかり歌わなければ」とこころを鬼にして何とか最後まで歌い切った。一方わたしに「お別れ」の詩を作ってくれたＨさんは、毅然とした態度で歌い続けた。その間約30分だった。（歌５：「Despedimento de angelito　アンヘリートのお別れ」）。

こうして「お別れ」の歌が終わったとき、列席者の様子には明らかな変化がみられた。アンヘリートの祖父は、涙で濡れた眼のまま安らかな微笑を湛え、われわれ一人一人に握手を求め、こころからの感謝の言葉を伝えていった。それは、一度目のベロリオの時にアンヘリートの父親が見せたのと同じ表情だった。そして帰り際、遠隔地から参加した歌い手たちに、麦わらで編んだ大袋一杯のジャガイモをプレゼントしてくれた。▼8

このように、ベロリオの場では、歌い手が亡くなった幼児になり代わり、その「悟り」や「決意」の言葉をしっかり届けることで、悲しい現実をより積極的な視点から捉え直そうという心境に、家族を優しく、そして穏やかにいざなう。現実にはあり得ない現世に残された者たちと亡くなった者との対話を実現することで、歌が、悲しみを昇華する「癒し」の手段として機能するのである。

最初に留学した時に、わたしは歌い手たちから「お別れの歌」が持つこのカタルシス（浄化）的機能について聞き、「理屈」の上では理解していた。だが、それを「本当」に実感したのは、みずから儀礼で歌った時だった。「理解」と「実感」の間には天と地ほどの差があることを、肝に銘じる体験となった。歌い手たちが「とても悲しく感動的な儀礼」と言っていた意味が初めて実感できた。一度目の留学中に、「自分らしさ」を活用することで育んでいた深い友情が、四年もの時間を隔て、このかけがえのない体験をわたしに与えてくれたのである。

依頼を受けた時、わたしの気持ちに迷いはなかった。「研究者」という意識は断ち切り、百パーセント「歌い手」として現場に臨んだ。録音や録画のための機器はもちろん、フィールド情報を書き込むためのノートすら持参せず、ただ「歌い手」としてこころを込めて歌うこと、家族の思いに寄り添うことだけに努めた。

そのため、後でこの儀礼を記述しようとした時、いろいろ思い出せないこともあった。だが、純粋に「歌い手」として臨んだので、最も大切なこと、すなわちこの儀礼で「お別れ」の歌が果たす意味を深く「実感する」ことはできた、と確信している。これらの体験ののち、複数のチリ人研究者から、わたしが参加した「ベロリオ」について聞かせてほしいと声をかけられた。彼らの質問に答えながら、わたしはこころの中で自問していた。こんなインタビューだけで、この儀礼や儀礼で「歌」が果たす意味を「本当」に理解することはできるのだろうか、と。

4　「趣味」ではじめたマプーチェ語の勉強

さて、二度目のチリ滞在が「失敗」に終わったことで、「ダメ研究者」という劣等感に苦しみ、悶々と過ごしていたわたしのこころに、ふとある考えが芽生えた。「マプーチェ語の勉強を続けてみようか？」

実は二度目のチリ留学時、「図書館通い」に明け暮れるわたしが「趣味」としてやっていたのが、マプーチェ語の勉強だった。サンティアゴ市内の小学校で、週二日午後6時から8時までの2時間、3か月の期間でこの言語の基礎を学ぶというコースで、講師を務めていたのは、50歳代のマプーチェ女性だった。チリ中南部の先住民地区で生まれ育ち、15歳の時に首都に移住したJ先生は、さまざまな辛苦を経験しつつ、独学でマプーチェ語の教授法を確立した。

3か月のコースは、マプーチェ語の初歩の初歩を、半ば文法半ば会話という形式で、テキストもなく、先生が黒板に書き出す単語や文章、動詞の活用表などをノートに書き写し、発音したり会話形式で練習するという内容だった。

わたしは単に一生徒として出席していたにすぎないのだが、スペイン語とも英語とも全く異なる未知の言語への挑戦に、不思議な充実感を感じていた。単純に「楽しく」「やる気が出る」ことだったので、欠席も遅刻もせず、宿題も毎回必ずやっていった。

だが、他の受講生たちはそれほど熱心なわけではなかった。開講当初の受講生十数名のうち、半数はマプーチェの血筋を引く若者たちで、先生のご厚意により受講料を免除されていた。残りの半数近くは主婦や教師・看護師等の専門職など、比較的裕福な非先住民系のチリ人で、それ以外がわたしやドイツ人留学生などの外国人だった。だが1週間、2週間と経過するうちに一人二人と脱落していき、コース終了時まで続けたのはわたしと、仕方なくわたしに付き合い出席していた、わたしの妻の2名だけだった。

そして、わずかな機会ではあったが、実際にマプーチェ語を使える場面もあった。J先生が自宅で開くパーティーや、首都に在住するマプーチェたちが開催する祈願の儀礼「ギジャトゥン」、あるいはホッケーに似た伝統的な遊戯「パリン」の大会に先生とともに参加した時のことだ。「マプーチェ語を使う」といってもほんのあいさつ程度だったが、それでもマプーチェのおっちゃんやおばちゃんが一瞬で驚きと喜びの入り混じった表情に変わり、目を輝かせながらマプーチェ語で話しかけてくるという場面を幾度となく経験した。

思い出深いのは、サンティアゴ市内の小学校で行われた「二言語教育」に関するシンポジウムでの経験だ。1992年当時、チリでも公用語としてのスペイン語に加え、先住民語での教育の必要性に関する議論が高まっていた。シンポジウムの目的は、二言語教育に向けた法的整備について議論することで、各地から先住民系組織の代表、研究者、政治家など約200名が参加した。

午前中の発表や議論が終了し、食堂で昼食を取っていた時のことだ。わたしと妻が座った席の前後左右はマプーチェの参加者で埋められていたので、思い切って前に座っていた年配の男性に「マリマ

サンティアゴ市で開催された祈願儀礼ギジャトゥン

サンティアゴ市で開催されたパリンの大会

り、チュムレイミ？（やあ、ご機嫌いかが？）」とマプーチェ語であいさつしてみた。すると彼はびっくりした表情で、「マリマ〜リ、ペニ！　フットラ・クイフィ！（や〜あ、兄弟よ！　めっちゃ久しぶり〜っ！）」と答えてくれた。「久しぶり」というのは、初対面の人に対しても、親愛の情を表すために使われる表現だ。

自分が日本人だと説明すると、「日本ではマプーチェ語が公用語なのか？」とか「日本人はマプーチェなのか？」など、思わず吹き出してしまいそうな、だがこころ温まる質問をマプーチェ語で矢継ぎ早に投げかけてきた。わたしが何とかマプーチェ語で答えると、彼は周りにいる知人のマプーチェたちに「この日本人のペニ（兄弟）すごいでぇ。めっちゃマプーチェ語しゃべれんねん」と宣伝してくれた。

すると、そのやりとりを聞いていた一人の若いマプーチェ男性がこう話しかけてくれた。「実はぼくの母さん、マチ（シャーマン）やねん。母さんに会ってもらいたいんで、ぼくらの共同体に来てくれへん？」と。それは、チョルチョルという地区出身のイラリオ・ウィリレフさんだった。イラリオさんは、先住民の生活振興を目的として設立されたＣＯＮＡＤＩ（先住民振興公団）という国家機関の先住民委員に、その数年後の１９９８年、最高得票数を得て当選することになる人物だ。

そのあとわたしは、ラウタロという地区にある先住民共同体の小学校で教諭を務める、サンティアゴ・ミジャレンさんという中年のマプーチェ男性からも声をかけられた。サンティアゴさんとは、その日の朝、会場に向かう小型タクシーで偶然乗り合わせていた。

これらの出会いをきっかけに、チリ滞在期間の最後の方に、わずか2週間ではあったが、この二つの共同体を中心に、ほんの少しだけ先住民の人々の暮らしに触れることができた。それは、「文献中心の研究」に専念していたわたしが、「楽しい！」と感じることのできた数少ない経験となった。とはいえ、わたしのマプーチェ語の能力は初歩のそのまた初歩のレベルに過ぎず、とても本格的な現地調査で役に立つような代物ではなかった。でも、さまざまな機会に経験した「マプーチェ語であいさつしたら、先住民の人たちがこころを開いてくれた！」という記憶はわたしのこころにしっかり刻みこまれていた。そして、帰国後に味わった劣等感に満ちた日々の中でこの記憶がよみがえり、誰に言われたわけでもないのに、何となく「もう少しマプーチェ語をやってみようかな？」という気持ちが芽生えたのだった。

5　失意の中、マプーチェ語の勉強を再開する

こうして日本にいながら、まったくの独学でマプーチェ語の勉強を続けることにした。参考にしたのは、20世紀の初めにカプチーノ会修道士が書き残した文書に基づき、同会派の別の修道会士がマプーチェ語の文法構造をスペイン語で体系的に説明しただけの本だった[9]。決して「学習意欲を促進する」とはいえないこの本を唯一の手がかりにしながら、授業では習わなかった、より複雑な表現を一つ一つ覚えていった。またバスでの通勤の最中に、目に映る風景をマプーチェ語で即興的に説明してみたり、J先生に、スペイン語を一切使わずマプーチェ語だけで手紙を書いたり、大学での授業の様子や家族の近況など取り留めもない内容をマプーチェ語で語り、カセットテープに録音して送ってみたりした。

間違った表現もたくさんあったに違いない。だが先生は、わたしが帰国後もマプーチェ語の勉強を

治療儀礼マチトゥン

続けていることをとても喜び、純粋なマプーチェ語で手紙の返事をくれたり、首都に在住するマプーチェたちに関する最近の出来事についてマプーチェ語で語り、ソニー製の60分のカセットテープに録音して送ってくれたりした。コースで教わった内容をはるかに超える難解な表現も多く含まれていたのだが、不思議なことにそれらの意味も少しずつ理解できるようになって行った。

　このように、何の必要も義務も明確な目的すらなく、ただ「何となくやってみたい」という感覚のみに導かれ、マプーチェ語の勉強を続けていたわたしに、大きなチャンスが訪れたのはその3年後、1996年のことだった。ある日突然、わたしの研究室に慶應大学医学部の教授から電話があった。その年の夏、マプーチェの居住地域で医療に関する現地調査をするので、情報を提供してほしいという旨の要請だった。何度かやり取りを交わしたのち、結局わたしはスペイン語とマプーチェ語の通訳として現地に同行することになった。

　こうして3年ぶりに訪れたチリで、病院や診療所での医療関係者や患者への聴き取り調査やシャーマン（マチ）へのインタビューのほか、マチが執り行う治療儀礼（マチトゥン）にも参加することができた。マチは神さまや霊たちと交流しながら、悪霊や魔術を原因とする病気を治療したり、豊作や地域の安寧を祈願する儀礼（ギジャトゥン）を司るなど、マプーチェ社会における宗教上のリーダーである。イラリオさんのお母さんがそうであったように、マチの大半は女性で、現代でも純粋なマプーチェ語を話すため、伝統文化を体現する存在として社会的にも重要な役割を担っている。

そして、この時の現地調査で、わたしの最も強力な味方になってくれたのが、ほかならぬ「マプーチェ語を話せる」という能力だったのである。

6　スペイン語の強要と先住民語の衰退

マプーチェの間で現地調査をする際、彼らの「言語」を話すことが役立つのは、それが単に「話が通じる」という狭い意味でのコミュニケーション手段であるからだけではない。外部者が「マプーチェ語で話す」ということ自体が、聞き手のマプーチェに大きな情緒的変化をもたらす行為だからである。その理由を知るには、先住民マプーチェがたどった歴史、そして彼らが現在置かれている状況について説明する必要がある。

マプーチェはもともとチリの中南部に居住していた先住民族である。16世紀半ばに到来したスペイン人たちによって一時的に征服されるが、征服者がもたらした馬や鉄製武器など、外来の要素を積極的に取り込み、これを活用しながら抵抗を繰り広げ、17世紀の初頭には独立を回復してしまう。そして、以後2世紀半にわたり自律的なテリトリーを守ることに成功するという、数あるラテンアメリカ地域の先住民族の中でも、稀有な歴史をたどった民族である。▼10

自身の経験を語るサンティアゴさん

だが、日本でいえば幕末から明治維新にあたる19世紀後半になると、チリ政府が決行した「平定」という戦争により多くのマプーチェが殺され、それまで守ってきたテリトリーの9割以上を奪われてしまう。さらに、狭い居留地に追いやられた後も、非合法的な形でさらに土地を剥奪されるなど、非先住民系の人たちからさまざまな迫害を受けてきた。

こうした歴史を象徴するのが言語上の差別で、現在中高年層の年齢になっている先住民の中には、小学生時代に学校で強制的にスペイン語を修得させられた経験を持つ人が少なくない。シンポジウムで知り合った小学校教員サンティアゴさんもその一人で、小学校時代の経験を次のように語ってくれた（発言は基本的にスペイン語で行われたが、傍線部はマプーチェ語で発せられた部分である）。

その頃（学校には）修道女（の先生）がおってな。カトリックじゃ。ああ。でな、わしらにこう言うわけだよ。「あのですね、あなたはマプーチェ語を話してはなりませんよ。だって、マプーチェ語なんて決して役に立たないんですから。ね？　決して役に立ちません。なぜなら世界はどんどん進歩していくっていうのに、マプーチェは文化ってものを持っていないんですから。思い出してごらんなさい。あなたがた、あなたがたはね、スペイン人がやってきた時に、あなたがたはですね、『野蛮人』の子孫なんですから！」とまあ、こうわしらに言うわけだよ。わしらは「野蛮人」ってわけだ。

それで問題は、わしにとってはそれほど大きなものではなかったがな。でも、他のペニ peni（兄弟、男性同士の呼称）たちにとって、な、他の幼いラムゲン lamngen（姉妹。男性から女性および女性同士の呼称）たちにとっては、もっと、さらにもっと難しいものだったのだ。というのはここ、ムコ川のほとりにいくつかの共同体があって、な、彼らはもっとマプーチェ語を話しておったのだ。それで子供たちは（学校に通い始めた時）完全にマプーチェ語しか話さない状態だったのだよ。マプーチェ語だけじゃ。それで修道女先生はだ、な、彼らに教えられるようにと、それで言うには……、彼ら（子供たち）が先生に「おはようございます！」と言うわけだが、（彼らは）家であいさつをする時には、決まって「マリマリ！ Mari mari!」と言うことを知っていたので、登校した時に「マリマリ！」と言っていたわけじゃ。

すると、修道女先生はそこで怒って彼らにこう言うのだよ。「『マリマリ』なんて言ってはだめ、そうじゃなくて『ブエノス・ディアス ¡Buenos días!』（スペイン語の「おはようございます！」）と言いなさい！」と。するとそこで問題が生まれるわけだ。というのは、「その言語を話すこいつらに、一体どうやって勉強させろっていうの？　その上、これって言語ですらないんだから！」といったことをな。あのな、わしらはいろんな、ありとあらゆるネガティブなことを、わしらの言語に投げつけるのだよ。

それでな、修道女先生はわしらを叩いたり耳たぶを引っ張ったり、あるいはひざまずかせたりな、といった類のことを、というのは、それがマプーチェの子供たちにマプーチェ語を話させないための罰だったのじゃよ。もちろん、わしらは怖気づいて、そうじゃろ？　教室でな。それでわしらは、子供たちは全くわけがわからないわけだよ。なぜって、修道女先生はスペイン語で話すんだが、子供たちはスペイン語を全く知らなくて、マプーチェ語を話していたんだから。な？

で、子供たちが蓄えて持っていた知識の全て、生まれてから6歳までの間に、あるいはもっと長い期間じゃよ。その頃子供たちが学校に通い始めるのは6歳じゃなくて、8～9歳くらいの年齢だったのだ。それで、全てのことを母語で習得していた。それで学校に行くとこう言われるわけだ、「あなた、ダメですよ！」とな。それで子供たちは言って、午後帰宅するとこう言うのだよ。「そのバアさん、しゃべりよったで」と、な？「修道女」と言うことすらできなかったのだ。というのは、その言葉が「モンハ monja」ということも知らなかったのだから、な？　そうじゃ。その代わりに「バアさん kuse」と、な？　なぜって、もうかなりの年増に見えたからじゃよ。な？

それで「バアさんしゃべりよったけど、何言うてんか、さっぱりわからへんかった」とな。で子供はもう最初から「ああ、ぼくもう学校行かへんわ。だって先生言うてること、ぜんぜんわからへんもん」と、な？　というわけで、それがわしらの、わしらが抱えていた大きな問題の一つだったんじゃよ。

修道女先生がマプーチェの文化や言語、さらには先住民そのものを「野蛮」とみなし、ネガティブな評価を下し、そのことを子供たちの前で公言していたことがわかる。幼少期に自分の言語を否定された体験を、今でも悔しい気持ちで思い出すというサンティアゴさんは、この体験を糧に、のち新しい先住民法によって設置された自由選択科目の枠を使い、児童にマプーチェ語を教えるようになった。

平定戦争によって自律的なテリトリーを失い、チリ国家に併合されたマプーチェの社会には、マジョリティ社会からの価値観が生活のあらゆる面で流入する一方、スペイン語を唯一の国語とする学校教育が施された。こうした状況のもと、多くのマプーチェの家庭でも次第にマプーチェ語の使用を控える傾向が広まり、若い世代になるほどマプーチェ語を使用しないようになっていった。同じ家族の中でも、高齢世代は主にマプーチェ語を話すモノリンガル、中年層はマプーチェ語とスペイン語のバイリンガル、そして若年のものや子供たちはスペイン語のモノリンガルといった具合に、急速なスペイン語の侵透とマプーチェ語の衰退を物語るケースは決して少なくない。

現在、スペイン語が全く話せないマプーチェはほとんどおらず、地域差や個人差はあるが、中年層以下の若い人々の中に限れば、スペイン語のみを話す人が圧倒的に多い。つまり、マプーチェ同士の間でもスペイン語で話すことが「当たり前」のことになっていて、わざわざマプーチェ語を話す必要があるわけではない。また外部者との関係において、マプーチェ語を話せることが、実践的な意味で「有利」に働くこともない。

むしろ、長年にわたってネガティブなレッテルが貼られてきたことから、特に若いマプーチェの中には、マプーチェ語そのものに否定的な感情を抱く人も少なくない。ドミナントな社会の価値観に押しつぶされ、消えゆくマイノリティーの文化や言語。それは長い間不可逆的なプロセスと思われていた。

7 権利回復闘争と先住民語に対する意識の変化

だが、1990年代に入ると、こうした状況に変化の兆しが見え始めた。チリ国内では1990年に、先述した独裁的な軍事政権が終わり、民主主義的な政治システムが復活する。一方、国際的なコンテクストでも、国連が1992年を先住民年に制定するなど、世界各地の先住民族を保護しようという機運が高まった。わたしが二度目にチリに滞在した1992年は、こうした内外の動向を反映して、新しい先住民法に関する議論が行われるなど、公のレベルで先住民族の権利を尊重し、その文化を保護・振興するための環境が、不十分ながらも整いつつあった時期だった。

こうした状況と平行して、マプーチェたち自身の手でも権利を回復するための活動が盛り上がっていった。本来の居住領域であるチリ中南部において、先祖が奪われた土地を回復するための闘争が激化していった。また、伝統文化を再評価する機運も高まり、中南部の農村地帯だけでなく、多くの先住民移住者が住む首都サンティアゴ市でも、二言語によるラジオ放送が始まり、祈願儀礼「ギジャトゥン」やホッケーに似た伝統遊戯「パリン」[11]も各地で復活していった。

このように、剥奪されてきた民族の権利を復興させようという機運が高まる中で、多くのマプーチェにとり、彼らの「民族的なアイデンティティ」、つまり「これこそ自分たちの本来の姿だ」という気持ちに強く訴える要素の一つが言語、つまりマプーチェ語だったのである。

今日の復権闘争をけん引する若いリーダーたちにとり、スペイン語だけでなく、マプーチェ語で政治演説ができること、すなわちマプーチェ語の運用能力の高さが、必須条件の一つとなっているといっても過言ではない。

先述したイラリオ・ウィリレフさんもその一人だ。イラリオさんもまた、幼いころはマプーチェ語だけで生活し、小学校に通うようになってから、体罰を受けつつ、スペイン語を覚えさせられた経験を持つ。だが、母親がシャーマン（マチ）、そして父親が共同体の語り部（ウェウピフェ）であったイラリオさんは、マプーチェであることや、マプーチェ語で話すことを恥じることは一度たりともなかったという。

マプーチェ語であいさつするイラリオさん

わたしが知り合った頃、農村振興に関連するNGOで働いていたイラリオさんだったが、その後、パレスチナ系国会議員の秘書となり、チリの国家レベルでの政治の仕組みに関する知識と経験を積んだ。そして、新先住民法によって国家先住民振興局（CONADI）が設置されると、先述したように、先住民委員の候補として立候補し、全国の先住民の互選による選挙でトップ当選を果たした。こうしてCONADIの委員となったイラリオさんは、各地の共同体の間を飛び回り、精力的に任務に当たっていた。

わたしは幾度か、イラリオさんがさまざまな地域で行う集会に同行したことがある。現地の先住民の人々を前に、まず彼は、必ずあいさつと集会の目的に関する説明をマプーチェ語で行う。

共同体の人々の前では、いつも最初にマプーチェ語で話すことにしている。ウィンカ語（スペイン語）で話すやつは信用できん、マプーチェ語で話してくれれば信用できるっていうんだよ。

マプーチェ同士の間でも、言語が単なる情報伝達手段ではなく、「何語で語りかけるのか」によって、「聞き手」が「語り手」に対して抱く印象や評価が大きく異なってくることがわかる。

一方、イラリオさんより数歳若い弟のルイスさんは、わたしが知り合った頃、マプーチェ語では日常レベルの会話ですらできない状況だった。それで、「君は、もうちょっとマプーチェ語を練習すべきだよ」とわたしが説教していたほどである。

だが無理もなかった。年上の子供たちが小学校で、スペイン語の修得に苦労する姿を見て、両親が家庭における言語使用の戦略を変え、年下の子供たちに対してはスペイン語で話しかけるようにしたのだという。そうした事情で、当時30歳代だったルイスさんは、マプーチェ語をほとんど話すことなく育ったのであった。

だが数年後の2004年、ヌエバ・インペリアル区の分割に伴い、チョルチョルという名の区が新設された際、ルイスさんは区長選挙に立候補し、初代区長に選出された。その1年後の2005年、再会したルイスさんは、実に流ちょうなマプーチェ語で演説ができるようになっていた。

マプーチェ語教室に通って猛勉強？　そうではない。幼い頃からスペイン語だけを話して成長したので、「話し言葉」という点では、ルイスさんはモノリンガル（単一言語話者）だった。とはいえ、両親は、年齢が上の子供たちとの間ではマプーチェ語で話し続けた。また、母がシャーマン、父が語り部だったこともあり、地区で開催されるさまざまな集会において、マプーチェ語を聞く機会は頻繁にあった。それで、自分が話すことはできなくても、他者の話すマプーチェ語を聞いて意味を理解することはかなりできていたと思われる。「消極的バイリンガル」である。

マイノリティ言語の場合、こうした消極的バイリンガルの事例は少なくない。その場合、その言語に対する「主観」的な評価、つまり、その言語に抱く思いが修得や使用、さらには伝承に対する意欲の度合いに決定的な影響を及ぼす。

長期にわたって社会の支配的集団から否定され、ネガティブなレッテルを貼られることで消滅の危機にあったマプーチェ語は、復権闘争の隆盛を受け、少なくともマプーチェ社会の中では市民権を回復しつつある。わたしがマプーチェ語を修得したのは、ちょうどそうした過渡期だったのである。

8　わたしの「常識」＝研究者の「非常識」

だがわたしは、何もこうした状況を知った上でマプーチェ語の勉強を始めたわけではない。先述したように、二度目のチリ滞在中、わたしが「理性」的判断の中で重視し、専念したのは、「文献資料」に基礎を置く歴史研究だった。だが残念ながら、これはわたしの「自分らしさ」を発揮できる方法ではなく、短期的には何らの成果ももたらしてくれなかった。

逆に、わたしが単に「趣味」としてやっていた「マプーチェ語の勉強」の方は、結果的に見ると、より「わたしの特長」に合う行為だった。それゆえ、帰国後の失意の日々の中、自分の「これがやってみたい」という感覚に素直にしたがい、誰に命令されたわけでもないのに、独学で猛勉強を続けた。その結果、3年後の1996年、わたしのマプーチェ語は実践で役に立つレベルのものに「展開」していた。そして、慶應大学医学部の関係者からの要請が、その後のマプーチェ語を駆使した民間医療に関する研究につながった、というわけだ。

ところで、チリ人にせよ外国人にせよ、現在マプーチェの歴史や文化を研究している研究者は山ほどいる。でもこれらの研究者の大多数は、彼らの言語、つまりマプーチェ語には全くといっていいほど興味を示さない。

歴史家は過去の出来事を研究テーマとしているので、主に「文字で書かれた文献」を資料として使う。だがマプーチェは、もともと文字をもたない民族であったため、書き残されている文献資料のほとんどはスペイン語、あるいはラテン語、フランス語、英語、オランダ語など、ヨーロッパ系の言語で「勝者」の視点から書かれた資料が圧倒的に多い。一方、現代のマプーチェ社会や文化を研究する人類学者は、マプーチェの人々が執り行う儀礼に参加したり、彼らにインタビューすることも重要な活動となる。だが今日のマプーチェの大多数は、程度の差こそあれ、スペイン語を（も）話す。

つまり、「表面的」に見れば、別にわざわざマプーチェ語を勉強したり、話したりしなくても、マプーチェの歴史や文化について研究することはできそうに思えるのである。それゆえ、歴史学者は言うまでもなく人類学者の圧倒的多数も、スペイン語だけで調査を行い、宗教儀礼など、マプーチェ語が使用される事象に関しては、両言語を解する通訳を通じて情報を得ている。そして「こんにちは（マリマリ）」とか「さようなら（ペウカジャル）」、「ありがとう（チャルトゥ）」など、その気があれば1分で覚えられる基本的なあいさつですら、当然のようにスペイン語で発している。

こうした研究者に批判的なまなざしを向けるマプーチェは少なくない。マプーチェ語講座のJ先生はある時、わたしが個人的に知っていた著名な歴史学者の名を挙げ、「あんな奴に、わたしらマプーチェの歴史を語る資格などないさ」と吐き捨てるように言った。また、マプーチェの社会構造に関する研究で著名なチリ人の人類学者は、ある時J先生の姿を見ると、ふざけた様子で「去れ、サタン！ ¡Sale, Satanás!」[12]と叫び、十字を切る真似をしたという。あいさつの言葉すらマプーチェ語で言わないこの人類学者に対し、先生が強い憤りを抱いていることは言うまでもない。

さて、日本生まれ日本育ちのわたしにとり、そもそもスペイン語こそ「外国語」である。そして、この外国語がわたしの母語である日本語と根本的に異なっていること、通訳する場合、詳しい解説を加えることなしに、ニュアンスまで伝えることは難しいこと、その「難しさ」が文化や社会、人間関係、あるいは世界観の本質的な違いから来ていることを、わたしはいやというほど認識していた。チリ人である妻とは日本でもスペイン語で話しているので、毎日ありとあらゆる場面で、日本語からスペイン語に、そしてスペイン語から日本語に通訳したり翻訳したりするという作業を実践していたからだ。

とすれば、ヨーロッパ人の到来以前からアメリカ大陸に住んでいたマプーチェの言語とスペイン語の間にも、相当な違いがあることは、容易に想像することができた。だから歴史にせよ文化にせよ、マプーチェのことを研究するのなら、彼らの言語を勉強するのは当然ではないか？　そう思っていた。

だが、わたしのこの「常識」は、少なくとも現在マプーチェの歴史や文化を研究している人々の大多数にとっては「非常識」だった。現地で知り合った研究者の多くも、わたしが「マプーチェ語を勉強している」と言うと、「ふ〜ん、よくやるなあ。あんたも物好きだね。」と変人扱いだった。だが結果的に見ると、この「非常識」な感覚こそわたしの「自分らしさ」であり、その感覚を信じて「楽しみながら」努力することが、かけがえのない「切り札」を得ることにつながったのである。すでに見たように、帰国後の失意の中、マプーチェ語を日々勉強し続けたお陰で、わたしのマプーチェ語の運用能力は飛躍的に上昇していった。そして、先述したように、過去における言語をめぐる屈辱的な経験や現在高まっている復権的な機運もあり、レベルはともかく「マプーチェ語で話す」ことで、多くのマプーチェたちがこころを開いてくれ、彼らの意識の深い部分に触れられたと感じている。

以下、いくつかの体験を紹介しよう。

9 言語が解き放つこころ

先述したように、医療調査の目的で三度目にチリを訪れた時のことだ。チリ南部の、マプーチェの人々が数多く居住する領域での調査を無事に終えたのち、わたしと妻は、さらに1か月ほど同地域に滞在した。そしてある日、パドレ・デ・ラス・カサスという小さな町で、伝統遊戯「パリン」の区ごとの対抗戦が行われるというので、イラリオさんのご家族と一緒に行ってみることにした。会場に到着すると、すでに各区のパリン・チームの選手たちが準備をしていたが、その中に、わたしの友人サンティアゴさんが住むラウタロ区のチームのメンバーたちもいた。そこで、知人は一人もいなかったが、何となく親しみを感じ、激励も兼ねて、あいさつしてみることにした。

チームのある中年男性に「マリマリ、チャウ！　チュムレイミ？（やあ、あなた（「チャウ」＝年配男性に対する敬称）！　お元気ですか？）」と声をかけたところ、彼はびっくりした顔で、「マリマーリ、ペニ！（や～あ、兄弟よ！）」と叫び、「なぜマプーチェ語が話せるのか？」「マプーチェ語をだれに習ったのか？」「どこから来たのか？」など、満面に笑みを浮かべ、次々とマプーチェ語で質問を投げかけてきたのである。

人間、霊、そして神格に関する話題が複雑に絡みあう、民間医療に関する調査に集中的に携わった直後だったこともあり、わたしのマプーチェ語は絶好調だった。自分が日本人であること、サンティアゴでJ先生にマプーチェ語を習ったこと、大阪の大学で働いていること、ラウタロに友人がいること、マプーチェ語で話すのが好きであることなどを、すべてマプーチェ語で即座に答えることができた。

すると彼は突然、ある歴史的出来事に関する伝承を、わたしにマプーチェ語で語り始めた。それはすでに書いた「平定戦争」のことで、自分たちの先祖がだまされ、力づくで土地を奪われたこと、先祖たちがチリ軍に対して勇敢に戦ったこと、などの内容だった。その語りは、主にスペイン語で書かれた文書に基づき、非先住民系の研究者によって書かれてきた「平定戦争史」とは「時代区分の認識」という点で大きく異なる、とても興味深いものだった。[13] 念のため言っておくが、わたしは別に調査の目的で声をかけたわけでも「平定戦争について話してほしい」と頼んだわけでもない。単に社交辞令として、マプーチェ語であいさつしただけだ。それなのに彼は、この話を自発的に語ってくれた。「ぜひ、あんたにはこの話を聞いてほしい」、彼がそう感じたように思われた。

10　首都サンティアゴのマプーチェ語放送にて

首都サンティアゴで、マプーチェ語でのラジオ放送の番組に出演したことも、忘れられない思い出だ。

サンティアゴ市内の友人宅に滞在していた時のことだ。わたしの留守中に、家族のものが、首都圏向けに開設されていたマプーチェ語放送の時間帯を調べるため、ラジオ局に電話をかけてくれた。すると、ちょうど番組のアナウンサーをつとめる若いマプーチェ男性Kさんが電話口に出たので、わたしのことを「マプーチェ語を話す日本人」と説明したところ、Kさんはすかさず強い興味を示し、折り返し連絡してほしいという伝言を友人に残した。帰宅したわたしは、あいさつだけでもと思い、ラジオ局に電話してみた。そして、Kさんとマプーチェ語で二言三言会話を交わした結果、その日のうちに彼が担当するラジオ番組に出演することになり、緊張しながらもなんとか無事に出演を終えることができた。帰国後、わたしはラジオ局宛てに、マプーチェ語によるあいさつの手紙も送った。

1年後の2001年の夏季休暇中、わたしは再度チリを訪れた。そして南部での調査を終え、サンティアゴに滞在していた時にKさんに連絡してみると、ふたたび出演の依頼を受けた。

番組が始まり、マプーチェ語であいさつしたのち、尋ねられるままにチリ滞在の目的や日本での仕事のこと、復権闘争に関する意見などの質問にマプーチェ語で答えていた。すると、番組を視聴していたマプーチェたちが、外国人がマプーチェ語で話していることに驚き、我先にと争うように祝福の電話をラジオ局にかけてきてくれたのである。わたしが前年、番組宛てに送ったマプーチェ語の手紙の内容に感激した、というマプーチェ女性は、興奮した口調で「情けないことに、わたしらマプーチェは、ウィンカ（非先住民系チリ人）の真似ばかりしてしまっている。若い者たちがマプーチェ語を忘れているのに、日本の兄弟が立派にマプーチェ語を話してくれている。こんなにうれしいことはない」と語り、祝福してくれた。こうしてわたしは、わずか30分の間に、５人ものマプーチェの男女から、こころのこもったメッセージを受けることになった。

11　マプーチェ語で話すことの意味

マプーチェ語で話しかけるだけで、先住民の人たちは感動し、こころを開き、さまざまな思いを吐露してくれる。そんな場面をわたしは数え切れないほど経験した。それは「言語」が単に情報伝達の手段であるだけでなく、話す人のアイデンティティや誇りを構成する重要な要素であることを、わたしに気づかせてくれた。

長期にわたって迫害され、差別を受けてきたマイノリティの人々。彼らの言語もまた、かつて教育の現場で否定され、現代にいたるまで軽視、あるいは蔑視されてきた。長い間否定的なレッテルを貼られてきた言語だからこそ、外部者

マプーチェ語放送の番組で先住民リスナーと対話する

がそれを話す・話そうとすることは、強烈な情緒的インパクトを彼らのこころに引き起こすのだろう。同じ国に住むマジョリティであるチリ人も、そしてマプーチェのことを研究する学者（の大多数）ですら話そうとはしない言語。それなのに、外国人がわざわざ頑張って話そうとする。それは、身近な他者が勝手に作って押し付け、自分たちでもかなり内面化してしまっている否定的な意識や感情を飛び越え、ダイレクトに自分たちを肯定してくれることに等しい。だからこそ、多くのマプーチェたちがあれほど喜び、こころを開いてくれたのではないか。

趣味で始め、直感を信じて勉強を続け、習得した言語がたまたま調査に役立った。はじめのうちはそんな風に思っていたが、今では、この言語との出会いはわたしにとってより深い意味があったように思えている。

社会のマジョリティからネガティブなレッテルを貼られた言語、それは他者の評価を内面化し、自分自身でも否定してしまっていたわたしの「自分らしさ」だった。そして、マプーチェ語を頑張って修得し、これを使ってこころを通わせることは、単に学術調査のためではなく、出会った先住民の人たちを励ますことであり、同時にまた自分自身をも励まし、否定された「わたしらしさ」を回復するプロセスでもあった。だからこそ、あれほどその習得に頑張ることができたのだ。

読者の皆さんに理解、あるいは共感していただけるかどうかはわからない。だがわたしの主観の中では、先住民の人たちがたどった道のりや現状に強く共感するところがあり、無意識のうちに自身を重ね合わせていた。この経験を振り返り、今そんな風に感じている。

これらの体験ののち、「マプーチェたちがマプーチェ語で語り伝えてきた歴史伝承を、そのままの形で書き残したい」という思いが芽生えた。そして、複数の地区に住む年配のマプーチェが語ってくれた、スペイン人による征服やチリ軍による平定戦争の記憶、現在チリで展開されつつある権利回復闘争をめぐる思いなどに関する語りを、マプーチェ語での原証言に日本語訳を併記するという形で出版した。[14]

一方、現地調査を重ねるうちにマプーチェの歴史に関する問題意識が固まり、二度目のチリ滞在中に収集した文献資料も駆使しつつ、征服者がもたらした文化要素である「馬」の「同化」を焦点に、マプーチェ社会の「積極的文化変容」を論じた著作も執筆することができた。[15]

12　失敗から学んだこと

ここで就職後の試行錯誤の過程をまとめておこう。

大学教員になったのち、わたしは「立派な大学教員」のイメージに縛られ、本来の自分の資質からは程遠い「研究者の仮面」をかぶった。そのせいで「（ポジティブな）自分らしさ」を発揮することができず、努力は重ねるもののただ苦しいだけで、まともな成果を出せなかった。大きな挫折を味わったわたしは、再び強い自己否定感に悩むことになった。

一応、「論文」（らしきもの）も少しずつ書いてはいたが、「優秀な研究者のモデル」の奴隷となり、魂が抜けたわたしの書いた文章は精彩に欠け、およそオリジナリティからはかけ離れたものだった。数本の論文の「成果」により、助教授（現在の「准教授」）に昇進することはできたものの、わたしのこころは暗闇の中にあった。

二度目のチリ滞在後、失意に暮れる日々の中でふと思い立ち、マプーチェ語の勉強を続けるうちに、偶然にも民間医療に関する現地調査に従事する機会を得た。以後、マプーチェ語を積極的に用いることで、先住民の人々とのこころ温まる交流に恵まれ、マプーチェ社会の現状や歴史に関する論文や証言、さらには著書も執筆することができた。

だが、わたしが得たものは学術的な成果だけではなかった。新たな試行錯誤のプロセスを通じ、「自分らしさ」を研究や生活の中核に据えることの重要性を、わたしは肝に銘じた。短期的に見れば「失敗」だったことが、この重要な学びにつながったのである。

思い返せば1回目の留学の時、農村やポブラシオンの住民たちとの交流において力を発揮したのは「ギターと歌」だった。そして先住民の人々の間で調査を行う際、最も力強い味方になってくれたのは「先住民語の運用能力」だった。そしてこの二つに共通するのは、それらがいずれもわたしの「自己展開」の産物、つまり「わたしがもともと持っていた資質（わたしらしさ）」に基づき、自分の「素直なこころの動き」に従って、ほぼ独学で習得した技能や知識だったことだ。

こうして、「音楽」や「現地語」というコミュニケーション・スキルを駆使し、いわば「超参与型」のフィールドワークを行う、そんな「わたしらしい研究」のスタイルを見つけることができた。

これらの経験を振り返って、今こんな風に感じている。「スラム」の住民やヨーロッパ系農民たちにとっての歌謡、あるいは先住民の人々にとっての言語は、彼らの「自分らしさ」の一角を構成するという意味で、わたし自身の「自分らしさ」に通じる。つまり「自分ごと」と思える。ゆえに、狭い意味での「研究」の枠にとどまらず、「一人の人間」としてこういうことを大切にしたい、大切にしてあげたいという気持ちになれた。だからこそ、これらの技能や知識を頑張って習得することができたし、それを活用して交流することで、彼らもわたしにこころを開いてくれたのではないか、と。

一見「マジョリティの一員」と見られがちなわたしだが、他者の価値観の内面化や視力上の困難など、自分なりにさまざまな苦しみを経験してきた。だからこそ、あくまでもわたしの主観だが、社会において「マイノリティ」とされる人々の中にも、自分と重なる部分を見出すことがある。まったく同じでなくとも、似たような特徴や経験、思いがあると気づくことで、「同じ人間なのだ」と共感したり、つながりを感じたりする。はるばる南米のチリに身を置き、社会的属性の異なるさまざまな人々と深く交わる中で、わたしはこのとても大事な学びを得た。

「立派な大学教員」のモデルから解放されたわたしは、「自分らしく」現地の人々との交流を通じて、実感とともに学び、こころの底から「こういうことが大事」と思えることがらを中軸に据え、（視力上の困難を抱えながらでも）自然に、そして意欲を持ってオリジナリティに富んだ論文や著作を書くことができた。それは、「学術が苦手な」わたしにも、いや「学術が苦手だから」こそ可能になった研究だった。就職前には、「地獄」にしか思えていなかった「研究の世界」。それが、「天国」とは言わないまでも、「意外に居心地のいい空間」に変わっていった。そして就職後20年経過した段階で、これらの重厚な研究成果に基づき、こんなわたしでも「教授」に昇進することもできた。

13 「勘当」されて学んだこと

この章を終える前に、就職直後にわたしが体験した、悲しいが、重要な学びにつながったもう一つの体験について記しておきたい。「勘当」の体験である。

最初のチリ留学中に、わたしをポブラシオンに連れていってくれたカルラのことを第２章で書いた。

専門職の看護師として働くカルラが、ポブラシオンに住み、彼らのために尽力する姿にわたしは魅かれ、付き合うようになった。そして帰国が決まった時、わたしたちは、結婚して日本で暮らすことを約束し合った。

だが、両親は大反対だった。父は「外国人と結婚するなど絶対に許さん」。そして母は「外国人の奥さんなんてとんでもない。そもそも話が通じないでしょう」。全く聞く耳を持たなかった。そして翌年、すなわち1989年の4月に就職したのち、わたしの決意が変わらないことを察した両親は、実家に残していたわたしの持ち物を大阪のアパートに送りつけてきた。

カルラはその年の7月に来日し、予定通りわたしたちは結婚した。もちろん、正式な結婚式を挙げることはできなかった。外国人だから、という理由で結婚を認められず、勘当された。この時はただ、カルラに申し訳ないという気持ちだった。

だが1年半ほど経過すると、兄の仲介もあり、わたしたちに会うために母親が大阪にやってきた。わたしたちのアパートを見て、きれいに整理整頓されていたことに驚いたようだった。奥さんが「外人」なので「とんでもなく散らかっているはず」と思い込んでいたらしい。カルラはまだあまり日本語は話せなかったので、直接会話することは難しかったが、母は彼女の優しい人柄に触れて安心したようだった。こうして、永続すると思っていたわたしの勘当はあっさり解かれ、実家にも普通に行くことができるようになった。

カルラは結婚に反対されたことを一度も恨むことなく、毎年欠かさず父の日や母の日、そして両親の誕生日にもプレゼントを贈っていた。細やかな気遣いにこころを動かされた両親は、すっかりカルラを気に入り、わたしたちの間には、勘当されたことが信じられないほど良好な関係が築かれていった。

そしてわたしはいつの間にか、この件をほとんど思い出さなくなっていた。だが、ずっと後になって、この体験がわたしのこころに大きな傷を残していたことに気がついた。

18年後の２００７年、大阪外国語大学が大阪大学と統合した際、わたしは阪大の人間科学研究科に新設された「グローバル人間学専攻」の多文化共生社会論という研究分野に所属することになった。そしてある日、外大から移籍した別の先生と合同で担当していた大学院のゼミ授業で、教員も自分の経歴や研究について英語で語ることになった。わたしは、国際結婚の事例として、カルラとの結婚のいきさつも説明することにした。勘当の件はとっくの昔に克服できたと思っていたので、「勘当シチュエーション KANDOU situation」と表現し、面白おかしく語ろうとした時のことだ。なぜか突然大きな悲しみがこころを襲ってきて嗚咽し、涙に暮れて話ができなくなってしまった。気持ちが収まり、話を再開することができたのは2～3分後のことだった。わたしはこの体験が大きな傷として、こころに残っていたことを思い知らされた。

その夜、在日韓国人の院生がメールを送ってくれた。「共感しました。わたしも自分のことのように悲しくなりました」。わたしは泣いたのを恥じていたこと、温かいメッセージでこころが落ち着いた、という旨を返信した。

その後、さまざまな経験を重ねるうちに、なぜこの一件がこころの傷になっていたのか、わかるようになった気がした。

わたしにスペイン語を勉強するように勧めたのは、英文学者の父だった。「学者至上主義」の母親も、普段は気さくな人で、目に見えるほどわたしを束縛していたわけではなかった。だから、わたしが外国人と結婚することに、二人があそこまで頑強に反対し、勘当するまでに至るとは予想していなかった。そのこともショックではあった。

だが、わたしの「勘当ストーリー」には、もっと根深い問題があったと思う。他者や他者の「自分らしさ」にどのように向き合うか、という問題である。

チリ留学直後に知り合ったカルラとは、1年半以上の付き合いがあった。専門職者であるにもかかわらずポブラシオンに住み、偉ぶることなく住民たちと親しく交わり、献身的にボランティア活動を行っていたことからわかるように、高い社会的意識を持ち、強い意思と優しさを兼ね備えた人だ。また、チリ音楽を演奏するわたしをいろいろな人に紹介し、演奏する機会を作るなど、わたしが「自分らしく」いられることにおいても、彼女の存在はとても大きかった。こうした彼女の「人となり」をしっかり理解し、「自分らしく」生きていけるためにも、彼女とともに過ごすことの意義を確信した上で、結婚を考えたのだ。

だが両親はこれらの理由や背景を知ろうともせず、ただ彼女が「外国人だから」という理由で断固反対し、全力で阻止しようとした。わたし自身の経験や価値観に基づいた判断を、自分たちの判断基準に当てはめ、一方的に「誤り」と決めつけたのだ。「お前は正しい判断を下す能力がない無能な人間なのだ」。人間としての本質的な能力において否定された。そのことに対する悲しみや憤りが傷となり、わたしのこころに深く刻まれたのだ。

だが、わたしはこの経験から、他者との向き合い方に関して大事なことを学んだ。他者の判断が理解できない場合でも、安易に否定せず、その判断の背後にある経験や思いについて詳しく教えてもらう。そしてともに考え、その人の思考プロセスを支援した上で、その人が下した最終的な判断は尊重する。つまり、相手の意思決定能力を信頼する「促進的態度」の大切さである。

人生の歩み方を自分で判断できること、判断したことの結果に自分で責任を持てることも、人の成長における大切な学びである。たとえ完全には理解できなくても、相手の判断や決定のプロセスを支援することはできる。すると、その人が最終的に下した決定が自分の考えと異なっていても、相手には意思決定過程を支援してもらったという温かい感情や感謝の念が残る。

勘当されたことはとても悲しい経験だったが、得た学びは大きかった。わたしは理不尽な理由で否定されることの悲しみや憤りを体験した。だからこそ、他者を安易に否定することはやめ、促進的な態度で接することにしよう。この思いは今でも、さまざまな他者と関係する際にわたしを導く重要な指針となっている。

第5章

「自分らしさ活用」の社会的意義
——国際協力の場で

大学院時代から就職後にかけて、個人的なレベルで「自分らしさ」を活用することの意義を学んだわたしは、その後、さまざまな立場の人々が関わる社会的実践の場面でも、それぞれの「自分らしさ」を尊重することの重要性に気づいていった。

この章では、国際協力の分野における経験について見ていこう。

1 「住民参加型開発」の研究に参加する

試行錯誤しつつ自分らしい研究の方法を発見しつつあったわたしに、実践的な分野で活動する機会が訪れたのは今から20年以上前、2000年の春のことだった。

共同研究で知り合っていた社会人類学者L先生の推薦で、ラテンアメリカにおける「住民参加型開発」に関する理論的研究のプロジェクトに参加することになったのだ。期間は3年で、わたしはチリ委員会の「社会学専門家」として活動することになった。

国立民族学博物館の共同研究でマプーチェの民間医療に関する発表を行った際、L先生は、わたしが現地調査でマプーチェ語を駆使し、先住民の人々と深く交わり合っていることを高く評価してくださっていたのだそうだ。

ある日突然、研究室にM公団の職員から電話があり、事の次第を告げられた。わたしはとてもうれしく思う一方、大きな不安に駆られた。実践的な分野での調査などやったことがなかったので、「参加型開発の研究」と言われても何をしたらいいのか見当がつかなかったからだ。だが、「現地に行って調査できる」ことには魅力を感じたので、ともかく引き受けることにした。

こうして、豊富な実践経験のある先生方や職員に交じり、ただ一人「しろうと」のわたしも活動を開始した。最初の2年間は、農学専門家であるN先生とともに現地の政府機関やNGOを訪れ、資料を集めたりお話をうかがったりした。だが、開発分野の専門知識がないので、スペイン語で会話をしているのに、話の要点がほとんど理解できないという屈辱的な状況をしばしば経験した。また、どんなポイントについて調査したらいいのかもわからず、自分で計画を立てることもできないでいた。

それに対し、農林水産省ご出身のN先生は、農学や開発に関する豊富な経験をもとに、てきぱきと調査プランを立て、関係者たちと英語でかっこよく議論していた。その姿を見るたび、わたしは大きな劣等感を感じていた。

それでも場数を踏むにつれて専門用語にも慣れ、「参加型開発」の考え方も理解できるようになっていった。そして最終年の夏には、N先生のご都合が付かず、初めて単独で現地調査を行うことになった。わたしは農村の社会構造、具体的には大土地における伝統的な労働制度と農地改革によるその変化、零細農民たちの生存維持戦略、経済のグローバル化の影響など、現地農民の生活に関連するさまざまな項目について調査することに決めた。

1回目の留学時に、地域は違うものの農村で調査を行った経験があり、また、ポブラシオン生活の長かった妻とも毎日スペイン語で話していたので、チリの庶民層が話すスペイン語の言い回しには自信があった。それで1か月にわたる現地調査の間、現地の農民たちと楽しくおしゃべりしながら、興味深い情報を数多く得ることができた。

だが、実はこの時わたしが調べたのは、プロジェクトに直接関連する、これらの「真面目」な項目だけではなかった。単独で行動した結果、より「自分らしい」調査を行うことができたからである。中でもとりわけわたしの興味を強く引いたのが、農民たちの「魔術的世界」だった。

「なんでいきなり『魔術』やねん？」とツッコミが入りそうだ。実は、それまで数年間にわたってわたしが研究・調査してきたテーマは、シャーマン（マチ）が重要な役割を果たす、先住民の民間医療で、「霊的疾病」や「邪術」、「邪視」など、現代の日本に住むわたしたちにとってはにわかに信じ難いような現象もポピュラーな話題だった。今思うと、「論理的な分析が苦手」「直感を信じる」などのわたしの特徴も、これらの「合理的説明を超えたさまざまな現象」から構成される魔術的な世界に、強く魅かれた理由の一つだったように思える。これも「わたしらしさ」の一部なのだと。

たとえば「邪術をかけるhacer mal」とはどういうことか？　ある人が何らかの理由で他者に「憎しみ」を抱いたとする。その場合、ある物体（相手の髪の毛、使用済みのトイレットペーパー、墓場の土や人骨など）を用い、特定の作法を通じて、相手を肉体的あるいは精神的な疾病や金銭的困難などの状態におとしいれたり、事故に合わせたり、最悪の場合には死に至らしめる。

邪術（呪術、黒魔術）にまつわる風習は古代から世界各地に存在し[16]、アジア・アフリカ・ラテンアメリカ、さらにヨーロッパなど、現代でも多くの地域でこうした慣習が保持されている[17]。現代医学で説明がつく現象ではないので、どんなに近代的な設備が整った病院で検査しても原因が特定できず、患者の不調状態は延々と続く[18]。

一方、「邪視 mal de ojo」というのは字のごとく、ある人の「視線」を通じて他人や他の生物に引き起こされる病的状態を指し、こちらもラテンアメリカのみならず、ヨーロッパ、中近東、アフリカ、東南アジアなど、世界の広い地域で古くから続く現象である[19]。

チリの場合、主な犠牲者は幼児や乳児だが、牛や馬などの家畜、そして小麦や薬草などの植物に被害が及ぶ場合もある。たとえば、ある人が他人の赤ん坊を見て、「なんてかわいい坊やなの！」などと褒めたたえる。その際「神のご加護を。Que Dios lo（la）guarde.」という呪文を言い忘れてしまうと、その人の潜在意識の中に渦巻く「妬み」の感情が帯びた邪悪なエネルギーが、視線を通じて対象に伝わり、被害を及ぼすと考えられている。「妬み envidia」というスペイン語の名詞には、「見る」という意味のラテン語の動詞「ビデーレ videre」の語根が含まれており、「妬み」の感情が「見る」という行為を通じて表出する、という考え方を示している。

それまで数年にわたって、わたしが研究対象にしていた先住民マプーチェの間で、これらの魔術的、あるいは超生理的原因による疾病に対処する治療者の代表格が、イラリオさんのお母さんをはじめとするマチたちだったのだ。この頃のわたしはマプーチェの研究にどっぷりと浸かっていたので[20]、こうした信仰や習慣は先住民独自の「伝統」であり、スペイン語を話す非先住民系のチリ人には無縁な世界だと思い込んでいた。かなり狭い民族的な視点に捕われていたのである。

それで最初、このプロジェクトの対象がヨーロッパ系の零細農民たちが住む村落であることを知り、正直なところがっかりした。「なんや。ヨーロッパ系農民ならマプーチェ語も使えんし、邪術とか邪視とか関係あらへんがな。つまらん」と。「調査地をマプーチェの住む村に変更することはできませんか?」とお願いしてみたが、無駄な抵抗だった。

だが、わたしが抱いていたこうした「魔術的世界=先住民の伝統」という「偏見+先入観」は、単独で行った調査の「初日」に見事に砕け散ることになった。

2 邪視治療師Oさん

この時の調査の間、わたしが2週間にわたって滞在したのは、村で一番はやっているレストラン兼ペンションで、そのオーナーは当時60歳代前半の女性Oさんだった。村内のある零細農民地区で生まれたOさんは、家庭が裕福ではなかったので、10代の時に職を求めて首都サンティアゴに移住した。そして、レストランの給仕を務めながら理髪のコースに通って技術を習得したOさんは、帰村したのち、理髪の仕事でこつこつとためたお金で、小さなレストランを始めた。村の広場の改修工事の際、レストランは数十名もの労働者たちに食事や宿を提供する場所として連日にぎわいを見せた。こうして稼いだ資金で80ヘクタールの農場を購入し、果樹栽培や家畜経営をも手がけるようになった。

みずからの個人的な資質と、自身の意思や努力で習得した技術、そして「合理的」な経営手腕を発揮し、村有数の富裕者という地位を獲得した人物。その意味で、「農民参加型の開発」という、研究プロジェクトのオフィシャルな観点から見ても、とても興味ある事例と思われた。

ところが滞在初日のこと、夕食が終わって雑談している時にわたしは、村内の「勝ち組」といえるOさん自身が「邪視治療師」でもあることを知り、かなり驚いた。12歳の時に、やはり治療師であった叔母さんから邪視治療の祈祷を習って以来、数十年にわたって、村内外の多数の患者を治療してきたのだという[21]。

そしてOさんは、わたしが「邪視」に興味を持っていることを好意的に感じてくれたからか、自身が標的とされた「邪術」のケースについても詳しく語ってくれた。

Oさんの店から数件離れたところに、別のレストランがある。Oさんの店の繁盛ぶりに「妬み」を抱いた、そのレストランの女主人から邪術をかけられたOさんは、「原因不明」の体調不良状態に悩まされるようになった。その後、女主人からレストランを引き継いだ姪からも同じ理由で恨みを買い、邪術の標的にされたのだという。その結果、Oさんのレストラン・売店の売上げが下がったのみならず、Oさんの家族の健康も冒され、彼女も一時ベッドに寝たきりの状態に陥った。「寝ていた部屋の天井から、穴も開いていないのに、虫がポタポタと落ちてくるんだよ」。

ある日、村を訪れたジプシーの女性占い師に食事を与えてあげたところ、感謝した占い師はOさんに邪術の次第を告げた。そこで、隣村に住む女性治療師に「邪術封じ」を依頼した結果、健康を回復し、店の売上げも再び右肩上がりとなったのだそうだ。

これらの話を聞いたわたしは、ヨーロッパ系住民が住むこの村でも「邪術」や「邪視」といった魔術的世界が根強く存在していることを知り、がぜんやる気になった。これまで、先住民の地域で蓄積してきた民間医療に関する知識や問題関心と、開発の仕事とが結びつくかもしれない。そう直感したからだ。

翌日から、農民たちの家庭訪問をするたびにわたしは、まず「本来の業務」、つまり村の社会構造に関連する一連の質問を行ったあと、おやつや昼食を食べながら、リラックスした雰囲気になった時をねらい、すかさずこう質問することにしてみた。「ところで、わたしは『邪視』とか『邪術』っていう言葉を、他の地域で耳にしたことがあるのですが、何かご存じですか？」と。

こうして２週間の調査の間、約20の家庭を訪問したのだが、何とその全ての家庭で「邪視」または「邪術」にまつわるエピソードを聞くことができたのだ。

調査の際、現地への移動を手伝ってくれたのは、村役場の運転手を務める30歳代の男性Ｐさんだった。そのＰさんも、数年前に、ご自身の娘さんにふりかかった邪視のケースについて語ってくれた。▼[22] 治療に当たったのはＯさんの二女で、やはり邪視治療師であるＱさんだった。わたしは、あとでＱさんからも、Ｐさんの娘さんのケースについてお話をお聞きし、治療者側からの「裏付け」を取ることもできた。

また「邪術」についても、現在までその結果が持続しているケースや、近い過去に起こった十数件のケースに関する情報を得ることができた。

これらの邪術事例の契機は、経済的原因に発するもの、「恋愛」がらみのものなど、実に多様なものだった。

たとえばＯさんの知り合いのある年配男性は、いくら努力しても「23頭」以上の家畜を保有することができない。ある時、男性の「羽振りのよさ」を妬んだ近隣の女性が邪術をかけたからだ。それで、一時的に27頭とか30頭まで増えることがあっても、立派な家畜から１頭２頭と死んでいき、必ずまた「23頭」に戻ってしまうのだそうだ。

一方、恋愛問題に起因する邪術も広く実践されている。

ある地区の若い農民男性が、同じ地区に住む女性と懇意になり、子供をもうけた。だが、男性は結婚することを拒んだため、強い恨みを抱いたこの女性が邪術をかけた。その結果、男性は性的不能(impotente)に陥り、以来女性と性的関係を持つことができなくなった。これは、男性と同居する実の叔母さんから聞いた話で、わたしはこの男性本人ともあいさつを交わした。

一方、福祉関係の仕事に従事する既婚男性に横恋慕したある女性が、「豆料理」を使って「惚れ呪術」、つまり「自分を好きになるようにさせる邪術」をかけようと試みた。ところが、この男性はチリの中でも魔術的習慣が盛んなタラガンテ村の出身で、邪術に関する深い心得があった。そこで「豆料理」に「毒が盛られている」ことを察知し、炎の燃え盛る暖炉の中にこれを捨て、みずから「邪術封じ」の祈祷を行ったため、「邪術」は実践者である女性のもとに戻った。「邪術返し」だ。

翌朝起床した時、自分の顔に無数の傷を見出した女性は、村の医者に診てもらったものの、原因が特定できず、治療にひどく苦労したそうだ。まさにその日の朝、女性の変わり果てた姿を目撃したOさんは、思わず声をかけた。「あんた、その顔どうしたの!」。その後Oさんは、親交のあったこの男性から、事の次第をじかに聞いたのだという。

3　魔術的世界が示すもの

ヨーロッパ系住民のみが住むこの村でも、「邪術」をめぐる信仰や習慣が現在形で広く実践されていることに気づかされたわたしは、開発の観点からも、これらの思考や行動の様式を考慮に入れるべきだと感じた。少なくとも次のような二つの意味で、村人たちの社会関係に影響を及ぼす可能性があるからだ。

第一に、近い過去に発生した、あるいは現在進行中の邪術の当事者となっている者同士が、同じ開発プロジェクトに参加した場合、これらの人びとの間での組織化や協働を阻害する要因になり得る。

第二に、土地面積、農産物や家畜の生産・流通（販売）など、実益に関連する邪術行為も実践されていることから、プロジェクトに関して、恩恵の有無や大小など、何らかの不公平感や「妬み」が生じた場合、「新たな邪術」が誘発されないとも限らない。また逆に、合理的な原因に発する（と思われる）問題、例えば栽培や灌漑の失敗、機械の故障や事故といった出来事が、何者かが行った「邪術」の結果と見なされる可能性もある。

ゆえに、プロジェクトに関して何か決定を下す際、専門家だけで行うのではなく、村人たち全体にも相談し、彼ら同士の間で最大限の「合意」を得てもらいながら、事を運ぶことが重要である。要するに、一見「魔術的世界」とは無関係に見える「農村振興」という開発援助に関わる活動にも、そこに複数の人同士の関係が媒介するという意味で、こうした「特殊」と見える精神世界も、決して無縁ではない。そう気が付いたのである。

現地調査ののち、わたしはお世話になった日本の国際協力機関Rの専門家たちに成果を報告した。そして、開発に関する豊富な経験を持つ専門家たちが最も強い興味を示してくれたのは、まさにこの「魔術的世界」に関する部分だった。専門家チームのリーダーも、わたしの調査方法や視点を積極的に評価してくれたようだ。なぜならその2年後の２００２年、同地で前年に始まっていた開発プロジェクトにわたしを招へいしてくれたからである。

4　開発プロジェクトへの協力――活動前に抱いていた不安

翌年4月にこの地区で開始した「住民参加型」の農村振興プロジェクトに、専門家として参加する機会を得たのはプロジェクト2年目のことだった。期間は短かったものの、この時行った現地調査はわたしにとり、とても意義深い経験となった。[23]「自分らしさ」を活かし、「楽しく」培ってきた「現地音楽」のスキルや知識が、実践的な場でも大いに役立つことに気づかせてくれたからだ。

そもそも、他地域で開発や援助に関する活動を行う際、現地に暮らす人びとの生活条件や価値観、思いなどを考慮することが大事で、そのためには、住民との間に深く率直なコミュニケーションを取ることは基本中の基本である。さもなくば、専門家側が「よかれ」と思って考えたアイデアを、一方的な形で住民たちに押し付けることになり、結局そのアイデアが現地に根付かないだけでなく、もともと現地に存在した秩序すら破壊される結果になりかねないからである。

さて、このプロジェクトは、現地の「環境の保全」を主な目的とし、日本の国際協力機関Rにより、前節に登場した区内の、ある村落で実施されたものだった。そして、日本人専門家たちを受け入れ、協力するチリ側の機関は、農牧業の振興に関する研究や調査を行う国家レベルの研究機関Sだった。

わたしは、プロジェクト開始後ほぼ1年半ほど経過した2002年の8月に、Rのプロジェクト長からの要請で、短期専門家として現地の社会調査を実施することになった。わたしが託された任務は二つあった。

第一に、日本人専門家たちから要請されたのは、Sに所属するチリ人専門家たちへの「技術移転」

だった。

「技術移転」というのは井戸の掘り方、機械の操縦法など、土木や農業に関連する「具体的な技術」を現地国の人々に教えるというのが通例だ。でもわたしは理科系の出身ではなく、農学の「いろは」もわからないしろうとだ。「何を移転すればいいのか？」。途方にくれるわたしに専門家チームの連絡係の方が、こうアドバイスしてくれた。現地住民とのコミュニケーションの取り方の要領を、チリ人の専門家たちに教えてくれればよい、と。

第二に、Sに所属するチリ人専門家たちからの要請はより具体的なものだった。彼らによれば、すでに1年半が経過しているのに、農民たちは一向に積極的に参加する姿勢を見せず、プロジェクト施行機関からの物質的あるいは金銭的な恩恵を「待っている」だけだった。そこで、消極的な住民たちが「やる気」を出し、積極的にプロジェクトに関わるようになるような具体的な方策を提案してほしい、と。念のためだが、現地住民に関するこうしたイメージは、かなり一方的で偏見に満ちたものだったことを、あらかじめ指摘しておこう。

さて、わたしに与えられていたのは、事実上3週間という限られた時間だった。そして、これまでに現地に派遣された短期専門家は12人で、その全員が農学や土木など理科系分野の研究者たちだった。具体的な技術や知識を移転するのなら3週間で十分なのかもしれない。だが、わたしに託されたのは、いずれも住民たちとの間の良好なコミュニケーションを前提する任務だ。そんな任務を、知り合いが一人もいない場所で、このわずかな期間にやり遂げることなど、本当にできるのか？　活動開始前のわたしは大きな不安に駆られていた。

まず、第一の要請について考えてみよう。チリ人の農学専門家を連れて（正確には「専門家に連れられて」）農民の自宅を訪れる。そこで、わたしが彼らと初めて対面し、五分か十分くらい話しただけで、「魔法」でもかけたかのように住民たちがわたしと打ち解け、いろいろな本音を語り始める。チリ人専門家は感銘を受け「なるほど、こんな風に農民とコミュニケーションを取ればいいのか！　ありがとう、感謝するよ！」とわたしに謝意を告げる……。そんなことが可能なのか？

そもそもチリ人専門家たちはスペイン語を母語とし、農業という点でも、農民たちと共通の関心や話題がたくさんある。そして何よりも、住民たちとの間に1年半の付き合いがある。そんな人たちに、現地農民と良好なコミュニケーションを確立する方法を教えてくれと言われても、どうすればよいのか？

そして、第二の要請はさらに難しいものに思われた。専門家曰く「全くやる気のない」農民たちが、積極的にプロジェクトに参加するようになる、そんな効果をもたらす「具体的」な方法を考案せよというのだ。すでに1年半が経過し、さまざまな事態が発生していたプロジェクトの現状をほとんど知らないわたしが、短期間で具体的な解決策を提示することなど、どう考えても不可能ではないか？

調査開始前のわたしは、極度の不安で、夜も寝られないくらいの不安と緊張に襲われていた。「いったいどうすんねん？」

5　まずギターを買う

思案の果てにわたしが思い付いたのは「現地音楽の活用」だった。

近隣のデパートに赴き、3万5000ペソ（2002年当時の日本円で約8000円）で現地産のギターを購入し、現地に乗り込んだわたしは、農民たちと初めて顔を会わせた住民会議の場で、イチかバチか「クエカ cueca」という踊り歌を弾き語りしてみた。クエカは19世紀の始めに確立されたチリの国民舞踊で、男女のペアが白いハンカチを振りながら、恋愛成就の過程を表現するカップル・ダンスである。

100名ほどの住民が集まった会場で、わたしがあるクエカの前奏をギターでかき鳴らし始めると、突然、会場にいた一組の年配の夫婦が前に姿を現した。そして歌が始まると、夫婦は白いハンカチを手に、クエカの特徴である8分の6拍子のリズムに乗せてステップを踏みながら、円を描いたり交差したりして、華麗な求愛物語を描いていった。楽しそうに踊る夫婦を、他の住民たちもはやし立て、あちこちで大きな笑い声も上がった（歌6：¡Que viva la amistad! 友情ばんざい！）。

クエカを踊る住民の夫婦

住民たちの楽しげな様子を目にしてリラックスしたわたしは、さらに気持ちを込め、「回って！ ¡Vuelta!」「終わるよ！ ¡Se acaba!」など、クエカに特有の「合いの手」も入れながらしっかり歌い切ることができた。やれやれと思った瞬間、少し若い夫婦がいそいそと姿を現した。そこで、知っていた別のクエカを演奏し始めると、彼らも情感あふれる表情を浮かべながら、軽快な足さばきとともに見事な踊りを披露し始めた。その様子をうれしそうに眺めていた専門家たちも、一緒に手拍子を打ってくれた。こうして2組目のカップルが踊り終えると、会場には割れんばかりの拍手喝采が沸き起こり、住民たちも専門家たちも笑顔になっていた。わたしのこころには、かつてポブラシオンのペーニャで歌った時の感動が蘇っていた。

あとで住民に聞いたところによると、ラジオを通じて現代的な音楽への嗜好が広まったことで、村にはクエカの歌い手がいなくなり、長年の間踊ることができずに寂しく思っていたのだそうだ。

6 ギターを携えて行った戸別調査

翌日からの個別訪問による調査は面白いように順調に進んだ。わたしが持参したギターを見た住民たちは、必ずこう口にした。「1曲弾いてくれんか?」。わたしは直ちにこの依頼に応じ、チリや日本の歌を演奏する。すると空気がなごみ、一緒におやつや食事をとっていると、こちらが質問するわけでもないのに、住民たちはプロジェクトに対するさまざまな思いを自発的に口にしてくれた。それは日本の援助機関Rに対する感謝、プロジェクトやチリ人専門家に関する不満、その改善を見据えた具体的な助言など、多様で示唆に富むコメントや意見だった。

象徴的な事例を一つ紹介しよう。それは、近隣の農業中学校を卒業したある青年が教えてくれたアイデアだ。

この地域では、「バルベーチョ barbecho」という伝統的な耕作方法が長年の間実践されてきた。その方法は、収穫後の耕地を去勢牛や馬に取り付けた鉄製の鋤で深く掘り起こすというものだったため、起伏の激しい土地が多いこの村では、雨季の降雨により土地の養分が下方に流れ出てしまう。こうして土地が痩せていった結果、収穫量は年々減少していた。

そこでプロジェクトの専門家たちが考えたのが、最小限の表土のみ掘り返し、播種することで、土地の地味を保持する「不耕起栽培 zero labranza」という技術で、具体的には軽油で可動する大型のトラクターと不耕起式の播種機を組み合わせて使用することを推奨していた。

一方、この若者は「不耕起栽培」の理屈と意義を理解しつつも、高価なトラクターや播種機を使う代わりに、去勢牛(畜力)に取り付ける鋤の角度を調整して地面を浅く掘り、播種するという方法を思いついた。こうして、父親から借りた自宅の1ヘクタールの土地で、住民の間に根付いている二つの要素を用いた「オリジナル不耕起栽培法」による小麦の播種を、すでに実践していたのである。

金銭的なコストや大きなリスクを伴うことなく、すぐにでも始めることができる。また、住民の既存の知識や経済的資本を積極的に活用することから、「住民参加」とか「持続的な開発」といった観点からも意義深く、同じような条件下にある他の村にも、簡単に技術を移転することができる。しろうと目にも大変貴重な実験だと思われた。

だが、青年ははじめ、「(他の)専門家には言わないでほしい」とわたしに懇願していた。そこで、実践者が特定されないよう注意を払った上で、日本人やチリ人の専門家たちに報告してみた。すると、全員が直ちに興味を示したものの、この事例について知るものは一人もいなかった。なぜだろうか?

7 コミュニケーション不足の問題

調査開始後、2週間が経過した段階でわたしは、以下のように、現地住民とプロジェクト専門家たちの間に、三つのレベルでコミュニケーション不足の問題が存在することを確信した。

（1）日本人専門家と現地専門家との間のコミュニケーション不足
（2）日本人専門家と現地農民との間のコミュニケーション不足
（3）現地専門家と現地農民との間のコミュニケーション不足

このうち（1）と（2）には、連絡係の1名を除き、日本人専門家たちにスペイン語の運用能力が不足していることが主に関係していた。といっても、決して専門家たちの能力ややる気に問題があるわけではなかった。複数の専門家が自費でチリ人の家庭教師を雇い、熱心にスペイン語の学習を続けていたからである。問題は、専門家が現地に赴任する前に受ける、現地語の研修が不十分である（2か月のみ）ことだった。換言すれば、援助機関Rが、国際協力に携わる際に、「現地語でのコミュニケーション」という要因を過小評価していることを意味していた。

わたしは日本人専門家と親しく話すうちに、チリ人専門家とも現地農民とも、ほとんど直接会話することができないことに、大きなストレスを感じていることを知った。外部者による現地語の使用は、情報伝達の観点からのみならず、地元の人々の情緒的評価にも大きく資することは、第4章で見たとおりである。その意味ではこの件も問題ではあった。

だが、日本人専門家の現地語の運用能力不足が、住民の「参加」を阻む唯一の要因ではなかった。なぜなら、少なくともチリ人専門家たちはスペイン語を母語としているので、「言語」的な観点からは住民とのコミュニケーションに困難を抱えることはない「はず」だったからだ。彼らの場合、問題は「開発に関する考え方」や「現地住民に対する態度」など、価値観のレベルに潜んでいた。

先述したように、わたしが現地調査を始める前、チリ人専門家たちの多くは、現地住民のことを「やる気もイニシャティブもなく恩恵を待つだけの人々」と説明していた。米国やフランスの大学で修士号や博士号を取得し、高度な農学の知識を持つ専門家たちの中には、「自分の方が上だ」というエリート意識を抱く人も少なくなかった。そのため、「専門家」である彼らが考案する技術が「最良」であり、現地の農民たちは、自分たちが推奨する技術をただ「模倣」すればよいと考える傾向にあった。言いかえれば、農民たちとともに考えるとか、彼らの独自なアイデアを取り入れるという類のことに、決して積極的ではなかった。

そうした専門家たちの「上から目線」は、住民たちにも伝わっていた。彼らは、チリ人専門家たちを、自分たちが正しいと考える理論を一方的に押し付ける「権威主義的な人々」と見なしていた。そして、専門家たちに「ひけ目」や「恐れ」、あるいは「不信感」を抱いているので、批判的な意見や改善の提案、あるいは自分たち独自のアイデアを彼らに伝えることに抵抗を感じる、という人も少なくなかった。

では、なぜ彼らはわたしに、これらの意見（本音）を赤裸々に語ってくれたのだろうか？ 住民たちによれば、わたしは、「専門家」ではなく「チリの音楽が得意なおもろい外国人」と映ったようだ。チリの伝統舞踊や歌謡といった、彼らの「誇り」や「自信」を構成するものを自ら実演することで、「彼らと共有したい・彼らから学びたい」というわたしの気持ちが自然に伝わった。その結果、わたしたちの間にはかなり水平的な関係が生まれ、プロジェクトに関する本音やアイデアを、あまり抵抗を感じることなく共有してくれたのだろう。宗教民謡の調査やポブラシオンのペーニャで経験したことと全く同じことが、「国際協力」という実践的な活動でも起こったのである。

8 「自分らしさ活用」の社会的意義

上述したように、当初わたしは、全く経験のない実践的な分野で活動することに大きな不安を感じていた。「一体、しろうとのわたしに何ができるのだろう?」と。だが3週間後、短期専門家としての活動に関する報告会を行う段階で、わたしは問題の本質を理解したことを確信していた。自信が芽生えたわたしは、調査中に現地で撮影したさまざまな映像を紹介しつつ、長年にわたる大阪在住で鍛えた「お笑い」のセンスと、チリのスペイン語に特有なスラングの知識を駆使し、ユーモアを交えながら報告に行った(「笑い」も10回以上取った)。1時間ほど経過したところで、他に用事があるという理由で、チリ側機関Sの所長が退席しようとする姿に、わたしは正直なところキレてこう叫んだ。「これからあなたに関わる、一番大事なことを話そうとしてるんです。もう少しわたしの話を聞きなさい!」

こうして2時間ほどかけて、「関係者間のコミュニケーションの改善」というポイントを軸に、現地農民の生活の実態、そして彼らの経験や思いに寄り添いながら、「住民参加」を促進するための、具体的かつ体系的な提案を行った。その結果、チリ人専門家からも日本人専門家からも高い評価を受け、深く感謝された。

「歌とギター」を使った交流という「自分らしい」やり方で、さまざまな人たちと「楽しく」おしゃべりしながら、課せられた二つの使命を十分に果たすことができた。それを実感したわたしは、言葉にしがたいほどの喜びに浸った。

それと同時に、この時の経験はとても大事な学びをわたしに与えてくれた。それは「自分らしさ活用」のより普遍的な意義である。「個人の歩み」が充実したものとなるためだけでなく、複数の人や集団が関わる社会的な場面でも、それぞれの「当事者の自分らしさを支援すること」が大切であることに気づいたのである。

この「気づき」は、次章で見るように、大学での授業や学生との関わり方の点で、大きな変化をわたしに促すことになった。

第6章

教員も学生も「自分らしさ」を活用する教育

本章では、国際協力分野での経験を受け、大学での教育に関し、「知識伝達型」の授業から、学生の「自分らしさ」を活かす「参加型」の授業へと、わたしが移行していった試行錯誤のプロセスについて見ていこう。

1 「参加型」授業をめぐる葛藤

未知の領域であった「開発」分野での任務を無事に果たし、充実した気持ちで帰国したわたしのこころには、ある疑念が芽生えた。「では、本務である大学の授業で、学生の『自分らしさ』を活かすことができとるんやろか……?」

実は、かなり前からわたしは、妻カルラが行っていたスペイン語会話の授業の話を聴くたびに、劣等感を感じていた。就職してから10年ほどが経過し、それなりに頑張ってはいたものの、「学生の主体性」という観点からみると、かなり不十分な教育しかできていなかった。あらかじめ「教員」であるわたしが設定したテーマについて、「知識の受け手」である学生に情報を伝達するという、「一方通行」的な授業を行っていたからである。

それに対し、私立の外国語大学で、非常勤講師としてスペイン語会話の授業を担当していた妻の教育方法は、全く異なるものだった。

妻が学んだチリ・カトリック大学の看護学部やその大学院では、米国人のカール・ロジャーズの理念が教育の根本原理として採用され、実践されていた。カウンセラーとして、精神病患者の治療に従事していたロジャーズは、のちに心理学や教育学、さらには国際政治（紛争解決）の分野にまで研究や活動の領域を広げ、1960年代から80年代にかけて、多くの国々でさまざまな分野に携わる人々に大きな影響を与えた。▼24

このように多岐にわたる活動を展開したロジャーズが重視したのは、要するに「人が自分自身になること」である。人はみな「自分は本当はこうなりたい」という「自己実現の傾向」を生来備えている。だから、精神科医や教員などの専門家の役割は、患者や学生の「自己実現」や彼らの自発的な成長を支援することにあり、「自分が理想と考える目標」に患者や学生を「導く」ことにはない。本書の最初に論じた「自分らしさの展開」にも通じる考え方である。

初めて出会った時、妻は国立の精神病院に看護士として勤務し、アルコール依存症や精神疾患など、多様な患者の治療に当たっていた。治療の際、妻は患者一人一人の「活力やアイデアを活かす」ことを重視し、ともにゲームを創作したり、創作したゲームで遊んだりすることを通して、彼らの「創造性」や「前向きな気持ち」を引き出すことに努めていた。

そして、来日して数年後、妻は外国語系の大学の非常勤講師に採用され、スペイン語の会話を日本人の生徒に教えることになった。未知の分野で、しかも外国人の学生が対象なので、さぞ苦労したのではと思われるかも知れない。だが妻は、最初の年から自信に満ちた様子で教壇に立っていた。治療現場での実践経験を通じ、当事者のイニシャティブを尊重することの有効性を確信していたからである。

こうして新しい職場でも、妻は「学生の主体性」を中軸に、彼らの積極的な発言やアイデアを重んじるという明確な方針のもと、授業を組み立てていた。指定されたテキストを使いながらではあったが、授業で学習したスペイン語の表現を、ゲーム形式で遊びながら練習させたり、小グループごとに寸劇を創作して発表させたり、彼らが決めたテーマについてスペイン語でディスカッションさせたりしていたのである。

自分たちが決めたこと、興味を持てることについてスペイン語を使えるので、楽しみながら、もっと練習しよう、覚えようという意欲が高まる。「自発性」や「楽しさ」を介することで、スペイン語を使うことへの「ハードルの高さ」や文法的誤りを犯すことへの罪悪感は減り、どんどん話すようになる。その結果、スペイン語の運用能力が自然に身についていく。

妻の経験は、「こういう方向に進みたい」という当事者のモティベーションを尊重する態度が、一見別物に見える「精神病の治療」と「教育」のいずれにおいても、大きな効果を生むことを雄弁に物語っていた。

こうして、楽しみながら効果のあがる授業の様子を毎週のように聴かされていたわたしは、そのたびに劣等感を感じていた。だが「そんなことが可能なのは〈会話の授業〉であり、〈彼女がネイティブ〉だからなのだ」と自分のこころに言い聞かせ、劣等感の原因に向き合うことを避けていた。

だが、前章で見たように、わたしは「国際協力」の分野で「当事者の積極的な参加」の重要性を確信した。その結果、以前からこころの底では気になっていた「参加型の教育」に正面から向き合わざるを得なくなり、授業のやり方を根本的に変えようと決意したのである。

2 教員が「自分らしく」あること

変革の第一段階は、わたし自身が変化することにあった。つまり「教員」であるわたしが、授業の場において「わたし自身である」こと、つまり「自分らしくふるまえる」ようになることだった。この変化の萌芽は、実はその数年くらい前に始まっていて、そのきっかけはやはり音楽だった。

外大での教員時代、ラテンアメリカの歴史や文化に関する講義を担当し始めて数年が経過した頃のことだ。授業の最終回に一度だけ、自分が修得していたラテンアメリカのいろいろな国の歌を、ギターやクアトロというベネズエラの小型4弦ギターを使い、おそるおそる弾き語りで紹介してみた。（歌7：「Quien canta su mal espanta　歌うものは邪気を祓う」）「おそるおそる」というのは、大学の授業で教員が教室にギターを持ちこみ、「歌いまくる」のは、日本の常識から考えて「あり得ない」ことだったからだ。

だが学生たちのコメントはとても好意的なものだった。「いつもはつまらないけど、今日の授業だけは面白かった」「歌を通じて現地の人たちの気持ちが伝わってきた」「もっと音楽を聞かせてほしい」など。「ぼくもギターやってます」とか「一緒に歌ってみたいです」と声をかけてくれた学生たちもいた。

　これらのコメントに勇気づけられたわたしは、いろいろな授業に、ときどきギターを持って行ってラテンアメリカの歌を演奏したり、学生と一緒に歌ったりするようになった。

　そして次にわたしが試みたのは、ラテンアメリカの歴史と文化に関するゼミや講義の授業を、「スペイン語で行う」ということだった。そのきっかけはこうだ。

　ある時、大学内の研究グループの主催で、「女性の怒りと悲しみ」に関する国際シンポジウムが開かれた。わたしは、軍事政権期のチリに留学した際、住んでいたポブラシオンで知り合ったマリアさんという年配の女性を、ゲスト・スピーカーとして招いた[25]。そしてシンポジウムが終了したのち、マリアさんには2週間ほど大阪に残ってもらい、ゼミやスペイン語講読の授業で、当時ポブラシオンの女性たちが展開していたワークショップの活動についてお話ししていただいた。

授業で語るマリアさん

　だが、マリアさんが話すのは癖の強いチリ独特のスペイン語で、スペイン語を専攻する高学年の学生といえども、理解するのが困難ということがしばしばあった。普通ならここで、教員のわたしが日本語に通訳するところ、よりスタンダードなスペイン語の表現に置き換えるという方法を思いついた。「生きたスペイン語」に触れる機会が少なく、「外大生なのに話せない」ことにストレスを感じていることを、多くの学生から耳にしていたからだ。

シリアスで深い内容の話を、ともかくスペイン語のままで理解させた上で、学生にもスペイン語で質問させるということを試みたのである。わたし自身、ポブラシオンでの滞在経験があり、ポブラシオンに住んでいた妻とスペイン語で会話しながら生活してきたわたしにとり、それは難しいことではなく、むしろとても楽しい作業だった。学生たちも、過酷な状況をたくましく生きたマリアさんのお話に、大きなインパクトを受けた、感動したといったコメントを伝えてくれた。

そのうちにこんなアイデアが頭に浮かんだ。「これなら、自分だけでもスペイン語で授業ができるのでは？」。こうして彼女が帰国したのち、ゼミや講義の授業をスペイン語でやり始めたのである。

わたしは東京外国語大学のスペイン語科出身で、当時の職場も大阪外国語大学だった。この二つの国立の外国語大学では、世界中のさまざまな地域の言語、文学や歴史・文化、政治・経済などに関する教育が行われていた。だが、少なくともスペイン語専攻に関していえば、スペイン語で授業をする日本人の教員は一人もいなかった。「日本人なのだから授業は日本語でやるのが当たり前」。だからこの時わたしは、「授業にギターを持ちこんで歌いまくること」と同じくらい「非常識」なことを始めたといえる。

だが、スペイン語で授業をするようになってから気がついたことがある。日本語で授業をしていた時よりも、リラックスした気持ちで、「楽しんで」授業に臨めるようになったのである。

考えてみれば、わたしは家で、妻とは100パーセントスペイン語で話している。話題は食事や家事など日常的なテーマから、芸能や政治経済、あるいは教育や価値観の日本とチリの比較、妻の専門領域である看護学や精神医学にいたるまでさまざまだ。わたしは日本にいながら十数年にわたり、いろいろな領域の話題について、スペイン語での会話を毎日実践していたのである。「Chao. ¡Que te vaya bien!　チャオ、ケ・テ・バーヤ・ビエン（じゃあね、〔仕事が〕うまく行きますように）」「¡Gracias! Chao.　グラシアス・チャオ（ありがとう、じゃあね）」と、家を出る瞬間までスペイン語で考え、話している。だから、スペイン語の思考回路のまま授業をする。考えてみればこのほうが自然だ。わたしの経験や生活環境に適合していて、しかもわたし自身大好きなスペイン語を使って授業ができるようになったのである。

先述したように、学生の多くは文法的な知識や語彙はかなり頭に入っているものの、日常的な話題ですら話すことが難しく、知識量と実践的技能とのギャップにフラストレーションを感じている。そして、わたしの授業には「スペイン語で行う」という形式自体にメリットがあるので、内容そのものは、最前線の理論や学術的成果などにそれほどこだわる必要はない。それで、それまで自分が研究してきたチリの音楽、あるいは先住民の歴史や文化に関するテーマについてスペイン語で話し、学生にもディスカッションをさせるようになったのである。

まず、教員である自分が授業の場で、「音楽」と「スペイン語の運用能力」という得意技を駆使し、かなり「自分らしくある」ことができるようになった。いや、正確には「そう思っていた」。いくつかの出来事から、まだ自分が「十分に自分らしく」ふるまえてはいないことを思い知らされたからである。

3　中国語専攻学生の乱入(?)事件

ある日、「開発」のテーマに興味を持つ男子学生Tさんがわたしの研究室を訪れた。「シラバスには、ラテンアメリカ文化に関する学習が開発などの実践的なテーマの学習に役立つと書いてあるが、自分にはそう感じられないので、やる気が起こらない」という率直な感想をわたしに伝えるためだった。また、Tさんの友人の女子学生Uさんも、わたしが授業で扱うテーマが「難し」すぎて、自分にとってどんな意味があるのかわからない、とわたしに告げた。

二人から否定的な意見を伝えられたわたしは、かなりショックを受けた。音楽やスペイン語を活用し、「わたしらしい」授業をすることができるようになったと思っていたので、「わたしの存在そのもの」を否定されたように感じたからだ。だがその数か月後、問題の本質が「わたしのあり方」ではなく、「わたしのあり方を十分に出し切れていない」ことなのだと思い知らされることになった。

以前から「研究や大学教員のあり方」「学生との関係性」など、教育や社会に関わる根本的な問題に関して率直に議論を交わしたり、わたしのためにラテンアメリカ音楽のコンサートを企画したりしてくださっていたV先生という方がいる。中国の地域研究に従事しておられるV先生は、何度かわたしを授業にお招きくださり、ラテンアメリカの歌を歌わせていただいた。また先生の方も、わたしの授業を見学したいとおっしゃっていた。

そのV先生がある日突然、わたしがスペイン語で行っていたラテンアメリカ文化に関する講義の教室に、中国語を専攻する十数名の学生を引き連れて乱入（?）して来られた。

そこで最初は、わたしがスペイン語で話し、学生に日本語に通訳させるという形で授業を続けようとしたが、訳すことに手間取ったり訳が正確ではなかったりと、なかなかうまくいかなかった。

この状況を見かねたわたしは、その回に限り日本語で話すことにした。だが、中国語専攻の学生たちは、ラテンアメリカについてはほとんど知識がないので、同地域の文化に関する「専門的」な話をするわけにもいかない。「どうすんねん？」

その瞬間、わたしは「もうええがな！　やってまえ！」とこころの中で叫び、あらかじめ準備していた先住民マプーチェの文化に関する内容とは全く異なる話をすることに決めた。マプーチェ語を独学で勉強しようと思った動機、勉強の方法、自分がマプーチェ語で話した時の先住民の人たちの反応など、フィールド・ワークを通じ、一人の人間として感動したことやそこから学んだことなどを赤裸々に語った。「部外者」である中国語の学生がいた「お陰で」、わたし自身の個人的な経験について赤裸々に話すはめになったのである。

だが、この「お客さん」のための「苦し紛れ」の対応が、本来の受講生であるスペイン語専攻の学生たちに大きなインパクトを与えたことを、わたしは後で知った。その日の午後、授業に不満を感じていたTさんとUさんが、そろってわたしにメールを送ってきてくれたのだ。その日の授業に関する、率直でこころのこもったコメントだった。

Tさんからのメールにはこう綴られていた。

こんばんは☆

今日の2限の授業はすごいよかったです。感動しました！　先生がマプーチェにこだわる理由がわかった気がして、なんだか今までやってきたことが繋がりました。

あと自分を解き放つという言葉は自分の教訓になりそうです。

とにかく今日わかったことがいろいろあって、これからはもっと興味をもって取り組めそうです。ありがとうございました。

では失礼します。


また、Uさんから送られたメールはこれだ。


こんばんは。Uです。今日の2限の授業の感想を言いたくて、突然メールを送らせていただきました。3回生になり、千葉先生の授業を取らせてもらうようになってから半年以上たちましたが、今日、初めて先生の思いというか、考えというものをちゃんとした形で理解することが出来ました。

情けないことに、先生の専門分野（？）である、音楽やマプーチェについての知識がわたしには乏しく、勉強していてもなかなか自分の中で消化できないことが多くありました。しかし、今日先生が、チリに行って古文書館で論文を何か月も読んでいらしたのに、論文が書けずにいろいろ悩まれたこと、マプーチェ語講座を取って勉強していたこと、イラリオさんのお母さんとのやり取り、そこから、マプーチェ語を独学で勉強なさったこと、先住民の方々の本当の声を気持ちを思いを、本当の彼らの言葉で聞きたいと先生が思われたこと、それらの話を聞いて、お恥ずかしい話ですが、先生の研究スタイルというか、先生がゼミや授業でやっている内容に対する思いというものが、一つに繋がった気がしました。

なにか偉そうな表現になってしまっていたらすみません。

だけど、もっと早い段階で先生がなぜ、このテーマを研究しているのかとかそうゆうバックグラウンドを自分から聞いておけばよかったと思いました。

何か上手くまとまりませんが、今日の先生のお話にとても感動し、共感したのでメールを送らせていただきました。これからは、そういったバックグラウンドの話も積極的に聞いて、自分の興味のある分野を広げていきたいと思います。

これからも、よろしくお願いします。

Tさんと U さんは、最初わたしにメールを書くこと自体を迷ったそうだ。宿題でもないのに、授業に関する個人的な感想を教員にメールで伝えるなんて失礼なことじゃないのか、怒られないだろうか……、と。でも、どうしても「感動したという事実」をわたしに伝えたかったので、互いにメールすることを約束し、勇気を出して書いたと。大学教員と学生の間には、それだけ厚い「壁」が存在するということも、彼らはわたしに教えてくれたのだ。
また、わたしのゼミ生ではなかったが、以前から熱心に授業に参加してくれていた沖縄出身の女子学生Yさんも、同じ日にこころのこもったメールをくれた。そのメールは紛失してしまったので、文面を文字通り引用することはできないが、それは、授業の場で「自分らしく」あろうと試行錯誤するわたしの姿勢に、一人の人間として深く共感したという内容で、次のような文章で締めくくられていた。

そういう先生の姿勢に横槍を入れる人がいたら、わたしたち学生たちが黙ってはいません!

Yさんが魂から発した言葉に、わたしは強く背中を押されたように感じた。そして、こんなことを書くのは恥ずかしいが、大事なことなので告白しよう。実はYさんのメールを読んだわたしは、感動のあまり思わず涙を流してしまった。それと同時に、こころの中に長年の間巣食っていた、「学者らしさ」という名の重たい塊が溶け、気持ちがすっと楽になるのを感じた。

音楽やスペイン語を活用することで、「自分らしい授業」をやっているつもりだった。だが、授業で扱っていた内容は、わたしが「一人の人間」として「本当に伝えたい」こと、「こういうことが大事だ」とこころの底から思っていることがらではなかった。

たとえばチリでの研究や調査に関してわたしが最も価値があると感じていた学びは、狭い意味での学術的な成果以上に、歌やマプーチェ語など、わたしの「自分らしさ」を駆使し、現地の人々とこころを開き合い、交われることの喜びという、より全人格的かつ本源的な学びだった。それにもかかわらず、「学者らしくふるまうべき」という観念に縛られ、こころの底から大切だと思うことを授業の中核に据えることができないでいたのだ。

それまで授業で扱っていた学術的なテーマは、多くの学生にとって、彼らの体験や実感からはかけ離れた、何か近づきがたいものであり、彼らが「自分ごと」として自然に興味を持てるものではなかった。だが、不測の事態に即席に対応する過程で、わたしの「自分らしさ」が思わず「露呈」し、学生たちが素直に反応してくれることで、そのことをわたしに気づかせてくれたのである。

文字通り「目からウロコ」の体験だった。「なんだ、学生が望んでいたのは、わたしがやりたかったことと同じではないか！」。学習の「当事者」である学生たちから、彼らの興味を真に喚起する教育のあり方に関する重要な手がかりを得たのである。

そこでわたしは、単に学術的な内容を越え、一人の人間として自分がたどってきた道のりについて、翌週の授業で話すことにした。メールをくれた3名に事前に相談したところ、「ぜひ聴きたい」という返事だった。こうして授業の90分間を使い、「自分らしさ」をキーワードに、生い立ちから（当時の）現在に至るまでの試行錯誤に満ちた自分の道のりについて、失敗や挫折の経験、そしてそこからの学びも交え、赤裸々に語ってみた。

その夜、沖縄出身の学生Yさんはこんな感想を送ってくれた。

> 今日の授業は、先生御自身の経験や経歴などを伺いすごく心を動かされました。中国語の生徒さんたちも、千葉先生だからこそできる授業を少しでも早く見たかったのだと思います。先生方がチームを組んで授業をなさってくださるなんて、すごく嬉しいし来週が待ち遠しいです。最近、先生の授業を受けていると「わたしも頑張らないといけない！」と切実に感じます。卒業まで残りわずかなのに学びたいことはたくさんあります。

「乱入？」事件が生んだ即席授業をきっかけに、教育に関するわたしの意識は大きく変わった。狭いアカデミックな枠を越えた「人間的な学び」を授業の中核に据え、学生の「自己展開」を本気で支援するような「学生参加型」の授業に取り組もう。そんな思いが固まったのである。

4　学生とともに授業を作る

授業が学生たちの積極的な「参加」を促し、彼らの「自分らしさ」の展開を支援する「場」になるべきだ。そう考えるようになったわたしは、妻に「参加型」教育に関する教えを乞うた。そして、妻がくれたアドバイスを参考に、授業に関するいろいろな改革を実験的にやってみることにした。たとえば、スペイン語で行うディスカッションも、わたしが一方的にテーマを設定するのではなく、学生たちに話し合ってテーマを決めてもらう。また、学生たちがグループごとに、自主的に企画したテーマについて調査・研究を行い、調査結果をスペイン語で発表し合う。そして、発表の方法についても、学生たちに決めてもらう……。

授業の内容や形式を教師が全部決める必要はない。むしろ全てを決めず、可能な限り学生たちに決めさせるべきだ。そうすることで、彼らは、それぞれ自分が「本当に」興味を持つテーマを選び、自分がやりたい方法でそれを学ぼうとする。とすれば、教員が強制力を行使しなくとも、学生たちは責任を持ち、それぞれの長所や得意技を活用しながら自主的に学ぶ。通常の授業ではよくあるように、授業を欠席したり遅刻したりすることもほとんどなく、グループごとに決めた課題について、授業時間を最大限使って、そして時にはチャイムが鳴ったあとも教室に残り、熱心に議論を続ける。そんな学生たちの姿をわたしは何度も目撃してきた。計画の段階から最終発表に至るまで、自分たち自身で話し合って決めていくというプロセス自体が、彼らにとって意味のある学習になっている。

教員は、このプロセスにおいて、一方的に知識を与える権威者・上位者ではなく、学生たちの学習を側面から促進する「支援者」、「協力者」である。学生たちは、「協力者」である「教師」の持つ知識や能力を必要な限りにおいて「活用」すればよい。

こうして数年の間、複数の参加型授業を実施したわたしは、学生たちの興味の多様性や彼らの思いもよらぬ発想や能力、特殊技能、そして何よりも彼らの卓越した行動力を見るにつれ、深い感動を禁じ得なかった。「学生さんたち、本当にすごいな。自分にはこんなこと絶対思いつかないし、やろうと思っても絶対できない」。それは、開発分野で活動した際、現地の農民たちの独自なアイデアや力強いイニシャティブに触れた時に受けた感動と同じだった【ここを記述する際わたしは、自分がチリ留学時に受講した民俗学の授業、すなわち、受講生たちが互いに成績を決め合うという、「あり得ない」授業のことも思い出していた】。

わたしが音楽や先住民語を修得する過程で発揮されたのと同じ力が、そこには確かに働いていた。学生が「自分らしさ」を活用できる雰囲気や環境を提供すれば、彼らは自分で勝手に学習する。そして「自力で学べる・学べた」という経験そのものが彼らに自信を与え、人間としての成長を促す。

学生たちが本来備えている能力や「自己実現」の傾向を、教員が本気で信頼し、促進的な態度で彼らと接し、彼らとの間に円滑なコミュニケーションを確立しさえすれば、過度な指導や強制を行わなくとも、受講生にとって授業が真に意義深い学習の場になりうる。わたしは、この経験から得た学びを、２大学の統合（２００７年10月）を機に、阪大の人間科学研究科に所属することになった後も、教育における根本理念として授業の中軸に据えている。

第7章 自作曲による「自分らしさ」の発信

幼少期以来、ささやかながら、常にわたしの「（ポジティブな）自分らしさ」を構成してきた「音楽」に関する資質。今から10年以上前の２００９年、ちょうど50歳を迎えた年、その音楽がさらに重要な意味を帯びるようになる大きな展開があった。20年間にわたって中止していた「作曲」を再開したことである。以来「歌づくり」は、わたしの生活の中で、公私ともに重要な位置を占めるようになった。

本章では、わたしが作曲を再開するに至った経緯、そして作曲という活動を通じて得た学びについて説明していこう。

1　自己解放のプロセスと音楽活動の変遷

第２章で見たように、そもそもわたしが作曲を始めたのは、今から36年も前、中学２年生の時だった。「作曲」といっても、その時々に思い浮かんだ単純なメロディに、「英語もどき」の歌詞を付けた取るに足らない代物で、「作曲のまねごと」である。でも、それは間違いなく、自分のこころが発する衝動に素直にしたがい、１００パーセント手作りで創造したオリジナルな作品の数々だった。

まだ「学者病」が発症するには至っていなかったので、こころが発する「こういうことをやってみたい」という気持ちにブレーキをかけることなく、自然に外に出すことができていたのだ。以来、大学時代まではこうした活動を何とか続けることができた。

だが、大学院に進学したのち、わたしはほとんど曲を作ることをやめた。「学者病」が完全に発症し、「学者にならなければならない」という強迫観念から、自分の思いを素直に表現することができなくなってしまったのだ。

その後、失われた自己を回復するために、苦悩に満ちた長い思考錯誤の道のりをたどりながら、音楽に向き合う姿勢も次第に変化していった。

まず、修士論文のテーマを模索する過程で、ラテンアメリカの「新しい歌」に出会い、このテーマで修士論文を書いた。だが、博士課程への進学は叶わなかったため、中学校時代の同級生と結成したロック・バンドの活動を続けるかたわら、独学で「新しい歌」を習得し、演奏するようになった。その後、ロック・バンドを脱退したわたしは、二つ目の大学院に入学した後、チリに留学し、研究対象とした農村地域での宗教儀礼や、住んでいたポブラシオンで開催される音楽会ペーニャなど、数多くの機会に、現地の歌をギターで弾き語ることで、住民たちとの親交を温めた。

そして帰国後、１９９０年の４月に大学に就職したのち、わたしは笛演奏家のきしもとタローさん、パーカッショニストの田中良太さんと知り合い、チリに限らず、ラテンアメリカ各地の歌謡や、さまざまなギター族楽器の演奏法を修得し、大学内外で演奏するようになった。
そして1996年頃からは、先述の二人の音楽家に加え、スペイン語専攻の学生を誘い、「ボセス・デル・スール（南の声）」というグループを結成し、関西各地で演奏活動を展開するようにもなった。

2　アルベルト城間さんとの出会い

このように、本来の資質からすると向いていない大学の環境の中でも、「音楽の実践」を通じて、少しずつ「自分らしさ」を活用できるようになっていったものの、若い頃のように、「よっしゃ、オリジナル曲を作ったれ！」という気持ちにはなれないでいた。まだどこかで「ありのままの自分」に十分な自信が持つことができないでいたのだ。

だが、前章で見た「乱入（？）事件」から間もなく、わたしは大きな一歩を踏み出すことになった。「乱入（？）事件」の日に、メールでコメントを送り、わたしのこころを大きく開いてくれた沖縄出身の女子学生Yさんのことはすでに書いた。その後、わたしは彼女の仲介で、沖縄在住の著名な音楽家、アルベルト城間さんと知り合った。沖縄系ペルー人3世で、1990年に来日したアルベルトさんは、いとこたち、そして現地（沖縄）出身のギタリストやベーシストとともに、ロック・グループ「ディアマンテス」を結成した。ラテンアメリカ音楽のダイナミックなリズムに乗せ、人生に関するポジティブなメッセージを伝えるスペイン語の歌、三線（さんしん）やウチナーグチ（沖縄の言葉）の歌詞を交え、沖縄の歴史や現地の人々の思いに寄り添う歌を創作し、精力的に演奏活動を続けたアルベルトさんは、ペルー出身でありながら「沖縄の宝」と称されるほど、現地の人々に愛される存在になった。

アルベルトさんと歌う（JICA 沖縄にて）

一方、12年前に大阪外国語大学と大阪大学が統合した際、わたしは阪大大学院の人間科学研究科に移籍し、新設されたグローバル人間学専攻の「多文化共生社会論」という分野に所属することになった。この移籍をきっかけに、わたしはラテンアメリカにも多くの移住者を出した沖縄の歴史や文化にも興味を持つようになった。

ちょうどそのころ、テレビの旅番組の沖縄特集などで流れていた「三線」の音にも魅せられ、You Tubeで入手した三線名人の映像などを参考に、独学で演奏法や歌唱法を覚えていった。単に「何となく弾いてみたい」と思っただけのことで、「三線の練習」が何かの役に立つとは夢にも思っていなかった。

その一方、在日外国人移住者の現地適応の興味深い事例として、授業でもディアマンテスの音楽を取り上げることを思いつき、ラテンアメリカの歴史や文化に関する授業などで、映像とともに紹介したりした。

このように、最初は「学術的意義」という観点からディアマンテスのことを調べ始めたものの、そのうちに、アルベルトさんの持つ圧倒的な歌唱力やリズム感、そして曲に込められた深い思いに魅せられていった。

ちょうどその頃、女子学生Yさんが帰郷し、現地で開催されたディアマンテスのコンサートを観に行った。そして、公演終了後にアルベルトさんに声をかけたYさんは、「千葉先生っていうおもしろい先生がいる」と伝えてくれた。奥さんがチリ人、スペイン語で授業を行い、ラテンアメリカの歌を弾き語り、三線も弾く。典型的な「日本人大学教員」のイメージには程遠いわたしの「あり方」に、アルベルトさんは興味を抱いたようだとYさんはわたしに伝えてくれた。

そして、スペイン語でのメールのやりとりを経て、数か月後に大阪でアルベルトさんとお会いすることになった。千里中央駅近くの飲食店で、妻も交えてお話しした時、初めからフレンドリーに接してくれたアルベルトさんは、沖縄からラテンアメリカへ渡った移住者に関するドキュメンタリー映画に関する構想について語ってくれた。一方わたしの方も、大学での授業やラテンアメリカ各地の音楽、そしてチリやアルゼンチンの「新しい歌」についてお話しした。

そして別れ際に、おそるおそる、自宅で多重録音したラテンアメリカや沖縄の歌を入れた、手作りのCDを渡してみたところ、アルベルトさんはすぐにこれを聴き、メールを送ってくれた。わたしにとって宝物である、スペイン語で書かれたそのメールは‥

敬愛する友、そして「同僚 colega」の君。本当にいろいろありがとう。今君の音楽を聴きながら、君にメールを書いているんだ。君は本当にスゴイぜ！　ただ歌がうまいだけじゃなくて、演奏する時の情熱の込め方が、本物のラテンみたいだ。沖縄の歌を歌っている時でさえも、「ラテン系」の人が歌っているような印象を受けるよ。

という書き出しで始まる内容だった。音楽家として、また一人の人間として尊敬していたアルベルトさんから、わたしの「自分らしさ」の中核をなす「音楽」的資質について、このような称賛の言葉を受けたことは、この上ない喜びだった。

翌々日、那覇市内のアルゼンチン料理店でアルベルトさんに再会した時、気が大きくなっていたわたしは、チリやアルゼンチンの「新しい歌」を数曲、ギターの弾き語りで聴かせてあげた。「聴かせてあげた」というと、偉そうに聞こえるかもしれないが、アルベルトさんは若い時に来日されたこともあり、「新しい歌」についてあまりご存知ではなく、初めてお会いした時に興味を示しておられたからだ。

一方アルベルトさんの方も、沖縄からペルーへの移住百周年を記念して創作した曲「太陽の祭り」（作詞は「島唄」の作者であるTHE BOOMの宮沢和史さん）を、ギターの弾き語りで演奏し、こう言ってくれた。「イズミ。君だったら、スペイン語や日本語で詩を作って、ラテンアメリカっぽいメロディを付ければ、曲なんか簡単にできるよ」と。

3　ついに作曲を再開する！

そう言われたのはとてもうれしかったが、その時は本当に自分が曲を作れるとは思っていなかった。「歌を作る」ことはかなり大胆な「自己表現」の様式だ。ゆえに、長年の間試行錯誤を重ね、かなり

「自分らしく」ふるまえるようになっていたとはいえ、積極的に「自分をさらけ出す」ことなど恥ずかしく、とてもできそうにないと感じていたのだ。

だが、アルベルトさんの言葉はわたしのこころに深く刻まれていた。そして半年後の２００９年、夏休みも終わろうとしていた9月末のこと。何となく「作ってみようかな……?」と思った瞬間があり、その時思いついたメロディをもとに、曲作りに挑戦してみることにした。

その途中、最初に思い付いたサビの部分が、息子と一緒に見ていたテレビ番組「忍たま乱太郎」の主題歌に似ていることに気づいた。子供にもこう指摘された。「パパ、これ似てるで」。やはり自分には曲を作ることなど無理なのか?

それでも2～3日の間格闘を続け、メロディとスペイン語の歌詞をひねり出して、〝Cantando y bailando（歌って踊って）〟と題する曲を、何とか仕上げることができた。以下は歌詞の日本語訳の一部である。

　だからみんな歌おう、いのちのために
ギターを手に声を上げて
昨日の全ての失敗は役に立つ
省察するため
わたしたちが何者かを見定めるために
　だからみんな踊ろう、希望を胸に
別の地平を見据えながら

こうしてこの新しい夜明けに
わたしたちは成長し
生きて行くための新たな理由を
じきに見つけられるはず
(歌8:「Cantando y bailando　歌って踊って」)

気がついてみるとその歌詞は、それまで自分がたどってきた思考錯誤の道のり、そこからの学びなど、自分の思いをストレートに盛り込んだ内容になっていた。こうして完成した視聴版の音声ファイルを、おそるおそるV先生やゼミ生のTさん、Uさんに送ってみると、V先生は「元気が出るいい曲ですね」という感想を、そしてTさんとUさんはそれぞれ、「就職について悩んでいたので、自分の信じるとおりに行動してみたらいいと、元気をもらいました」「感動しました!」というコメントを返してくれた。

「自分らしさ」の中核をなす音楽の形で率直な思いをさらけだし、それに今どきの若者たちが共感してくれた! わたしは自分の歩みやあり方を力強く肯定されたように感じ、大きな喜びに浸った。[26]

こうして、20数年ぶりに作曲を再開したわたしのこころには、「自分が本当にやりたかったのはこれだ!」という気持ちがわき上がってきた。それ以降、夢中になって曲作りに専念するうちに、音楽に対するわたしの意識や態度は大きく変わった。

「大学教員・研究者」である前に、「一人の人間」としてこころが発する思いや他者に伝えたいメッセージを、歌に込めて表現することができる。そして、それらの作品を作り上げる思考錯誤の過程をこころの底から楽しみ、また大きな充実感を感じている。とすれば、歌の発表とともに、それぞれの歌を作ろうと思った動機や創作のプロセス、そのプロセスからから学べたこと、自作の歌を通じた他者との交流の喜びなどについて授業で語るのもいいのでは？　こうしてわたしは、自分の創作活動やそこから得る学びについても、担当する授業で積極的に話すようになった。

これまでは、共感できるラテンアメリカの歌謡を紹介すること、つまり、自分の「代理者」を立てることに甘んじてきた。でも今は「わたし自身」で勝負することができている。五十歳を過ぎ、ふたたび幼少の頃のように、自分自身を偽ることなく真実の姿のままふるまうことがかなりできるようになった。寒い冬が終わり春が訪れたある日、家中の窓を開け放ち、体いっぱいにさわやかな風を受け止めて自然と一体になる。そんなすがすがしさを、こころと体の両方で感じられるようになったのだ。いのちの恵み……。こころに芽生えたこの気持ちを、わたしは新しい曲「ありがとう　いのち」[27]に注ぎ込んだ。

　どんなにきれいに　着飾って
いろんな贅沢してみても
いのちの恵み感じられなければ
どこか虚しい人生
　生まれるって素晴らしい
生きてるって素晴らしい
そんな風に思えるなら

他に何もいらない
生まれたって素晴らしい
生きて行くって素晴らしい
そんな風に感じられるなら
他に何もいらない
ありがとう　いのち
（歌9：「ありがとう　いのち」）

「自分らしさ」をフルに活用しながら曲を作り、でき上がった作品を他者と共有する過程で、「いのちの豊かさ」を全身で感じられるようになった。「ようやく幸せな人生が訪れた」。そうわたしは確信した。

第8章

そしてわたしは鬱になった

だが、現実はわたしの予想を完全に裏切り、全く逆の展開をたどった。

昨年（２０１９年）の一月、わたしは60歳となり還暦を迎えた。それまでの10年間は、山あり谷ありのわたしの人生の中でも最も辛く、苦悩に満ちた時期となった。ある出来事をきっかけに、長期にわたる鬱[28]に苦しむことになったからである。

それは極めて大きな苦悩の体験となったが、逆にだからこそ、とても大切なこともわたしに教えてくれた。「苦しみのポジティブな価値」である。

まずこの章では、数年にわたってわたしを暗闇に突き落とした一回目の鬱の体験について見ていこう。

1 「メール事件」

運命は残酷である。わたしが「いのち」への賛歌である「ありがとう　いのち」を創作したわずか3日後、事件は発生した。

当時、まだ旧外大の授業をたくさん担当していたこともあり、わたしはスペイン語学科の夜間主コースの主任を務めていた。年末が近づき、年度末の卒業判定に関わる事務処理が行われる時期となったある日、在籍する最終学年の学生たちの単位取得状況に関する資料がメールで送られてきた。パスワードはかけられていなかった。昼間主コースの主任の先生からも同様な資料が送られていた。これらの資料は、その時点で卒業が危ぶまれる学生の有無を、教員に知らせるために送られたものであった。

わたしは「間違いや連絡漏れがあってはいけない」と考え、これらの資料を自分が指導するゼミ生に送った。学生本人に自分の状況を直接確認してもらった方が安心だと思ったからだ。だがこの資料には、もちろん住所や電話番号、銀行口座などは含まれていないものの、スペイン語専攻の最終学年の学生全員の取得単位数や不足単位数、卒論題目等の教務情報が掲載されていた。

本来であれば、自分のゼミ生のデータを確認し、卒業要件を満たしていない学生がいた場合には本人にその旨を知らせ、登録ミスなどの手違いがないかを教務係で確かめさせれば済む話であった。

客観的に見れば「怠慢」以外の何物でもなく、百パーセントわたしに責任がある。それを認めた上で、決して自分を正当化するために言うのではないが、既述したように、ずっと視力の問題を抱えていたわたしにとり、縦横の線や細かい数値がたくさん並んだ表を見ることは「しんどい」作業だった。ゆっくり見たとしても、おそらく10分もかからなかったであろう、その作業ですら「しんどい」と感じ、資料をそのままゼミ生たちに送ってしまったのである。

数日後、この件が問題となり、「情報漏えい」の事案に当たると判断された。そして、外国語学部の学生に関する情報だったので、わたしはまず外国語学部の事務方に呼び出され、聴取を受けた。その後、所属していた人間科学研究科の執行部からも事情を聴かれた。

折しも、医学部で患者の情報が入ったパソコンを教員が紛失する、という情報漏えい事件が発生した直後で、当局から「厳格に対応する」という方針が通達された。わたしは結局「懲戒処分」一歩手前の「訓告」という処分を受けた。外国語学部と人間科学研究科の両方で、それぞれ執行部の先生方や事務長が記者会見を開き、謝罪するという事態になり、数社の新聞でもこの「事件」が記事になった。

わたしは、事態の推移を罪悪感と絶望感に浸りながら見守るだけで、どうすることもできなかった。わたしの「主観」の中では、視力の困難に起因する「しんどさ」が背景の一つだったとはいえ、自分が犯したミスであることに変わりはない。小さな判断の甘さ、小さな「頑張れなさ」がとんでもない事件に発展してしまったのである。

皮肉なことに、この件を大学側から指摘されたのは、学生との合同バンドによる「楽しい」（ものになるはずだった）コンサートが開催されるまさに前日のことだった。わたしの脳裏には「音楽にうつつを抜かしているからこんなことになった」と刻まれた。

この日から数年にわたる苦しい鬱の日々が始まった。

2 こうしてわたしは鬱になった

翌日のコンサートはとても辛いものとなった。コンサートの準備のために会った学生たち、演奏を手伝ってくれた3名の音楽家の方々にも事の次第を話し、演奏会そのものは大成功に終わったが、わたしのこころは絶望のどん底にあった。

その日の夕方から、事件に対処するべく、夜中まで作業に当たらねばならなかった。また事務の方々や他の先生方の手も煩わせることになった。わたしの犯したミスのせいでとんでもない事態となり、多くの人に多大な迷惑をかけた。

この状況を受け容れられなかったわたしは、「どうしたら時計の針をもとに戻せるのか」、毎日そればかり考えていた。書類の点検という簡単な作業すらこなせない自分、音楽にうつつを抜かしてミスを犯した自分。ただでさえ「自分は大学教員に向いていない」という劣等感や罪悪感（「弱い自分」）があるのに、ネガティブな感覚を強烈に裏打ちするような事態を自らの手で招いてしまったのだ（歌10：「里山の調べ[29]」）。

それまで20年もの年月をかけ、試行錯誤する過程で見出した「（ポジティブな）自分らしさ」。その「自分らしさ」を活かしながらであれば、本来向いていない学術の世界でもなんとかやっていけそうだ。学生たちとの絆も深まり作曲も始めた。「生きていることはすばらしい」。こころの底からそう信じられるようになった矢先、みずから掘った落とし穴に落ちた。苦手意識と闘いながら、一つ一つ積み上げげ、築いてきた「ささやかな自信」は一瞬で崩れ去った。「やはり大学教員になどなるべきではなかったのだ」。

家族との関係における困難が追い打ちをかけた。

息子は幼い頃から大変な「お父さん子」だった。とてもよくわたしになついていて、どこに行くにも一緒について来た。ギターにも興味を示していたので、小学校3年生の時からラテンアメリカのいろいろなリズムの奏法を教え、一緒に演奏するようにもなった。大学祭で、学生たちの語劇に親子一緒に出演したこともあった。とにかく大の仲良しだった。

だが、ちょうど「メール事件」が起こった頃、小学校の高学年になっていた息子の態度が急に変わった。わたしを避けるようになり、口をきくことも、わたしの方を見ることすらなくなった。一方、チリ人のお母さんとはブロークンなスペイン語で普通に話していた。わたしが普通の心理状態にあれば、単に「反抗期」と理解し、それほど気にせずにすんだのかもしれない。事実、何人かの知人は「ただの反抗期だから心配しないように」と助言してくれた。

だが、鬱に陥っていたわたしは、こうした助言で癒されることはなかった。あんなに仲のいい父子だったのに、「きっと未来永劫、わたしの方を振り向いてはくれないだろう」。そう思い込んだわたしの絶望感は、日に日に増すばかりだった。妻は普通に接してくれてはいたが、二人が話している時わたしだけ会話に入ることができない。この孤立感がわたしの苦悩を倍増させた。

「息子にもう一度振り返ってもらいたい」。毎日そのことしか考えられない心境に陥った。そのうちに、わたしの苦しみの中で、メール事件の件よりも子供と話せないことの方が大きな割合を占めるようになった。なんとか状況を変えたいと、いろいろなやり方で子供に接してみた。「どうして無視するのか」。時には命令口調で、時には懇願するように話しかけながら、理由を息子に問い正そうとした。思わず声を荒げてしまったり、逆に泣いてしまうこともあった。それでも息子の態度は変わらず、理由を口にすることもなかった。

今息子に尋ねてみると、本人も当時そのようにふるまっていた理由はわからないのだそうだ。やはり、単に思春期特有の行動だったのかもしれない。だが、そもそも鬱で苦しんでいたので、そうした息子の態度にどうしても耐えられず、また許せなかった。だから、彼の行動をわたしの思い通りにコントロールしようと、あの手この手を使っていたのだ。

だが今のわたしは、この行動が誤りであったと反省している。理由はともあれ、当時息子は「わたしと話したくない」と感じていた。その思いを尊重し、静かに見守るべきだったのだ、と。

さて、仕事での失敗と家庭での孤立、この二つの要因が重なることで、わたしはそれまで自分がたどってきた人生の意義を一切否定する心境に陥った。「死にたい、（仕事を）辞めたい」という思いが毎日そして24時間、わたしのこころを埋め尽くすようになった。

こうした状況に陥ったばかりのころ、わたしは脳神経科学を専門とする、かかりつけの医師に相談してみた。医師は、知人である精神科の医者の診察を受けるように勧め、紹介状を書いてくれた。紹介状には「鬱、自殺の可能性あり」と書かれていた。

だが、結局わたしは、精神科に行く気にはなれなかった。症状が軽かったからでも、自分が「鬱」と思いたくなかったからでもない。わたしの中では「自分が鬱であること」は明白過ぎて、むしろ「鬱」と書いてもらって安心したことを覚えている。

受診できなかった理由はいくつかある。

まず、「鬱」の直接的原因は仕事上の失敗（メール事件）だったものの、子供との関係に起因する苦悩も重なっていた。さらに長期的な背景としては、幼少時代以降、両親の影響で内面化した「学者至上主義」とわたしの「自分らしさ」とのかい離、長年にわたる視力上の困難、その結果としての、さまざまな失敗や挫折の記憶、それらの記憶に由来する強烈な「劣等感」や「罪悪感」も影響していた。きわめて多様な要因が複雑に絡み合っていたので、「週1回、時間制限あり」といったカウンセリングの場合、十分に説明できるには、何度も通わなければならない（だろう）。だがわたしの自宅は、都市部から離れた農村地帯に位置するので、そもそも、遠い病院まで「何度も通う」という物理的な行為自体が極めて「しんどい」ことだった。

また、事情を知らない他者に自分の状況を理解してもらうことは「絶望的に難しい」ことのように思えていた。我が家は国際結婚なので、家庭では互いに話す相手によりスペイン語と日本語を使い分けるのだが、話す言語によって心理状態は大きく変わる。また妻とわたし、そしてミックスルーツの息子では、それぞれ、行動様式も思考様式も著しく異なる。そんな根本的な状況ですら、かなり詳しく説明しなければ、日本人の精神科医に「本当に理解」してもらうのはほとんど不可能だ、しんどすぎる、と。

さらに、「専門家対患者」という図式のもとで、一方的に「患者」として扱われることも、わたしには耐えられなかった。医師の側は、常に「専門家」としてふるまい、観察や治療の「対象」として、「分析的」な視線でわたしを見るだろう。そして、どこまでいっても「一人の人対人」という水平的な関係になることはあるまい。この固定化された、非対称的な関係性の中に置かれる（であろう）こともわたしは嫌だった。

そもそも、わたしの妻は精神科の看護師である。チリ・カトリック大学の看護学部で6年間の課程を終了した後、精神科の修士課程も修了した専門職者で、わたしと出会ったころは、チリで最も権威のある国立の精神病院で、アルコール依存症や鬱病の患者の診察と治療に従事していた。要するに精神病治療の専門家である。また言うまでもなく、わたしの事情を誰よりも熟知する人であり、わたしが「鬱」であることも明確に理解していた。その彼女ですら、わたしを治癒することは「全くできなかった」のである。

それで結局、かかりつけの医師に処方してもらった精神安定剤を飲みながら、自宅療養を続けた。以上が、わたしが精神科医のもとに足を運ぶ気になれなかった主な理由である。

そこで本書では、わたしの事例に関し、「鬱」という言葉を、わたし自身の「主観」(自覚)において、「自殺願望を伴う強度の精神的な不安や葛藤が、長期にわたって継続する状態」という意味で使うことにする。ただし、「鬱」の定義や尺度はさまざまなので、わたしの症状を「鬱」と呼ぶことの妥当性は、読者の判断にお任せする。

3 「それでも桜は咲く」——「苦しみ」でつながるこころ

「メール事件」をきっかけに鬱になってから、1年と少しが経過した2011年の3月11日、東北の地が突然大きな地震に見舞われた。すでに書いたように、わたしの両親は宮城県の出身で、上の兄は、仙台市若林区にある母方の実家で生まれ育った。また、親戚の多くも宮城県に住んでいる。

わたしの伯母は、今でも仙台市の家に住んでいるのだが、震災の当日は、津波が100メートルほどの近さまで押し寄せたそうだ。海岸に近いという印象ではなかったので、当日テレビで「警察が、仙台市若林区で２００名から３００名の死者を確認」という情報を見た時は、とても信じられなかった。

当日、愛知県豊橋市に住む母が、伯母に電話をかけようとしたがつながらず、心配していた。だが、大阪からはわたしの携帯がつながり、伯母の無事を確認することができた。だが、電気も水道もガスも止まっていた。

テレビで報道される各地の被害に、暗澹たる気持ちで過ごしていた九日目のことだ。その晩見た夢の中で、元気が出るようなメロディを何度も聴いた。翌朝目覚めた時、そのメロディを覚えていたので、すぐに２階に駆け上がり、ＭＰ３レコーダーに録音した。そして、その日のうちに一気に曲を作った。当時、早くも各地から支援にかけつける人々の様子をテレビで目にし、深い感動を覚えていたので「みんなで力を合わせて、この困難を乗り切ろう」といった主旨の歌詞を書いた。こうして生まれたのが「輝く明日のために」という曲だ（歌11：「輝く明日のために」）。

録音作業を１日で終え、できあがったばかりの曲の音声ファイルを豊橋市に住む母のパソコンにメールで送った。仙台育ちの兄が、育ての母である伯母の身を案じ、車で山形経由で迎えに行き、２日がかりで豊橋まで避難させたところだった。それで、伯母や母に少しでも元気になってもらえたらと思ったのだ。

すると、その場にいた兄も曲を聴いたらしく、こんなメールを送ってきた。「それでも桜は咲きます」というタイトルで曲を書いてほしい、と。その時まで兄は、わたしが作曲を始めていたことは知らず、また鬱のことは母にも兄にも知らせていなかった。

あまりにも唐突な依頼だったので、事情を説明してほしいと返信したところ、現地で目撃したことを書いたブログの内容を参考にするように、と返事がきた。

兄のブログにはこんなことが書かれていた。三陸の沿岸部はもちろん、仙台市内の状況も悲惨極まりなく、大きなショックを受けた。また、若林区の実家のすぐ裏手にある、陸奥国分寺（通称「薬師堂」）に行ってみると、境内の多くの灯籠が無残に倒れていた。それでも、一体のお地蔵様がしっかりと立ち、その背後には、つぼみをたくさんつけた一本のしだれ桜が見えた。「今回の出来事はつらいけれど、また花開く時が来るよ」。そうお地蔵様が語りかけているようで、少し救われる気持ちになった、と。薬師堂はわたしも何度も足を運んだことのある、思い出の場所だ。

事情を理解したわたしは直ちに作曲にとりかかった。「それでも桜は咲く」というサビの部分は、考えた瞬間にできた。その後、ブログの内容や写真から、兄が感じたであろうことを想像しつつ、サビに至るまでのメロディや歌詞を考えていった。

それでも桜は咲く
大地に根をおろして
厳しい冬の日々にも
新たな芽育（はぐく）みながら
それでも桜は咲く
寒さにじっと耐えて
春の訪れ告げる
その命続くかぎり

そのうちに、今回の不幸な出来事をきっかけに、人々が憎しみを忘れ、深く交わり合える豊かな社会を築こう、といった建設的なメッセージを込めたいと思いついた。大学院生の頃、わたしに一筋の光をもたらしてくれたラテンアメリカの「新しい歌」。その「新しい歌」の音楽家たちが、人間や社会に関して向けて発した真剣なメッセージの数々が、わたしのこころにはしっかり刻まれていたからだ。

争いや憎しみは
いつか消え去り
豊かな人のきずな
あふれる時代
やがて始まる

さらに、人々に「希望を失わず、歩み続けてほしい」という気持ちをより直接的に訴えるため、最後のサビの部分では、主語を「桜」から一人称の「わたし」に変えた。

それでもわたしは咲く
この大地踏みしめながら
つらくて苦しいときでも

生きるよろこび忘れないで
それでもわたしは咲く
この悲しみに負けないで
春の訪れを待つ
この胸にいのちの灯
ともるかぎり
（歌12：「それでも桜は咲く」）

歌詞ができあがると、いつものように電子ピアノ、ギター、ボーカルなど、複数のパートを一人でこなし、2日で曲に仕上げた。

ところが、録音作業の途中で自分でも驚くことが起こった。一番最後のサビの部分、「それでもわたしは咲く」のくだりを歌おうとした時のことだ。なぜか強い感情が胸に押し寄せて泣き崩れ、何度やっても歌えなくなってしまったのだ。悲しみ、絶望、叱咤激励、決意、希望……。一言では表現できないさまざまな感情がこころの中で混じり合い、わたしが「歌うこと」を阻む。

「曲作り」に取り組んでいる間、わたしは鬱のことを忘れていた。兄の依頼に応えたい、被災者を少しでも励ましたい、そのためには曲を完成させなければ……。他者に向けた前向きな気持ちに導かれ、作業に没頭することで、自己否定感や自殺願望が一時的にこころの奥に引っ込んだのだ。

こうして作業を続けるうち、先述したように、最後のサビの部分で主語を「桜」から「わたし」に変えることを思い付いた。わたしの「理性」の中では、ただ「現地の人々」を主語にしたつもりだった。だが実は、無意識のうちに、自分自身のことも「わたし」という言葉に込めていたのだ。決してその時「わたしも頑張ろう」と思えていたわけではない。毎日「死にたい、辞めたい」と感じながら、何とか生き永らえる。それが、その時のわたしの「実際」の状況だった。

だが、だからこそ、被災地の人びとに向けた「何とか頑張って生きて！」という言葉は、自分自身に対して発した叱咤激励でもあった。「あなた自身も頑張って生きないとだめでしょう！」と。被災された方々の苦しみに、自分の苦しみを無意識のうちに重ね合わせていたのだ。

もちろん、苦しみの原因は全く異なるので、安易に比較するべきではない。被災された方々の苦しみがわかる、などと軽々しく言うことも不謹慎だ。だが、自分のミスが契機になったとはいえ、わたしも出口の見えない大きな苦しみの真っただ中にあった。毎日起きてから寝るまで「死んでしまいたい」と感じ、後悔し続ける。「死にたいほどの苦悩」がどういうことなのかは、教えてもらわなくとも嫌というほどわかっている。自分自身が深く実感していたからである。

つまり、あくまでも「わたしの主観」においてだが、「言葉に表しがたいほどの苦しみを共有する」という点で、現地の人々が感じている（であろう）思いに、わたし自身の思いがつながった。われわれはともに「生を否定したい」ほど「苦しんでいる仲間」なのだ。マイクの前で何度も涙を流しながら、わたしはそんなことを感じていた。東北の人々にも頑張ってほしい。でも、わたし自身も頑張って生きて行くべきではないのか？【この文章を書きながら、また涙が流れている】

うまく歌うことができず、録音しては消し、録音しては消しと、何度も挑戦するうちに、少しずつ気持ちが収まってきた。そして何とか歌い切って、作業を終えることができた。

こうして完成したこの曲の試聴版を、さっそく音声ファイルにして、メールで兄に送ってみた。すると、その日の晩、兄から返事がきた。「何回も聴きました。涙が止まりませんでした」。

両親が宮城県出身であるとはいえ、現地で育ったわけでも、今回の地震を体験したわけでもない自分の作った曲に意味があるのだろうかと、どこか申し訳なく、自信もなかったのだが、仙台にゆかりの深い兄のメールを読んで、正直なところほっとした。わたし自身の思いが重なることで、メッセージの真実味が増したのだろうか。

その後、この曲をもとにDVDを作り、復興支援のための募金を集める目的で販売したらどうだろう、というアイデアを兄が伝えてきた。兄が一緒に仕事をしたことのある映像制作家の門田修さんに相談したところ、快く協力してくれることになったとのことだった。

そんなに本格的なDVDを作るなら、歌そのものももっと素晴らしいものに仕上げないといけない！ そう思い、友人である笛演奏家のきしもとタローさん、パーカッショニストの田中良太さん、そしてバイオリニストの熊澤洋子さんに相談してみたところ、皆さん、二つ返事で快諾してくださった。その結果この曲は、最初にわたし一人で録音していたバージョンとは比べものにならないくらいほど充実した出来栄えのものに仕上がった。▼30
一方、写真や映像の方も、兄や兄の長女、そして現地でボランティア活動に従事している、元F1レーサーで現在カヤッカーとして活躍されている内田正洋さんのご協力を得た上で、門田さんの編集の手が加わり、力強く感動的な作品に仕上がった。

こうして1か月ほどかけ、兄や門田さんとの幾度にもわたるやりとりを経てDVDは完成した。制作のための資金は兄とわたしが私費で出し、500枚を制作してもらった。1枚1000円で販売し、収益の全額を「あしなが育英会」に寄付することにしたが、結局半分くらいは兄夫婦やわたしの知り合いの人々にプレゼントした。

兄の長女が通った仙台市の中学校では、「いのちの大切さ」を学ぶ授業でこのＤＶＤが教材として使われた。また、仮設住宅で曲を聴き、「励まされた」というコメントを寄せてくれた被災者の方、「被災者ではないわたしも励まされた」と言って、店内でＤＶＤを流してくださった大阪の喫茶店経営者の方もいた。

第9章

鬱からの回復の過程で

──作曲と「語り合い」による癒し

「それでも桜は咲く」の制作に携わる間、一時的に自分が抱える苦しみを忘れていたものの、鬱が治ったわけでは決してなかった。ふたたび「死にたい、辞めたい」という思いが戻り、わたしのこころは暗闇の中にあった。この頃、毎年年始に誓う1年の目標は「自殺だけはしないでおこう」だった。

このように鬱にもがき苦しむ数年の間、唯一できたことは、わたしが自然に「やりたい」と思え、「自分らしさ」を活かせること、すなわち「作曲」だった。また、研究室を訪れる学生や院生に苦しい心情を打ち明けるうちに、わたしと彼らとの間には、互いにこころを開き合い、励まし合えるオープンな関係が育まれていった。そのことも、少しわたしの背中を押してくれた。

以下、この章では、わたしが鬱から回復していったプロセスについて、その大きな力となった二つの活動、すなわち「作曲」と、学生たちとの「語り合い」に焦点を置き、記述していこう。

鬱の間、ただ生きているのが精一杯だったわたしは、授業など必要最低限の仕事は続けていたが、それ以上の学術活動に専念することはほとんどできなかった。だが、何もせず嘆いていても出口は見えてこず、誰かが救い出してくれるわけでもなかった。とにかく一歩でも動いてみれば何か変わるかもしれない。そう信じて、とりあえず他者からの評価は横に置き、「……べき」ではなく「……したい」と思えることをやってみようと考えた。

絶望的な状況の中でも「したいと思えること」、それはやはり音楽だった。そこで、ラテンアメリカ音楽の演奏活動に加え、作曲にも取り組み、自作曲を授業で学生たちと一緒に歌ったりしてみた。こうして創作を続けるうちに、わたしは「作曲」という行為が、苦悩に打ちひしがれるこころを癒してくれることに気づいていった。▼31 以下、「作曲」が生む「癒し」の効果について、わたし自身の事例に即して記述しよう。

作曲が与える「癒し」の効果は、個人的に行う「作品の創作」と社会的に行われる「作品の活用」という二つの側面に分けることができる。

1 作曲による自己表現と癒し

まず、作曲者が個人で行う「作品の創作」という行為がもたらす「癒し」について、物理的な制作作業としての効果と自己表現による心理的効果の順に見ていこう。なお、わたしの場合、作品のほとんどが歌詞を伴う歌謡なので、器楽曲ではなく「歌」を作る場合に即して説明する。

はじめに、「創作」という行為の「物理的な作業」としての癒し効果について説明する。

作曲は多岐にわたる作業を含む複雑な工程であり、各作業を進める間、かなりの神経の集中が必要となる。要するに、手間のかかる「面倒くさい」行為なのである。

一つの歌を作るまでには、おおざっぱに言って以下の五つの作業が必要となる。

1. メロディを作る
2. 歌詞を作る
3. 編曲する
4. 録音する
5. 編集する

なお、歌詞を作ったあとにメロディを作るという人もいるので、一般論として、1と2の順序は自由である。わたしの場合は、メロディを先に作る場合が圧倒的に多いので、この順番で説明する。

それではまず、1の「メロディを作る作業」について見てみよう。

ふだん生活する中で、ふとあるメロディを思い付く瞬間がある。のちに一つの曲を構成するようになる複数のメロディ群が、はじめから終わりまですらすらと出て来る場合もあるが、ほとんどの場合は、一部のメロディしか思い浮かばない。そこで、はじめにできたメロディに照らし合わせながら、その他の部分を、ああでもない、こうでもないと試しつつ、ひねり出さなければならない。

次に、2の「歌詞を作る」作業に移る。

簡単そうに思えるこの作業も、一筋縄ではいかない。こころで感じ、表現したいと思っていることはあっても、「漠然とした思い」にすぎない場合が多く、どんな言葉を使えばそれをうまく表現できるのか、具体的にわかっているわけではないからである。

しかも、歌詞をあとから作る場合は、メロディを構成する楽音の数によって文字数が規定される。メロディを構成する楽音の配列上の特徴（上昇か下降かなど）と、歌詞を構成する言葉そのものが持つ抑揚とのすり合わせも必要となる。スペイン語の歌の場合は、さらに韻も踏まなくてはならない。

歌詞とメロディができたら、次は曲の構成を考える「編曲」の作業（3）となる。

曲のメロディがAとBという二つのパートから構成されているとしよう。メロディを毎回「A→B」という順番・構成にするのか、それともBから始めるのか。「A→B」のあと、最後にまたAあるいはBを繰り返すのか。いきなり歌い始めるのか、前奏を入れるのか。入れる場合、Aのメロディにするのか Bのメロディにするのか、あるいは別のメロディにするのか。歌は何番まで繰り返すのか、間奏はどうするのか、最後はどのように終わるのか、などなど。決めなければならないことは無数にある。

使う楽器も決める必要がある。伴奏はギター？　ピアノ？　それとも両方を使うのか、その他の楽器を用いるのか。前奏や間奏を奏でる楽器は笛？　アコーデオン？　ギター？

さて、こうして曲の構成や使用する楽器が決まっても、「設計図」ができただけに過ぎない。次に、実際に楽器で音を鳴らしたり歌声を発して「肉付け」していく、「録音」の作業（4）が待っているのだ。

わたしの場合、楽譜を使わず、歌詞の傍らに和音名（C、Amなど）だけを書き込んだ「和音付き歌詞ファイル」を作成し、それを参照しながら録音していく。したがって、メイン・ボーカル以外のパートについては、その場で実際に鳴らして、具体的なリズムや奏法を決める作業と録音する作業とを同時に進めていく。

だが、「設計図」の段階では「完成した作品」があるわけではなく、「だいたいこんな感じ」というぼんやりしたイメージがあるだけだ。したがって、その漠然としたイメージをもとに、実際にギターを鳴らしたり、歌ってみたりする中で、試行錯誤しながら録音していくことになる。

そもそも、モデルにすべき「完成品」がないので、自信を持って作業を行うことはできない。「おっかなびっくり」やるので、初めのうちは、ギターをかき鳴らす手にも迷いがあってうまくリズムに乗れず、歌っても張りのある声が出なかったりする。だから、録音しても「ただ弾いているだけ、歌っているだけ」という、表情に欠けた味気のないものとなる。何とももどかしい状態だ。

それでも、暗中模索の状態の中でもがいているうちに、少しずつ霧が晴れてくる。完成すべき作品のイメージが、少しずつその姿を現してくるのである。イメージが明確になってくると、そのイメージを具体化すればいいだけなので、より自信をもって弾いたり歌ったりすることが可能となる。作品自身が自分の「意思」を持ち、少し先の方からこちらに向かって「わたしはここにいる。早く来てくれ！」と叫んでいる。そんな感覚だ。

その叫び声に引きずられ、弾き直したり歌い直したりという作業を延々と繰り返していく。

こうして録音の作業が一通り終わると、ようやく「ミキシング」（5）という最終作業に移る。異なる複数のトラックに録音した音声（歌、コーラス、ギター、ピアノ、パーカッションなど）を調整し、ミックスして、曲を仕上げていくのである。具体的には、それぞれのパートの音量、音質、リバーブ（エコー）のかかり具合、パンの振り方（左右90度、計１８０度のうち、どの辺りからそれぞれの音が聞こえるようにするか）など、微妙なさじ加減を必要とする根気のいる作業である。

以上五つの作業を経てようやく作品ができあがる。だがこれで終わりではない。まだ「試聴版」の段階に過ぎないからである。

こうしてできあがったばかりの試聴版の音声ファイルをipodに入れ、その晩寝ながら聞いてみる。するとほとんど常に、大きな欠点がいくつか見つかる。完成品のイメージに近づけたつもりでも、実際にはかなりかけ離れているのである。

そこで翌日、それらの「大きな」欠点を修正する。すると次に中程度の欠点がいくつも見えてくる。そこで次の日は、これらの欠点を修正していく。すると今度は、より微小なレベルの無数の欠点が露わとなる。さらに、それらの欠点を一つ一つ修正していく……。こうして短い時でも2～3日、長い時には断続的に数か月かけて修正作業を行っていき、ようやく完成に至る。

以上見たように、一つの曲を作るには、神経の集中が必要となる、多岐にわたる面倒くさい作業を、長い時間をかけて行わなければならない。それゆえに、作曲に当たっている間、自分が陥っているネガティブな状況や感情を「一時的」に忘れることができる。作曲に必要な「物理的」な作業がもたらす「癒し」の効果である。

なお、念のためだが、あくまでも「やりたい」という気持ちが前提である。「やりたくない」のに、こんなにしんどい作業をやらされるのは文字通り「地獄」であり、心理的には逆効果であることは言うまでもない。わたしの場合、作曲は自分の資質を活かすことができ、かつ「やる気になる」行為なので、作業としては「面倒くさい」けれども、自然にそのことに「駆り立てられる」。だからこそ、一時的に自分が抱える苦悩を忘れることができるのである。

だが単に物理的な努力を強いるだけではない。作曲は自己を表現する作業でもあり、そのことが直接心理に及ぼす効果も大きい。そこで次に、「自己表現」としての作曲が及ぼす心理的な効果について見てみよう。

歌謡の場合、言葉で構成される「歌詞」と楽音の配列からなる（「歌詞」を除いた狭義の）「音楽」、という二つの要素を組み合わせるため、非常に複雑な自己表現が可能となる。以下「歌詞」「音楽」の順に見ていこう。

まず歌詞は、作者が自分の思いを直接言葉にして表現することを可能にする。

歌詞には、冗長で説明的、描写的なものから短く象徴的なものまで、さまざまな形式が使える。また学術論文ではないので、必ずしも詳しい説明や正確な情報を盛り込む必要があるわけではなく、論理的整合性を求められることもない。言葉足らずでも、「何となくこんな感じ」といった「印象」や「雰囲気」でも構わない。「とにかくうれしい」、「なぜかやるせない」といった表現でも許されるのだ。

このような、歌詞のもつ形式上の「自由さ」や表現上の「ゆるやかさ」は、時にこころの中によどんでいる「形にならない思い」を、無理に言葉に「翻訳」することなく、「どろどろ」あるいは「ふわふわ」とした、形になりきらない状態のまま、素直に、そして「気楽」に吐露することを可能にする。

ここに（歌詞を除いた）「音楽」が加わる。音楽は音の高低、強弱、旋律の上昇や下降、複数の音を組み合わせた和声（ハーモニー）、リズムなど、いろいろな要素を組み合わせることで、それ自体がさまざまな感情を表現したり、歌詞に込められたメッセージや、そのメッセージが喚起するイメージを効果的に増幅することができる。そもそも言葉ではないので、やはり論理的な説明や理屈を求められることはなく、さまざまな思いを直感的に表出することを促進する。

このように「歌」という表現様式は、「自由さ」や「ゆるさ」を特徴とする「歌詞」に感情の表出に適した「音楽」が加わることで、言葉にしがたい感情も含め、作者が自らの思いを率直に吐露することを可能にする。

鬱の時期にわたしが歌を作り続けた理由には、もちろん通常の学術論文を作成する気力がなかったこともある。だが、こころの中に渦巻きながら容易に言語化できない、割り切れない思いを外に出すために、「歌の創作」がとても適した手段だったことも大きかったと思えている。

「メール事件」のわずか3日後、まだ事態をまったく受け容れることができない心境の中で、わたしが作った「里山の調べ」という曲がある。(歌10) 日本の伝統的な子守歌風のメロディに乗せ、「ララー」と歌っただけの作品だ。一体これから自分がどうなってしまうのか、予想することすらできない絶望の中、得体の知れない否定的な感情を言葉で言い表す気力すらなかった。それは、わたしのこころからほとばしり出た「慟哭」そのものであった。

数年にわたる鬱の間、わたしのこころを覆っていたのは絶望、悲しみ、後悔、不安、怒り、やるせなさ、憎しみ、自己否定など、さまざまなネガティブな感情が複雑に絡み合ってできた塊だった。頑強で、容易に解消できないこの塊を解きほどくため、わたしはこれらの感情を一つ一つ自作の曲に託し、こころの外に出していった。一つの曲で、ある感情を吐き出すと、別の感情がこころに浮かんでくる。二番目の感情を吐き出すと、また違う感情が現れてくる。こうして、自分のこころに巣食う諸々の感情を、一つずつ曲の形で表出させていったのである。

ネガティブな感情を曲にして表現していると、時にポジティブな感情がこころに沸いてくることもあった。毎日「死にたい・辞めたい」としか感じられていないはずなのに、「頑張れるかもしれない」といった楽観的な感覚や、他者を「励ましたい」といった温かい感情が芽生えてくることもあったのだ。ネガティブな感情を抑圧せず素直に外に出し、それと向き合う。すると、その感情と一時的に折り合いがつき、少し前向きの気持ちになれる。こうして歌を創作し続けることで、こころの中によどみ、重くのしかかっていたさまざまな思いを解放することができ、少しずつ癒されていったのである。

以上、物理的作業および自己表現という二つの観点から、作曲という創作行為そのものがもたらす癒しの効果について見た。作曲を通じて得られる「個人レベルでの癒し」である。

だがこれで終わりではない。なぜなら、完成した作品を「活用する」ことで、さらに別の「癒し」が得られるからである。以下、他者との「作品の共有」を通じて社会的に得られる、「集団レベルでの癒し」について見ておこう。

曲を作ると「作品」という形あるものに結実する。すると、そこに込めた思いを他者と共有することが可能になる。その曲を他者に聴いてもらったり、一緒に歌ってもらったり、またコメントを受けたりできるからである。

学術論文ではないので、「好き嫌い」はあっても、「誤り」とか「不正解」といった論理的レベルで否定的評価を受けることはない。むしろ、単に「個人的な経験や思い」として表現したことに、他者が共感あるいは感動してくれたり、「励まされた、勇気を得た」など、ポジティブなコメントを返してくれることも少なくない。

こうして他者に共有されることで、「個人の思い」が「共通の思い」となり、小規模であっても

「社会化」される。そして「自分の思いが社会化された」というフィードバックを受け、作者は作品に表現した自分の「思い」を、さらにはその「思い」を抱く自分自身を少し肯定することができる。「自分だけの思い」と思っていたが、実は「他者の思い」をも代弁していた。「わたしは一人ぼっちではない。同じように感じる仲間たちがいる」と思えるようになるのである。

以下、わたしが実際に経験した事例を紹介しよう。

2 歌を通じて共有される「苦しみ」

次章で見るように、現在わたしは大学で、参加者がそれぞれ自身について深く語ることを特徴とする「語り合い」の授業を実施している。

数年前のある日の授業でのことだ。博士後期課程に在籍する院生が、受講生全員を前に、こんなコメントを発した。

みんな、本当は悩みを抱えているのに、「いろいろあったけど、乗り越えてもう大丈夫」みたいに、起承転結のある「無難」なストーリーに仕立てていないか？　ぼくはいま苦しんでいるので、無理に「結」の部分を作ったりはしない。

そう断言すると、彼はその時点で自分が感じていた葛藤や、これから挑戦したい夢について率直に語ってくれた。

彼の語りを聞きながら、わたしは、自分が抱える鬱の苦しみを思い切り赤裸々に告白するような曲を、これまで作っていなかったことに気づいた。この言葉はわたしにではなく、他の受講生たちに向けられたものだったが、わたしは恥ずかしく感じると同時に、勇気を得た。
こうして、「鬱の苦しみ」をストレートに表現する曲を作ろう！　と思い立ったわたしは、帰宅後、さっそく制作に取りかかった。こうして数日の間格闘し、完成したのが「暗闇の中で」という曲だ。

それなのに人はどうして
生まれてくるのだろう
ただ悲しい思いをするだけで
よろこび少ないのに
それなら人はどうして
ここにいるのだろう
ただ苦しい思い出あるだけで
しあわせ滅多にないのに
（歌13：「暗闇の中で」）

苦しみ、悲しみ、やるせなさ、「生」への懐疑といった、当時わたしが抱いていたリアルな感情、ネガティブな思いたちをストレートに表現した歌詞だ。
わたしは、出来立てほやほやのこの曲を翌週の授業に持ち込み、受講生たちにも一緒に歌ってもらった。発表する前は、あまりにもネガティブな内容なので、幻滅されるのではないかと不安だった。しかし一緒に歌ってみると、学生たちの反応は予想とは全く異なるものであった。多くの受講生が「わたしも辛いことを経験した」「自分もいま苦しんでいる」など、共感的なコメントを発してくれて、中には「歌から勇気をもらった」と伝えてくれた学生もいた。先述の院生はその曲をとても気に入り、自分の携帯電話の待ち受けメロディに設定してくれたほどだ。

院生の「語り」をきっかけに、自分の抱える苦しみを歌で表現した。すると、その歌を聞いて共感した学生たちもまた、自分たちの苦しみを打ち明け返してくれた。わたしたちはそれぞれの苦しみを互いに共有したのである。

するとわたしの心境に変化が起こった。素直に吐き出した自分の苦しみに、他者が共感してくれたことで、その苦しみを少し受け容れることができたように感じたのである。そして、この心境変化を表現したいという欲求に駆られ、すぐに次の曲の制作に取りかかった。こうして完成したのが、カントリー音楽調の陽気なメロディに乗せ、「苦しい経験にも意味がある」というポジティブなメッセージを伝える、「何とかなるさ」という曲である。

成功ばかりの人生なら
どんなに楽なことだったろう
でも現実甘くなくて
失敗の繰り返し
だけどいいじゃない

それも大事な
勉強の一つなら
そのつらさ、その苦しさにも
ちゃんとした意味見えてくる
（歌14：「何とかなるさ」）

できあがった新曲を、さっそく翌週の授業で受講生たちと一緒に歌ったところ、また多くの学生が共感的なコメントを返してくれた。

「苦しい」という思いをさらけ出し、他者と共有する。すると、客観的な状況が変わるわけではないが、その状況を違う視点から、いわば「他者と一緒に」眺められる。こうして個人の苦しみが「社会化」されることで、そこにポジティブな意味が見出され、一歩前に進むことができる。わずか1週間の間にわたしが制作した二つの曲のメッセージの差は、そのことを如実に物語っている。

（一度目の）鬱の状態にあった数年の間、わたしは自身の個人的感情から、世間で起こるできごとや社会に向けた思いを表現したものまで、さまざまなテーマの歌を作っていった。そして作曲に没頭している間は、一時的にせよ苦しみを忘れることができたし、作品となった曲を授業で学生たちとともに歌うことで、わたしの苦しみは社会化され、昇華されていった。こうしてわたしは癒され、ほんの少しずつ元気を取り戻していった。

3　学生との「語り合い」

この鬱の時期、わたしに安らぎをもたらしてくれていた、もう一つ別の実践があった。学生たちとの（インフォーマルな）「語り合い」である。

当時、あまりにも苦しい心境だったので、わたしは、研究室に相談にやって来る学生や院生たちに対し、ただ学術的な対応だけで済ませる気にはなれず、少しずつ自分の苦しみを打ち明けるようになっていた。

「ダメ教員」や「ダメ人間」の姿をさらし、「軽蔑される」ことを全く恐れないわけではなかったが、正直なところ「苦しさ」の方が勝っていた。また、「鬱のせいで十分な指導ができていない、事情を知ってもらった方が楽になれる」と感じていたこともある。「教員失格」のそしりを受けそうだが、事実なので仕方がない。

ところが、思い切って学生たちに苦しみを打ち明けてみると、彼らから軽蔑されることはほとんどなく、むしろ「先生の人間らしい姿を見ることができて、気持ちが楽になった」と、好意的なコメントを返してくれる場合の方が多かった。「教員でありながら、ネガティブな気持ちをさらけ出す勇気に尊敬の念を抱いた」と言ってくれる学生すらいた。

さらに、わたしの「悩み」を聞いた学生が、今度は自分が抱いていた悩みを打ち明けることもしばしばあり、気が付くと、元気がないはずのわたしが、逆に彼らを励ましているという逆転現象が頻繁に起こったのである。

こうして、研究室におけるインフォーマルな「語り合い」は、互いの悩みや苦しみを共有することで、わたしと学生・院生たち、そして学生・院生たち同士の間に、「人対人」という温かくオープンな関係を構築するとともに、鬱状態のわたしが少しずつ回復していくことにもつながった。

この間、「元気のない自分」、「頑張れない自分」であっても、必ずしも軽蔑されるわけではないこと、さらには、人の「役に立つ」ことさえできる、ということを何度も実感した。そして、むしろ「苦しみ、悩む自分」だからこそ、他者の苦しみにも自然に共感することができ、彼らを励ますこともできるということ、すなわち「苦しみのポジティブな価値」にも気づいていった。

後述するように、「語り合い」の授業（第10章参照）でも、わたしを含む参加者たちの間に同じような気づきが起こる。先走ってしまうが、「語り合い」の授業が誕生した背景には、鬱の時期にわたしが学生たちとの間に実践していた、インフォーマルな「語り合い」の経験があったのである。今回、鬱の経験を深く振り返り記述することで、わたしはこのことに気づいた。

4　わたしを救い出した院生の言葉

さて、この時期の学生たちとの「語り合い」の中でも、特にわたしの回復に向けて大きな力となった「語り合い」があった。それは、わたしが指導する院生Xさんとの間に起こった。

すでに書いたように、当時のわたしは、学生たちの学術指導を元気に「しっかり」こなせているわけではなかった。唯一できていたのは、ゼミの時間にそれぞれの研究テーマについて発表してもらい、コメントを発するくらいのことだった。

修士課程2年に在籍していたXさんにも何度か発表してもらったのだが、そのたびにXさんは他の授業で習った理論に言及し、現地調査で得た情報を、その理論を使って分析するつもり、と語っていた。それらの理論に関する知識がなく、頑張って勉強する余裕も気力も（視力も）なかったわたしは、Xさんの発表を聞くたびに大きな劣等感と罪悪感に悩まされていた。

そして、何とも判断することができなかったわたしは、ただ「本当にその理論を使って分析したいのか？」と彼女に尋ねていた。それらの理論を否定するという意味ではなく、あくまでも彼女の意思を確認したかったのだ。

こうして1年の間、Xさんはさまざまな理論を試したのち、最終的に、研究テーマについて、現地で得た豊富で独自な情報から構築した仮説を、いくつかの理論を組み合わせた枠組みを用いて検証する、といった内容の修士論文を提出した。わたしは「何もしてあげられなかった、申し訳ない」という気持ちで一杯だった。

だが、1月末に開催された修士論文の審査会で予想外のことが起こった。その年に所属学系から提出されたすべての論文の中で、Xさんの修士論文が最高点を獲得したのだ。決してわたしが「えこひいき」したのではなく、副査を勤めてくださった先生方を始め、学系の先生方が彼女の論文を高く評価してくださったのだった。

この結果に、わたしのこころの中では「うれしさ」と「苦しさ」とが交錯した。正直に言えば「苦しさ」の方が大きかった。彼女がいい成績を収めたのは、ほかならぬ彼女自身の資質と努力のたまものであることは明らかだった。だから、彼女が博士後期課程において研究者としてさらに成長するためには、わたしより優秀な他の先生に指導してもらうべきだ。また、指導する過程で感じていた劣等感や罪悪感から解放されたい、という気持ちも強かった。

そこでわたしはXさんを研究室に呼び出し、その旨を伝えた。ところが彼女は決然とした表情でわたしの助言を拒否した。「いいえ。わたしはこれからも先生に指導していただきたいです。ぜひお願いします」と。

そう言われたものの、わたしは彼女が誤解しているに違いないと思い、その理由を尋ねてみた。すると彼女は意外な答えを口にした。「先生の指導が一番『厳しかった』からです」と。

右に書いたように、わたし自身は「まともに指導してあげられなかった」と感じていたので、「厳しかった」という彼女の発言の意味が理解できなかった。するとXさんはこう続けた。他の先生たちは、彼女が現地で収集した一群の情報を、この理論を用いて整理すればうまく分析できる、といった形の指導をしてくださっていた。それに対しわたしは常に、「彼女自身がどう考えるのか」を問い正していた、と。

わたしとしては、ただ不器用に「彼女の本心」を尋ねていただけのことだった。だが彼女には、「自分自身で考える」ことを強いるこの問いが、他の何よりも「厳しく」、だが「重要」な問いに思えていたのだそうだ。

さらにXさんはわたしの目を見ながら続けた。

　わたしはこれからも先生のもとで研究が続けたいです。そして、毎年何本論文を書いて、何年後に助教になり、何歳までに常勤職を得るみたいに、最初から計画された人生を生きるのではなく、自分が本当に大切だと思うことを大切にしながら、回り道をしながらでも、何十年か後に「これがわたしの研究です」と胸を張って言えるような研究者になりたいです。

Xさんが魂を込めて発した言葉に、わたしはその場で思わず涙を流してしまった【実はこの原稿を書いている今も、また涙ぐんでいる】。

ただ生きていることさえ苦しい状態だったので、学生や院生の指導が十分にできるはずがない。失敗を犯したダメな自分、研究能力も指導能力もない自分、大学教員でいる資格などない自分。さまざまな劣等感に押しつぶされながら、作曲を続けることで最低限の自尊心を支え、学生たちとの温かい交流に背中を押されて何とか自殺だけはせずに生き永らえている……。

そんな「情けない」状態のわたしのもとで勉強を続けた優秀な院生が、「自分らしい研究がしたい」、それだけの理由で、これからも自分の指導を受けることを希望している。

軍事政権時代のチリでポブラシオンに住んだ経験、ギターを片手にわたしらしく行った調査、失意の中で勉強を続けたマプーチェ語が切り開いてくれた新たな境地。わたし自身も、デコボコだらけの道を、試行錯誤を重ねながら歩む過程で、「自分らしさ」を模索しながら、人や社会に関する多くの大事なことを、自分自身の頭とこころで学んできたんだったな……。Xさんの言葉を聞きながら、そんなことを思い出していた。

理屈を超え、「自分のあり方や道のり」を力強く肯定してくれる言葉。こころの中に巣食い、どうしても取り除くことのできなかったトゲだらけの鋼鉄の塊が溶け、あふれる涙とともに外に流れ出た瞬間だった。この院生とのこのやり取りは、永続すると思われた苦悩からわたしが脱却するための大きな一歩となった。

第10章 「語り合う」ことで育むきずな
――苦しいからこそつながれる

最初、なんか自分自身、語るときっていうのは、なんとなく、どこまで出していいかわからないっていう感覚がやっぱりこうあって、でも何となく、相手を見ると、もしかして相手も同じかもしれないんですけど、相手の方がすごい上手に語っているような感覚がすごいあって、「あ、自分もじゃあ、もっと語ろうかな」みたいなことを、たぶんお互いがお互い、そう思ってるんじゃないかと思いながらも、ちょっとずつこう「じゃあ自分も、自分も」っていう形で、なんかやっていって。

現在わたしが実施している、「語り合い」の授業での受講生のコメントである。「自分を語り他者の語りを聞く」。このシンプル極まりない作業は、参加者たちが自分や他者のこと、そして人間関係について深く考え、学ぶ機会となる。

優しく聞いてくれる人がいると、より深く自分を語ることができる。勇気を出して語ってみると、無意識のうちに抑えていた感情に気づいたり、忘れていた経験を思い出したりする。自分の語りに励まされた相手も、自分のことを深く語ってくれる。本人の口から詳しく聞くと、もう少しその人のことがわかり、異なるあり方や歩み方に驚くこともある。でも、どこか似たような経験や考え方もあって、他人の話なのに自分が励まされたりもする。みんな、それぞれ苦労を抱えながら頑張って生きている仲間なんだなあ、と思えてくる。

本章では、授業が成立した過程、授業での「語り合い」の様子、相互に影響し合う過程で参加者に起こる心理・認識上の変容、受講生同士の関係の変化、そしてその過程で得られる学びを、受講生のコメントやわたし自身の経験を交えながら記述していく。

1　学生たちとの対話から生まれた授業

今から12年以上前の２０１７年10月、大阪外国語大学と大阪大学が統合した際、わたしは阪大の人間科学研究科に新設されたグローバル人間学専攻の多文化共生社会論という分野に所属することになった。その後、単独で講義を行うことになった時、わたしは外大時代に行っていた「学生主導の授業」（第7章参照）をそのままやってみることにした。

ところが、外大時代のように「スペイン語を使いこなす」という共通のモティベーションがあるわけではないので、学生によって授業への熱意に差があり、手ごたえのある成果にはつながらなかった。「うまく行かなかった、申し訳ない」と後味の悪い結果となったが、これといった改善策も思い当たらず、翌年も同じような授業を行う予定でいた。

そして、初回の授業の時、アイス・ブレーキングのつもりで受講生に互いに自己紹介してもらうこ

「語り合い」の授業の様子

とにした。少人数に分かれ、これまでの経歴や現状、将来の夢など、自分のことを少し詳しめに話し合ってもらったのである。

だが、本来の課題を遂行するための「下ならし」にすぎなかったこの作業は、受講生たちに大変好評で、「面白い、楽しい、もっとやりたい」といった好意的なコメントが出された。外大時代からのゼミ生で、当時修士の院生だったZさんは、「『自分語り』は、相手を変えながら複数回やってもいいのではないか」と提案までしてくれた。

正直に言えば、「複数回やる意味はあるのかな？　毎回同じような話になって、つまらないのでは？」と思った。だが、前年の授業の反省もあり、受講生の意見を無視する気にはなれず、半信半疑のまま、失敗覚悟で「自分を語る」ことを主な内容とする授業をやってみることにした。

なお「自分語り」の形式についても、Zさんは、大人数では思うように語れないので、1グループ4名くらいが適当ではないか、とアドバイスしてくれた。

このように、理論的根拠もモデルもなく、「学生たちの興味」を唯一の根拠に、彼らの意見や提案を取り入れつつ、毎年試行錯誤を重ね、修正を加えながら生まれたのが「語り合い」の授業である。

当初少なかった受講生も次第に増え、他の開講科目との関係で、単位を取得するためだけに受講する学生も混じるようになり、「語り合い」が、表面的なものに終わってしまうこともあった。また、「語り合い」の目的やそのさまざまな効果、意義を、わたしが最初から明確に認識できていたわけでもなかった。

一例をあげよう。ある年の授業で、タイの少数民族を研究対象とする院生がこうコメントしてくれた。「この授業では自分自身が『語り手』となることを体験するので、現地調査の際に『相手の気持ち』になってインタビューすることができるようになる」と。なるほど！ と思ったわたしは、翌年の授業のシラバスにこの旨の記述を書き加えた。

すでに外大時代から、学生たちの感性や能力を信頼し、彼らとともに授業を作り上げることの重要性には気づいていたが、この授業を実践していく中でこの思いは確信に変わった。

また、試行錯誤しながら形式を整えていく過程で、無意識のうちに、わたし自身の経験もこの授業に深く反映されることになった。これまで南米のチリや日本で、いろいろな人々と深く交わりながら得た喜びや悲しみ、感動、そしてこれらの体験から実感とともに学んでいたさまざまなことがらが、授業の哲学的背景を構成していった。

また、授業で教員が果たすべき役割についても、外大時代から行ってきた「自分語り」の経験が大いに役に立った。この授業では、受講生たちの「語り」を促進するため、「まず教員が語る」からである。

このように、「語り合い」の授業は、学生たちのアイデアや自主性とともに、わたし自身のさまざまな経験や学びを活用することで誕生した。

記述を始める前に、この授業の最中に立ち上がる重要な学びについて、「予告編」的に説明しておこう。

受講者は、当たり前だが、わたしが勤務する大学に在籍する大学生や大学院生で、麻薬依存症や精神的疾患など、共通する困難を抱えていたり、何らかの「マイノリティ」として特定の属性を共有する人々、というわけではない。同じ大学で学んでいる学生・院生という共通点はあっても、彼らの特徴は多様である。

社会的に認知された困難を抱えるわけではない（と見える）、いわゆる「マジョリティ」に属する日本人の受講生ももちろんいる。一方、外国人やミックスルーツの人もいる。また、一般に「マイノリティ」と認識されるような学生もいて、しかもその「マイノリティ」性の内実はさまざまである。

このように、それぞれ「マイノリティ」あるいは「マジョリティ」としてひとくくりにされ、区別されてしまいがちな人々が「ごったがえ」し、「深くこころを開き合う」ことで、「個人対個人」として深く向き合う。それがこの授業の大きな特徴である。

マジョリティに属する学生は、最初、マイノリティである受講生の話を聞いて、自分の経験からあまりにもかけ離れているために、共感できないことがある。一方、マイノリティの学生も、自分が抱える問題を理解してもらえないのではないか、という恐れや諦めから、率直に語ることに躊躇する場合もある。

だが、それぞれが勇気を出してこころを開き、本音で語り合ううちに、こうした違和感や不安は相対化されていく。自分はマジョリティだと思っていた人が、マイノリティに当たる人の話を聞いて思い当たる節があり、自分にもマイノリティ的なところがあったと気づくこともある。逆にマイノリティに属する人が、一見何の問題も抱えず、幸せに生きているに違いないと思っていた人が、涙ながらに語る姿を見て、その人も同じように苦しんでいたと知って励まされ、その人を励ましたいと感じることもある。

このように、オープンに語り合う過程で、「全部でなくともわかるところがある」「違っていても構わない」といった感覚を覚え、マイノリティかマジョリティかという区分が消滅しなくとも相対化され、部分的にせよこころがつながったように感じられる。

マイノリティの人たちもマジョリティの人たちの多くも、何らかの「生きづらさ」を抱えながら生きている。そうした区分をいったん横に置き、一人の人間としての相手に興味や敬意を抱き、その歩みやあり方を詳しく聞いてみる。すると、どんな人にも苦しみや悩みがあることがわかり、「悩みながら生きるわれわれ」という共通意識が芽生えてくる。そして、さまざまな苦しみを互いに共有するうちに、一人で悩んでいた時には感じられなかった「苦しみの価値」にも気づく。自分が苦しいからこそ他者の「苦しみ」にも自然に思いを馳せられるのだ、と。すると、苦しみを抱える「弱い自分」を少し受け容れられる。

各自がそれぞれ「自分らしく」ふるまいながら、他者とともに生き生きと歩んで行けるためにはどういうことが大事で、何ができるのか。「語り合い」の授業は、この問いに、ささやかながらも実践的な示唆を提供する試みである。[32]

2 いろいろな受講生たち

まず、この授業で「語り合い」を実践する人々、つまり受講生たちの特徴を説明しておこう。
学部と大学院に共通して開講している授業なので、20歳過ぎの若い学部生から、就職・結婚・子育てなど、実社会での経験を積んだ年長の大学院生、そして中国や韓国などからの留学生と、さまざまな年齢、経歴、国籍の人びとが受講している。

専攻分野も多様である。授業は共生学科目および系の専門科目として開設しているので、共生学を専攻する学部生や院生はもちろん、教育学、社会学、行動学など、他の学科目・系の学生、そして他学部や他研究科の学生も受講する。また、学校教員や医師、就職支援カウンセラーや医療カウンセラーなど、専門職者が受講することもある。社会的に認知される、さまざまな「マイノリティ」に当たる人もいればそうでない人もいる。

このように、学術上の興味や社会的立場はかなり多様である一方、受講に当たっての意識という点ではゆるやかな共通点も存在する。初回の授業の時、出席者には、この授業を受講しようと思った理由や、授業にかける思いについて書いてもらう。

たとえば受講の理由に関する回答には、以下のようなコメントが目につく。

・自分のことや自分の「自分らしさ」がよくわからない
・過去にトラウマ的な経験をしたことがある

・現在人間関係で悩んでいる
・就職など、将来に不安を感じている
・「マイノリティ」であることで悩んでいる
・日本での生活や勉強に慣れず、苦労している（留学生の場合）

次に、この点とも関連するが、「語り合い」にかける思いについては、以下のようなコメントが多い。

・話すことが苦手なので、自分のことをしっかり語れるようになりたい
・自分を語ることで自分自身をもっとよく知り、受け容れたい
・話を聞くことが苦手なので、他人の話をしっかり聞けるようになりたい
・他人の話を聞くことで多様な考え方や生き方を知り、柔軟な考え方を身に付けたい

要するに、自分自身や他者との関係で悩みを抱え、「自分を語ること」や「他者の話を聞くこと」に真剣な思いを寄せる人たちが、この授業には集まってくるといえる。

3 授業の流れ

次に、授業の流れを説明しておこう。

授業は週一回（90分間）、1セメスターすなわち半年間の計15週にわたり、以下のスケジュールで

実施される。

第1回：オリエンテーションと出席者全員による自己紹介
第2回：教員が自分を語る（1回目）
第3回：受講生が自分を語る（1回目・前半）
第4回：受講生が自分を語る（1回目・後半）
第5回：コメント発表会（1回目）
第6回：教員が自分を語る（2回目）
第7回：受講生が自分を語る（2回目・前半）
第8回：受講生が自分を語る（2回目・後半）
第9回：コメント発表会（2回目）
第10回：教員が自分を語る（3回目）
第11回：受講生が自分を語る（3回目・前半）
第12回：受講生が自分を語る（3回目・後半）
第13回：コメント発表会（3回目・前半）
第14回：コメント発表会（3回目・後半）
第15回：総合的な振り返り

要するに、オリエンテーションを行う初回と、全体の振り返りを行う最終回の授業を除き、4〜5

回分の授業から成る「語り合い」のセッションが、計3回繰り返される。

なお、「深く語り合える」ことが重要なので、希望者が多い場合は受講生を選抜する。上述したように、初回授業時に、出席者全員に受講の理由や授業にかける思い、そして全回出席することの可否について記述してもらい、回答の内容に応じて受講生を20名に絞る。その結果、自分を語ること、他者の語りを聞くことに真剣な思いを寄せる人だけが受講することになる。

計3回にわたって繰り返し実施されるセッションは、（1）教員による「自分語り」（授業1回分）（2）受講生による「自分語り」（授業2回分）（3）コメント発表会（授業1〜2回分）という三つの部分で構成されている。

以下、第1セッションにおける「語り合い」について記述したあと、「語り合い」を複数回繰り返すことの意味、そして「語り合い」を通じて得られるさまざまな学び、の順に説明していこう。

4　1回目の「語り合い」で起きることがら

まず、第1セッションを構成する三つの部分、すなわち教員の「語り」、受講生同士の「語り合い」、そしてコメント発表会へと移行していく過程で教員を含む参加者同士の間に起こる変化や参加者同士の間に発生する相互作用について見ていこう。

(1)ファシリテーターとしての教員の「語り」

セッションの初回は、教員であるわたしが「自分語り」を行う。翌週から「自分語り」を行う受講生に参考モデルを提供し、率直な「語り合い」を促進するためである。

「モデルを提供する」といっても、語りの対象となる（人生の）特定の時期を指定するとか、ストーリーの構成や展開の仕方を指示するといった形式的、技術的な意味ではない。それでは、受講生たちの「振り返り」を型にはめてしまい、意味のある自己省察にはつながらないからである。

教員が最初に語る目的は、要するに、学生たちの「心理的なハードルを下げる」ことである。自分の欠点や挫折の経験、失敗体験など、「大学教員のイメージ」からは程遠いネガティブな側面も含めて率直に語ることで、「自分が本当に思って・感じていることを、他者の視線を気にせず正直に語ってもいいのだ」という空気を醸成する、それがわたしの役割である。つまり「教員」ではなく「ファシリテーター」として語る。

受講生たちの心理的な「ハードルを下げる」ために、わたしが気をつけている点が二つある。「語り方」と「語る内容」である。

まず「語り方」について言えば、できるだけ「装わず」、「赤裸々に」語るようにこころがける。みずから率先して、こころの内なる思いを「吐露」するのである。「教員」や「大学教授」といった一定の「権威」を含む社会的イメージをかなぐり捨て、ただ一人の人間として「喜び」や「悲しみ」などの感情も隠すことなく、最大限率直に語る。

わたしの「自分らしさ」を最も発揮できる「音楽」も活用する。「語り」の前に、自分の経験や思いを素直に反映した自作曲を受講生たちとともに歌うのである。「ともに歌う」ことでこころが触れ合い、参加者の間にある心理的な壁は低くなる[33]。

たとえば、外大時代に学生たちとの深い交流を通じて体験した、「語り合えること」の喜びや感動を表現した「ゆとろぎの灯(ともしび)」[34]という自作曲がある。

ぼくがこころ開き　きみに気持ちあずける
すると君のこころ　少し温かくなる
きみがこころ開き　ぼくに気持ちを返す
ぼくのこころももう少し　温かくなる
ほのかにやわらかな火が　ぼくらのこころ照らす
（歌15：「ゆとろぎの灯」）

「語り合い」の相互作用と感動を表現したこの曲をともに歌うことで、わたしの躊躇する気持ちは軽減し、「思いっきり語ろう」という気持ちが固まる。

一方、「ともに歌うこと」は受講生たちの「語り合い」をも促進する。

ほとんど面識のない人と自らの人生について語り合うのは、非常にハードルが高いと感じています。しかし、講義の前に受講生全員で一つの歌を歌うことによって、そのハードルが少し下がったような気がします。というのも、一つの歌を共有したことによって、場の雰囲気も一つになれたような気がしたからです。

歌を歌うことで、緊張が少しほぐれて気楽に授業に臨むことができました。特にわたしは他学部だったので授業になじめるか心配でしたが、みなさんと一緒に歌を歌うことで、グループでの語りに参加しやすくなりました。

次に、語る「内容」に関して言えば、「うまくいったこと」(成功体験)よりも、困難や挫折、失敗など、ネガティブな経験に重点を置き、できるだけ具体的に語る。

こうして、自分の人生が「一筋縄では行かなかった」ことを十二分に伝えた上で、困難な状況の中でどのように判断し、行動し、その困難を乗り越えたのか、どのようにして「自分らしさ」を見出し、活用できるようになったのかなど、それらのネガティブな経験から得た学びについても語る。

1回目の「自分語り」の際、わたしは就職までの時期の試行錯誤の経験を語る。自然体で過ごせていた幼少期、両親の持つ「学者至上主義」を内面化し、「自分らしさ」を抑圧することで感じるようになった息苦しさ、大学院時代に落ちこぼれて味わった自己否定感、チリへの留学で「自分らしさ」を再発見するに至った次第などである。

「教員=ファシリテーター」による赤裸々な語りは、受講生たちが教員(わたし)に対して抱いていた「明るく、自信に満ちた大学教授」というイメージを打破し、さまざまなインパクトを彼らに与える。

たとえば、教員のわたしにもさまざまな「欠点」があり、幾多の失敗や挫折を経験してきた「生身の人間」であると知って、驚いたり安心したり、励まされたりする受講生も多い。

えっと、一番はじめ千葉先生のお話があったと思うんですけど、わたしはこう千葉先生に関しては、お会いしたときからすごいこう、明るくて、毎日こう楽しそうに生きてると思ってて、ですごい、それが好きで多分、千葉先生いいなと思ってたんですけども。こうお話を聞いてみて、とてもびっくりして、「あっ、千葉先生もこんなに悩んだ人生を送ってきたんだな。」って。本当に今の感じからは想像できない人生を送られていて。でもいろんな方が話していたように、まずこう見た目だけで決まらないっていうのと。

あとこう、これだけずっと悩んでた人生をかなり長い間送ってても、ここまで幸せになれるんだなって、なんかこうすごい自分の人生に希望を持てる、じゃないですけど、今そんなにめちゃめちゃ毎日楽しく生きてますって胸を張って言えないんですけど、頑張って素直になっていけば、んー、なんだろう、幸せに生きられるのかなあとか、ちょっと思ったりしました。

で最初に千葉先生の話を聞いたのが1回生の概論の授業で、なんかそん時、第一印象が、ふつうに講義をするんじゃなくて音楽、ギター弾いてて、なんかすごい自由に生きてて、なんか、うらやましいなとか思ってたんですけど。でも今回の授業で話聞いて、なんか、そういう表の面じゃなくて、裏ではそういう過去があって、その過去を乗り越えて、その今の、姿があるんだなみたいな風に感じて。で、すごい、驚いたのと、となんか、学生と同じ姿勢に立ってくれて、話を聞いてくれてるように感じて、すごいうれしかったです。

「ギターを弾き、歌う」という行為が、「陽気さ」や「自信満々」といったポジティブなイメージを受講生の間に作り上げていたこと、わたしの「語り」から、実際にわたしのたどった道のりがそうしたイメージとはかけ離れ、苦難に満ちたものであったことを知り、大きなインパクトを受けたことがわかる。

また、わたしの「語り」の中に自分と似た経験や状況を見出すことで、共感したり励まされたりする受講生もいる。

で、千葉先生の話聞いてて、すごく自分自身共感してて、でなんか、自分に似た境遇にあった千葉先生が、自分のこころの奥底で、なんか、やりたいと思ってることを、やりたいと思ってながら、やっぱり親の求めた道行って。でもなんか葛藤して、やりたいことと他人に求められてるところを行ったり来たりしてるのを聞いて。

それでも今なん……、千葉先生の生き方をしてるっていうのを聞いて、すごいなんか、今までずっと親の意向に沿って自分の人生生きるのって、本当にいいのかなって、悩んでて。でもなんか、そんなこと悩んでたら親に申し訳ないのかなとか思ってて。でもなんか、すごい、ちょっとすっきりしたっていうか、励まされました。

千葉先生の3回の語りを聞いて、本当自分も正直に語れるようになりました。先生の、あの、「学者らしさ」っていうものがすごく嫌だっていう、正直にそんなストレートに語ってくださるのが、すごく感動して。自分もいろんな、こう、立場とか「何ちゃららしさ」みたいなものが嫌だっていうことを言っても全然、言うことは、それは素敵だなってこう、映る場合もあるんだなっていうことが、すごく自分の中でわかったので。

一方、わたしが赤裸々に語る姿を見て、「自分語り」に向けての覚悟を自覚する受講生たちもいる。

わたしは千葉先生と同じ共生社会論のゼミなので、千葉先生のお話は何度か聞かせていただいていて。で、その時も赤裸々に語ってくださって、お話も出てますが、驚いたと同時に、なんか勇気をいただいたような気持ちでいました。

第1回目の授業では、千葉先生のライフ・ストーリーを聞かせていただいて、まあ少し驚きました。あたしは昔、自分の辛い経験を他の人に言うのが難しいと思いました。そして、あたしも常に、自分の苦しみを隠しながら来ましたが、先生は一切隠さずに、自分の、その、辛かったことを語って下さって、先生の勇気に驚きました。その時わたしも、先生みたいに勇気を持って、自分が今まで言えなかったことを言うことができるか、と自分自身を疑いました。

率直な「語り」が、受講生たちのわたしに関するイメージを大きく変え、彼らに勇気を与えたり共感を覚えさせたり、「自分語り」に向けた覚悟を促したりすることがわかる。

以上、「ファシリテーター」として教員（わたし）の「一回目の語り」が、受講生たちに及ぼす影響について説明した。

だが、この影響は決して一方向的なものではない。後述するように、教員であるわたし、そしてわたしの「語り」も、受講生たちの「語り」や彼らのコメントから大いに影響を受けるからである。その意味で、このプロセスは相互的なものである。

そもそも授業で「自分を語る」ことは、教員であるわたしにとっても、その都度、自己を肯定的に捉え直すきっかけになる。「理知的ではない」「分析が苦手」「感情的になる」など、アカデミックな文脈では「ネガティブ」に評価され、自分でも欠点と思い込んでしまいがちな特徴、つまり「弱い自分」が、この授業のコンテクストでは「役に立つ」と感じられるからである。

教員であるわたしも、自分を語ることで自分自身を見つめ直し、受講生たちの影響も受ける。「ファシリテーター」になるだけでなく、彼らと同じように、そして彼らから「学ぶ」という意味で、受講の「当事者」でもあるのだ。

では、教員の率直な「語り」を聞いた上で、受講生たちはどのように「自分語り」を行うのだろうか。その過程で、彼ら同士やわたしとの間に、どのような相互作用が起こるのか。以下、そのプロセスを見ていこう。

(2)受講生同士の「語り合い」における相互作用

翌週から授業2回分の時間をかけ、受講生たちが「自分語り」を行う。

内容は自分に関することであれば何でもよい。これまでたどってきた「道のり」を総括し、「ダイジェスト版」で語るのもよし、過去の特定の時期や出来事、状況に焦点を当てるのもよし。現在の心境やいま熱中している趣味、サークル、アルバイトについて、あるいは、これからやってみたいことや将来の夢について語るのもいい。

とにかく、受講生みずからが「自分にとって意味がある」、あるいは「語ってみたい」と思うことがらを深く語ってもらう。そのため「(教員を含む)他者の評価」は考慮せず、できるだけ「装わず」に語ってほしい、という旨を事前に伝える。ただし、ネガティブな経験や状況の場合、「心理的に無理がない範囲内」で語ればよい旨も付け加えておく。

こうして受講生たちは、あらかじめ「自分語り」の内容をレジメに書いて授業に臨む。とはいえ、当日「実際」に語られる内容は、必ずしも事前に予定した通りのものになるわけではなく、しばしば、実際に語るうちに変容していく。「自由に」選べるにもかかわらず、意識的あるいは無意識のうちに「他者の視線」や「常識」などの呪縛を受け、自主的に内容を「検閲」してしまうからである。

だが実際に「語り合う」過程で、受講生たちは次第にこれらの呪縛から解放され、彼らの「語り」は、自分のリアルなあり方や体験、思いをより素直に表すものに変わっていく。

それでは、学生たちの「自分語り」がどのように作られ、そして変容していくのか、以下、第一セッションにおける「語り合い」の流れを、レジメの作成、実際の「語り合い」の順に見ていこう。

①レジメの作成による自己の振り返り

まず受講生たちは、「自分語り」の際に参照するレジメを作成する。彼らが胸中に秘める思いをできるだけオープンに外に出せるよう、レジメの形式も自由である。そのため、できあがるレジメは実に多様なものとなる。

「語り」の内容を文章で綴った、あるいは要約したものもある。自分の状況や心境を、年齢ごとにエクセルの表でまとめたもの、内容のまとまりごとに、タイトルだけを箇条書きにしたものもある。ストーリーを4コマ漫画風のイラストで表現したもの、写真を挿入したものもある。また、人生のアップダウンを折れ線グラフで表したものもある。

受講生たちの「自分語り」はレジメを準備する時から始まる。なぜなら、「語り」に使える時間は限られているので、あらかじめ自分の人生を振り返り、無数の出来事や経験のうち特に重要だと思うものを選択し、記述しなければならない。そのためには、どの出来事が自分にとって意味深かったのか、その経験が以降の歩みにどんな影響を与えたのか、今自分が何を感じ、どんな将来が描けそうなのかなど、自己に関するさまざまなことがらを深く考察しなければならない。

つまり「レジメを書く」という作業は、自分の過去、現在、未来に関する問いを自分自身に向けて発し、考え、分析することで、自分のあり方や歩み方を見つめ直す最初の機会となるのである。

今までは、本当の自分のことを知ることが恥ずかしかったり、怖かったりなため、自分自身をだましていたかなっていう風に思います。で、結構自分のストーリーを書きながら、レジメを作りながら、何ていうか、もうちょっと自分のことを、前よりはもうちょっと自分のことを知って、自分の思いと向き合うことができたかなっていう風に思ったんです。

そして、自分のライフ・ストーリーを整理する時は、今は自分の生活はずっと平凡で、何か面白いことはないと思いますが、他の、いろんな角度から見ると、思い返ってみると、面白い記憶とかもたくさんありますから、まとめきれないほど自分のしゃべりたいことがありますから、自分の経験をもう一度振り返ってみようって、よかったと思います。

一方、「レジメを書く」という作業自体は自分一人で行うものだが、授業で語ることを想定するので、先述したように、その内容は想像上ではあっても他者の視線の影響を受ける。それゆえ、この段階で葛藤を経験する学生も少なくない。

受講生の多くは、過去にあった苦しい出来事を受け容れられていなかったり、現時点で何らかの悩みを抱えている。ある意味、だからこそこの授業を受講しているのである。だが、他の受講生たちが事前に知っているわけではないので、わざわざネガティブな経験を「語り」に含めるかどうかは自分で判断して決めなければならない。もし「わたしにはこんな欠点があり、こんな失敗を犯した人間です」などと語れば、他者から否定的な評価を受けるのではないか。そう恐れる受講生も少なくない。

えっと、わたしにとって、自分のことを話すっていうことはけっこうハードルが高くって、実は……。自分のいいところはなんぼでも話せるんですけど、自分のちょっと、弱いところを話すっていうのは、ちょっともう弱点をさらすっていうか、ちょっとまずいなというか……。そういう意識がまあ、昔の、いろいろあったりとかした中で、そういう感覚がずっとあったんですけど。

相手が同級生など「よく知る」間柄の場合、恐れがより大きなものになる場合もある。

ぼく、あんま仲いい友だちとかにも、自分のことをそこまで話したりしないんですよ。なんでかっていうと、相手が考えている自分の像があると思うんですけど、その、自分の深いこ……、過去にこういうことあった、とかを話してしまうと、その像を壊してしまって、今までいい関係だったのに、（……）過去にあったそれのせいで、今の関係が崩れてしまうんじゃないか、っていうのが、けっこう怖かったので、あんまり話していなかったんですけど。

「語るべきか、語らざるべきか?」この葛藤を前に、受講生たちが取る行動はさまざまである。不安や恐れを感じながらも、最初からかなり率直に語ろうと決意し、レジメを作成する人もいる。

えっと、この授業で語ったことは、今まで……の人にしかしゃべってないプライベートなことで、まあ結構、レジメを作ってるときも、すごい不安で、苦しいことを思い出しながら書くから、辛くて、「当日しゃべれるかなあ?」って思ってたんですけど。

自分は……の当事者で、自分が……に関連する要素で苦しい思いをしてきた経験がありました。で、一歳から順番に、年齢ごとにそれを書き出してみると、ああ自分はこんなに……に関連する経験で苦しい思いをしてたんやっていうことを改めて気づきました。

他方、他者の視線を考慮し、ネガティブな内容を省いた、「無難な」内容のレジメに留める人もいる。

書きながらでもずっと「こういうことを言っていいのかな?」、なんかちょっと「つまらないかなあ?」。ちょっと、なんか「この文章で本当に自分らしさが出しているのか?」という疑問をずっと持ち続けていましたね。でも今考えてみると、その原因は、他の人の目線を気にしすぎるのではないかなと思っていますね。

このように、最初から率直な内容のレジメを準備する人もいれば、「無難な」内容にまとめてしまう受講生もいることがわかる。

だが、実際に語られる内容は、語りの「現場」でしばしば修正を受け、大きく変容していく。

②「語り合い」の最中に生じる相互作用

受講生たちは、それぞれ葛藤を感じながら作成したレジメを持参し、1回目の「語り合い」に望む。「語り合い」は4名1組で行う。

初回の「語り合い」では、各グループの4名は、できるだけ社会的な立場や専門分野が異なり、顔なじみでもない人たち同士の組み合わせになるように事前に決めておく。「語り」が既存のイメージに左右されないようにするためである。たとえば、専攻が異なる学部生二人、日本人大学院生一人、留学生一人、といった具合である。

とりあえず、幼少期から高校までは少し軽めにして、現在の人間関係などを主として話すことにしました。直近のことは靄がかかっていないことと、人間関係は当事者でもある友だちになかなか話せないからです。これができたのはできる限り違うコミュニティの人とグループになるようにしてくださったおかげです。

受講生たちがそれぞれ指定されたグループに分かれ、レジメを交換し合い、簡単な自己紹介が終わると、直ちに「自分語り」が始まる。

初回の授業では、各グループ4名の受講生のうち2名が「語り手」となる。2名の「語り手」はグループ内で話し合って決めてもらう。

性格がオープンで人前で話すことが得意な人、ストーリーの筋がしっかり定まっている人、ネガティブな経験でもすでに受け容れられている人などが1週目の「語り手」を担当する場合が多い。一方、内向的な人、ストーリーの軸が定まっていない人、ネガティブな経験や現在抱える悩みを受け容れられていない人などは、2週目に回ることが多い。

まず一人目の「語り手」が20分程度の時間をかけて語る間、他の3名は「聞き手」に回る。そして、「聞き手」がコメントしたり、質疑応答を行ったりする時間も20分ほどとる。ただし、「語り」とコメント・質疑応答の時間が整然と分かれている必要はなく、「語り」の途中でも「聞き手」は自由にコメントや質問を発することができる。

なお、初回の授業では2名が「語り手」を務め、ずっと「聞き手」だった2名は次週の授業で「語り」を担当する。

「語り手」たちの態度はさまざまである。しっかりした声で「聞き手」の方を見ながら話す人もいれば、伏し目がちにためらいつつ話す人もいる。

また「聞き手」たちの態度もそれぞれで、ずっとレジメを見ている人もいれば、ときどき「語り手」の方を見て、確認するように相槌を打つ人もいる。また「語り手」の目を見ながら聞き、話が途切れるタイミングをうかがい、すかさず質問を発する人もいる。

一方、教員であるわたしもグループの間を回り、即席の「聞き手」となる。そして、相槌を打ったりコメントを発したり、詳しい説明を促すような質問を投げたりして、語りやすい雰囲気の醸成に努める。

多くの場合、「語り手」の語り方には「聞き手」の存在が大きな影響を与える。たとえば、初対面の人に自分の悩みを語ることに抵抗を感じる人もいる。

語る時は本当に心細かったです。聞き手の方々が受容的に聞いてくださるっていうのは、すごくわかっているんですけれども、やはり初対面に近いっていうことで、かなりの抵抗は感じました。こんなことを話して引かれるんではないかとか、なんか、いきなりこう、ほぼ初対面の人にわたしがこう重い話をして、聞き手の人はどんな風に感じているんだろうっていう風な気持ちが先行したりして、語ることが心地よいっていう風には、正直思えませんでした。

調査場面においても、たとえばこう、いきなりインタビューしたりとか、されたりするっていうのが、どれだけ無茶なことなのかっていうのが、体感した気がします。インタビューする際の関係の構築が深い次元でなされてないと、インタビューとしても成り立たないっていうことは身をもって知れたと思います。

この受講生の場合、初回の「自分語り」は、むしろネガティブな影響を与えたものの、みずから語ってみることで、現地調査でインタビューを受ける人の気持ちが体感できたことがわかる。また、「聞き手」たちの反応を気にして率直に語れない人もいる。

　自分が「話し手」になって話しているときに、「このことは話そうかな」とか「こういうことは絶対に伝えたいな」って思いながらも、なんか「このことを話したら、『聞き手』にこう思われるかな」とか、いろいろ無駄なことを考えて、なんか前置きとかを付けてしまって（笑）、逆にわかりにくい話になっちゃったかなって思ったので、そこは反省点だなっていう風に感じました。

これらのケースでは、一回目の「語り」ということもあり、「聞き手」の存在が「語り手」の「語り」を阻害、または抑制したことがわかる。

だが、しばしば逆の状況も起こる。「聞き手」たちが温かく聞く態度や、彼らのコメント・質問に背中を押され、レジメの内容を省略し、特定の出来事について予定より詳しく話したり、レジメに書いていなかったことを、思わず話してしまったりするのである。

　わたしはレジメを作った段階で、ちゃんと全部同じ分量話す予定だったんですけれども、あまりにもグループの方が本当に、静かにというか、真剣に聞いてくださっているのを感じて、自分でも思ってもいなかった……の項目でもう、ずっとずっとそればっかり話すことになったことに自分でも驚きました。で、授業が終わってから、なぜあんなにも……ばっかり話してたのだろうって考えました。そんなに本当に倒れるほど苦しい、今苦しんでたわけじゃない話題だったのに、すごくあふれる思いがあったのは、自分では処理できていたと思っていたんですけれども、仲間に、……の仲間に本音で話せていたかというと、その悩みを、そうではなかったですし、家族に本音で話せていたかというと、なんかヤケになって、また話せていなかったですし、学部の友だちにも本当に全く、友だちがうらやましくて話せなって。やっぱり自分の中にたまっていたものがあったんだと、人に聞いてもらうことで初めて気づきました。またそうやって、いろいろあふれる思いを確認していると、自分が必死に頑張っていたんだなと思って、自分の悪いところしか見えてなかったけれど、それでも頑張っていたということに気づけたことが、うれしかったです。

たぶん、ぼくあの、……君と仲いい方なんですけど、彼に話してないようなことを、そのグループで話してて、で、やっぱりちょっとはあの、脚色して言おうかなって思ってたんですけど、なんか、話してるうちに、相手の態度とかでぽろっと、脚色しようと思ってたのがそうじゃない形で出てきたりしたのが、すごく、自分でも驚きましたし、その、相手側も聞いてくれるっていうのをしてくださってたので、双方向的なやりとりができてて、まあ、話せたのはよかったかなって思いました。

1回目から、レジメに書いていた以外のことも含め、予想以上に語れる受講生も少なくないこと、「聞き手」の存在が彼らの「語り」を促進していることがわかる。後述するように、1回目にはあまり率直に語れなかった受講生たちも、2回・3回と繰り返すうちに、より率直により深く本音を語れるようになっていく。

いくつかのコメントでも触れられていたように、「語り手」たちの語り方や「実際」に語る内容には「聞き手」の態度が大きく影響する。そこでわたしは、南米チリや日本でさまざまな人々と深く交流する過程で学んだこと、そして「語り合い」の授業そのものでの経験から、二つの留意点を受講生たちに事前に伝えている。「傾聴と肯定的な反応」および「守秘義務」である。

まず、「傾聴と肯定的反応」について説明しよう。

そもそも「自分を語る」ことの最も直接の目的は、「語り手」が自分の気持ちを率直に外に出すことで、自分自身をよりよく理解できることにある。

ゆえに「聞き手」の主要な役割は、「語り手」ができるだけ躊躇せず、胸の内を明かせるように支援することなので、できるだけ「語り手」の気持ちに寄り添い、優しい態度でしっかり聞き、受け止めることが重要となる。

また「語り」に反応する場合も、「論理的判断」や「批判的なコメント」は控え、「もっと語りたい」と思えるように「語り手」を励まし、促すような質問やコメントを発する。以上が「傾聴と肯定的反応」である。

もう一つの留意点は「守秘義務」である。

受講生の「語り」には、過去や現在のネガティブな経験、あるいは微妙な人間関係に関わる内容が含まれていることがある。その場合、外部者に知られることを恐れた「語り手」が「語り」を自主検閲することで、自己省察が阻害される可能性がある。そこで、グループ内で聞いた内容は絶対に外部に漏らさないこと、またグループ内で配布したレジメも、「語り」が終了した段階で「語り手」に返却することを、受講生に事前に伝えておく。

以上の二点が「聞き手」の役割に関するルールである。

次に、「聞き手」としての受講生たちのあり方について見てみよう。一般的に、初めのうちは、「聞き方」に関して難しさを感じる受講生が少なくない。


逆に、自分が「聞き手」になったときっていうのが、すごい自分の中でしんどかったっていうか。さっき言ってたみたいに、どう返事したらいいかっていうのが、やっぱり、その、うまく言葉が出てこなくて。で、すごい聞きたいことだったり、話を深めたいこと、あるっちゃあるけど、その質問がその人に対する偏見だったり持って、それを質問してしまって傷つけてしまったらどうしようとか。そういうことを考えると、言えることは言えたけど、言えないこともたくさんあって。


人の話を聞いている時に、自分がどういう態度とか表情とか、そういうのをどうやったらいいのかっていうのを、すごい、なんかまあ、難しいなと思いました。

たとえばその、しゃべっている人っていうのは、そういうネガティブな話っていうのは明るいものとして、ある種まあ昇華したりしてる人も中にはいると思うんですよね。でなんか、そういう人を前にして、だからたとえば自分が、必要以上に重々しい感じで聞くのも、なんかそれはそれで違うのかなと感じたり。でも、かといって、あんまり、なんかニコニコした感じで聞くのも、なんかそれはそれで違うって。自分の中でそれがすごい難しいっていう風に思いました。

そうですね。でもちろん、心痛めながらしゃべっている人っていうのもいるんだと思うんですけど、それをなんかもう、この間の発表の時からずっと引きずってたせいで、本当にああいう態度でなんか、よかったのかって、結構思ったりするんですね。んでそれは、今でも思ってます。

相手を傷つけることを恐れ、迷いながら「聞き手」の役割を務めている様子がうかがえる。逆に言えば、他者の話を「聞く」という行為を真剣に考えるがゆえに、試行錯誤するのである。

後述するように、当初「語り手」への配慮ゆえに「聞くこと」の難しさを感じていた受講生たちも、回数を重ねるうちに、「語り手」により自然に寄り添い、「語り」を促進するような「聞き手」になっていく。

さて、40分が経過し一人目の「語り」が終わると、ただちに二人目の語りが始まる。二人目の「語り手」は、終わったばかりの一人目の「語り」の影響も受ける。

ええとわたしは、まず「聞き手」としては、皆さんが意外と辛い思いをそれぞれされてて、で、わたしは比較的に自分は結構辛い思いをしてきた人間だと思ってたので、最初に聞いた時に、自分の気持ちもちょっと軽くなったり、あと、こんなに悩まなくてよかったのかなって、思ったりとかしたんですけど。その話を聞いたあとで、自分の話をするってなると、やっぱり勇気をもらえたので、話しやすくもなりましたし。

この受講生の場合、事前に他者の率直な語りを聞くことで、自身の経験が相対化され、勇気を得て、「率直に語ろう」という気持ちが促進されたことがわかる。

さて、グループごとに二人が語り終えると、1週目の「語り合い」が終了する。そして、初回の

「語り手」たちの「思い切って語る」態度や、彼らの「語り」の率直な内容は、しばしば2週目の「語り手」たちに勇気を与える。

グループになった時に、一番に言おうかなって、わたしは思ってたんですけど、やっぱりなんか、自分でこう、様子をうかがうようなことをしてしまって。そしたらやっぱ、わたしよりも若い学生の人たちが、「ぼくたちしゃべりましょか」「しゃべりましょか」って言っていただいたのが、なんかすごい励まされたし、言葉を詰まらせながらも話す姿に、自分が本当に強く励まされました。

正直に言うと、自分はあの、最初から家族のことを言うつもりじゃなかった。でも自分が家族からの影響が大きいだと十分わかっているけど、初対面の人の前に、そういう話はしたくない。でも、……さんの話を聞いたあとと、グループ・メンバー、あの、わたしは2週目で話したから。最初の、1週目のグループ・メンバーが話したあと、自分もちょっと、家族のことを言う勇気が出来まして。

また、1週目の語り手が赤裸々に語る姿を見て、自分が用意したレジメの「無難さ」に気づき、より率直な内容に書き換えて翌週の「自分語り」に臨む受講生もいる。

1週目に発表してくれた方々の内容が、もうかなり深くて、すごく感動したっていうか、こころにすごく響いた内容でして、「まあこれは何かわたしも言いたくなってきたな」っていう風になって。で2週目のために新しいレジメを用意しました。

でまあ、レジメを用意している時に、自分がずっともやもやしてきたような内容を書き、整理して、でなんか、発表したんですけど、その時にもしっかり聞いてくださって。で本当にもう助かりました。ありがとうございます。

同じグループの方々の発表を聞いてから、なんか結構皆さんを、生活とか経験とか、目線とか視点とか、全然、まったく違うというか。その時すごく感じたのは、自分を語るということは、誰に理解してもらいたい、誰に受け容れてもらうより、まず自分から、自分が思う人生の中で大事なことを語る、ということですね。人の目線を気にせず、自分から内心的な視点が一番大事であることです。そしてまた(レジメを)書き直して、やっと自分らしさが出るようになりました。

2週目の「語り手」の「語り」には、「レジメを書き変えたという事実」やその理由(あなたの語りから勇気をもらった)なども含まれ、1週目に語った受講生たちにもフィードバックされる。こうして1週目の「語り手」たちも、「思い切って語ってよかったな」という喜びに浸り、次回の語りに向け、さらに率直に語ろうという気持ちが沸き起こる。

以上見てきたように、1回目の「語り合い」のセッションの間だけでも、参加者たちの間にさまざまな相互影響が発生することがわかる。

そして、「即席の聞き手」としてグループの間を回るわたしも、互いに励まし合いながら、次第に率直に語れるようになっていく受講生たちの様子に触れ、「こういう授業をやってよかったな」という喜びに浸る。

ある年の授業で、大学で就職カウンセリングを行う専門家（カウンセラー）の方が聴講してくださったことがあった。オムニバス形式の授業でわたしの「自分語り」を聞き、感銘を受けたと声をかけてくださったので、「語り合い」の授業にお誘いしてみたのだ。すると、授業に参加された時の感動をその日のうちにメールで伝えてくださった。

昨日は授業に参加させていただき誠にありがとうございました。
これがまさにキャリア（人生）の授業なんだと感じました。学生さんは、おそらく先生が自ら自己開示をされて心を打たれたのではないでしょうか。昨日グループで話を聴いたり話合ったりして思ったのですが、学生さん自身がこの授業を楽しんでなおかつ真剣に自分自身のことを考えているように見えました。こういう場は初めてです。この場に立ち会うことができて幸せです。

なお、このカウンセラーの方は、その後も「一受講生」として最後まで授業に参加し、個人としての感想に加え、専門家の視点から見た授業の特徴やメリットについても、しばしばコメントしてくださった。

⑶コメント発表会

教員の「語り」も含め、３週間にわたる「語り合い」が終了すると、翌週は全員によるコメント発表会である。

コメントの内容は、教員の「語り」を聞いて感じたこと、自分が語ってみて感じたこと、他の学生の「語り」を聞いて感じたこと、の3点である。

すでにグループ内で語っていることもあり、教員も含め、教室内の人々の間でかなりオープンな雰囲気が醸成されているので、受講生全員を前にした発表であるにもかかわらず、それぞれ率直で、かつ実感のこもったコメントを発していく。

1回目から思い切って語ることができた人は、教員の「語り」に励まされたこと、「率直に語れたこと」の清々しさ、他の「語り手」や「聴き手」から得た勇気や感動、レジメを書き換えた事実などを口にする。

一方、率直に語れなかった人は、「語れなかった」という事実やその理由、次回の「語り」に向けての決意などを口にする。うまく語れなかった場合でも、そのことを装うことなく、素直に話せる雰囲気ができあがっているのである。

また、「聞き手」の役割に関して、自分の「聞き方」が不十分であったことを認めた上で、次回に向けての決意を語る受講生たちもいる。

> でも、自分が経験したことないことだったりしたら、なんか、自分の価値観のものさしで測ってしまうことがよくあって、でなんかもう「すごい身勝手で、ぜんぜん聞く力ないな」と思って反省したんで。で、これから、次はちゃんと人の視点に立って考えられるようにしたいな、って思いました。

そして、コメント発表の最中にもいろいろな相互作用が起こる。先に発表した人のコメントを聞いて、感じたことや思い出したことを口にする人、「自分語り」の時には話せなかった事実を、コメント発表の場で自発的に告白する人もいる。コメントを発表しながら、あふれ出る感情をこらえきれずに涙する人やもらい泣きする人もいる。

また、発表会の場でのコメントが次回の語りを促進する場合もある。

今の自分については本当に、なんか、今自分が辛いとか困っていることを、誰かに話したりとかもできなくって、それを他人っていう人だからこそ言えるんだっていうのを、（1回目の）コメント発表でもあったので、それを言おうと思って。言ったら、そんなに、なんか「人に話すの怖いな」と思ってたんですけど、自分と全然初めての人でも、わたしのことを、なんか気持ちを考えて、汲み取ってくれて、「語り」に耳を傾けてくれるっていうのがわかって。

教員のわたしも、全員の前で、感情をセーブすることなく堂々と、「自分の言葉」で率直に語る受講生たちの姿、そして「先生の語りに勇気をもらった」といったコメントに勇気を得て、「よっしゃ、次回はもっと語ろう！」と決意する。学生たちとともに学ぶ「当事者」であることをここでも意識させられるのである。

このように、互いに他のグループの「語り合い」の様子や、他の参加者たちが考えたこと、感じたことを共有できるコメント発表会は、次回の「語り合い」に向け、わたしを含めた出席者全員の間で互いに励まし合う機会となる。

以上が、第1セッションにおける「語り合い」の過程で、教員であるわたしを含めた参加者の間で発生する、相互的かつ多角的な影響と変容のプロセスである。

5 複数回「語り合う」ことの意味

1回目2回目と比べると、皆さんこなれてきて、深刻にはならずに、でも真剣に、あの、話し合えたり語り合えたりすることができて、すごくよかったなと思います。なんか、こういったことも、訓練じゃないですけど、慣れってすごく大切だなと思いました。

この授業では、「語り合い」のセッションを3回繰り返すので、全員の受講生が「話し手」と「聞き手」両方の役割を複数回、具体的には「語り手」を3回、「聞き手」は計9回実践することになる。一度のセッションでも、参加者の間にさまざまな相互作用や学びが発生することはすでに見た。では、このような「語り合い」を何度も繰り返すことには、どのような意味があるのだろうか。

以下、第2~第3セッションの間に出席者の間で生じる、より深いレベルでの相互作用や、その過程で得られるさまざまな学びについて、教員の「語り」、受講生たちの「語り合い」の順に見ていこう。

(1)受講生たちと響き合う教員の「語り」

まず、第2~第3セッションにおける教員(わたし)の「語り」とそれらの「語り」が受講生たちに及ぼす影響、そして逆に、受講生たちの「語り」が教員に及ぼす影響について見てみよう。

第2セッションでわたしは、就職後、50歳に至るまでの時期に経験した試行錯誤の歩みについて語ることにしている。

就職当初、著名な先生方をモデルに据え、再び「自分らしさ」を手放して味わった挫折や自己否定。失意の中、独学で先住民語の勉強を続けることで見えた一条の光。その光にすがり、努力を重ねることで開けた新たな道。そして「自分らしさ」を取り戻せた喜び。

自分の1回目の語りが受講生たちに及ぼした影響や、彼らの率直な「語り合い」の記憶に後押しされるので、わたしはさらに率直に語ることができる。

そして、就職後の経験に関する語りであるだけに、将来の進路に悩んでいる学部生や大学院で学ぶ院生にとり、現在の行動や今後の歩み方に関して参考になる場合が多い。


千葉先生の話を聞いて思ったのが、点と点……、をつながって線になるっていう話で、今どんなに辛くて、辛かったり不安だったとしても、自分が直感で感じること、好きだって思うことをやったらいつか、不思議とつながるっていうお話を聞いて。なんかわたしも、大人になるにつれて、やっぱり、好きなことばっかりできなくなってくる状況で、でもその中でもやっぱり、好きなことやるって大事やなっていう勇気をもらいました。

千葉のお話を聞いてまず一番印象に残ってるのが、趣味で勉強していた言語が後々に役だって、自分にしかできない研究を行うことができたっていうところで。わたしは、今やってることでも、なんか、これ本当に将来に役立つのかなとか、今こんなことやってても無駄じゃないかな、って思うことがあって、続けていくのをためらったりしちゃうし。（……）

でもなんか、そういう風にして、なんか就活とかでもよく言われたんですけど、「将来なりたい像から逆算して、じゃ今なにやるべきか、みたいなこと決めなさい」ってのも、よく言われたんですけど。それもそれで大事だと思ったんですけど、いまやってみたいっていうことを、思いっきりやってみるっていうのも大切なのかな、っていう風に思いました。将来のこともある程度考えることは大事だけれど、でも何が役に立つか、本当にわからないなというのも、すごく思いました。

そして、第3セッション冒頭におけるわたしの「語り」は、これらのコメントや第2セッションでの受講生たちの「語り合い」の影響も受けるので、さらに赤裸々なものとなる。ここで、受講生たちの率直な「語り合い」に触れて強くこころを揺さぶられたわたしが、3回目の「語り」の内容を根本的に変えた時の経験について記しておこう。

3年前の授業で、第1～第2セッションにおける学生たちの姿にわたしは大きな感動を覚えた。多くの受講生が、それまで他者にほとんど語ったことがなかった、かなり辛い体験や状況について、それぞれ思い切って吐露してくれたからである。

受講生たちの勇気ある「カミングアウト」に深く感動する一方、わたしのこころにはある葛藤が生じた。

先述したように、当時わたしは、数年前に起こった出来事（メール事件）を発端とする一連の状況により、極度な鬱状態にあった。起床してから夜眠りにつくまで、ずっと「死にたい、（仕事を）辞めたい」と思いながら、毎日何とか自殺はせずにやり過ごしていたのだ。

だが、授業で受講生たちが勇気を持って「語り合う」姿を目にして恥ずかしくなった。わたしよりずっと若い彼らが、この授業を、そしてわたしを信じて、それぞれとても辛い体験について語ってくれた。それにひきかえ自分はどうなのか？　いまだに過去の経験に引きずられ、下を向いて生きている。苦しい時だからこそ、この鬱の体験と向き合うために、思い切って語るべきではないのか？（実はこの時わたしは、全く別の内容について語る予定でいたのだ）。

第2セッションが終了した時点でわたしは腹をくくった。そして、3回目の「語り」の回がやってくるまでの一週間、悩みながら、まだ克服できていなかった鬱の経験について、パワーポイントのファイルにまとめていった。

ファイルを作成する間、いろいろな出来事や状況を思い出し、涙してしまうこともあった。だが、その数年間で特に重要だったと思える出来事や状況を選び、文字に起こして整理していくうちに、単に「苦しかった」としか思えていなかった鬱の経験からも、いくつか大切なことを学べていたことに気がついた。一歩ずつでも「自分らしく」歩むことの大切さ、音楽がもたらす「癒し」の力、そして何よりも、「苦悩の体験が持つポジティブな価値」（「自分が苦しいからこそ、人の苦しみもわかる」）である。鬱の経験を振り返る過程で気づいたこれらの学びを、わたしは具体的なエピソードとともにファイルに書き込んでいった。

そして翌週の授業で、このファイルを用いながら、それまで公的な場では語れないでいた鬱の経験を、始めて正面から語った。途中で泣き崩れないかと不安だったが、受講生たちの温かいオーラを肌で感じながら、最後までしっかり語り切ることができ、何とも言えないすがすがしさと充実感を感じた。ネガティブな体験の持つ価値を、身をもって学ぶことができたわたしは、こころの中でつぶやいた。「弱いわたしよ、ありがとう」と。

他者が率直に語ってくれたり、温かい態度で聞いてくれることで、自分もネガティブな経験を語る勇気を得る。語れることでその経験を受け容れ、少し前に進むことができる。この時わたしは、受講生たちが経験していたのとまさに同じことをみずから体験したのだ。どちらかというとまだ「ファシリテーター」の立場に甘んじていたわたしが、完全に受講の「当事者」になった瞬間だった。

文字通り、受講生たちに励まされて実現したわたしの3回目の語りは、今度は逆に、彼らに大きなインパクトを返した。

千葉先生の3回目の話を聞いて、千葉先生は最初言おうとしていなかったんですね、あの経験は。でも、皆さんの発表を聞いて、千葉先生もその中から勇気をもらって、それを発表しました。わたしも千葉先生の発表から勇気をいただいて、発表することに決めました。

特に、自分にとっても、知られていけないことを話すには、非常にリスクがあると思って。人間関係が悪くなるとか、人に嫌われることとか。はい、自分にもそういうリスクがあって、たぶん、先生からもそのリスクが、もっと高いと思います。あの、先生がそういうことを発表するプレッシャーが、さらに高いと思って。それから勇気をいただいて、発表することにしました。

千葉先生の（3回目の）話を聞いて、千葉先生は完全に覚悟を決めてそのお話をしてくださったことで、なんかわたしもこうすごく、勇気というか、自分のことを語るっていう自信をいただきました。それに関わって、将来の人生の生き方、今から何年もありますけど、もっと自分のことを考えてみようと思って。

受講生たちのカミングアウトに勇気を得て、わたしが行った「カミングアウト」。それが、彼らのさらなる「カミングアウト」を誘発したのである。

この年以降もわたしは、3回目にこの鬱の体験について語っている。受講生たちのコメントを見てみよう。

千葉先生のお話を聞いて……先生は、自分の今までを、3回を通してさらけだして語ってくださったっていうことが、すごい心に残りました。先生とか教授っていういわゆる上の立場である人から、その人の人生におけるネガティブなことをここまで詳しく聞くってことは今までもなかったし、これからもきっとないと思うので、先生のお話も、こういう先生、千葉先生みたいな先生がいたっていう存在自体も、きっとわたしのこころに残り続けるんじゃないかなと。で、わたしの人生の節目節目で勇気を与えてくれるんじゃないかなっていう風に感じました。

でその、ネガティブなことが起こったっていう事実は変えることができないけれど、その意味を変えることはできるっていうのは、先生がもがき苦しんで、本当にしんどかった時期を乗り越えられたから言うことのできる、おっしゃっている言葉なんだなと思いました。

千葉先生のお話を聞いて感じたことは、その、先生の話を聞く中で、自分の、なんか、弱い部分とか強がってた部分が、を思い出されて、その、千葉先生が本当の気持ちとかを、話してくださったことによって、あたしも、なんか、そういう気持ちが表に出てきて、そういう面を包み隠さず話してくださって、ありがたかったです。で、なんかその、自分、強がらなくていいんだとか、弱いところを、も含めて自分なんだっていうのを感じることができました。

それと、自分は誰なのか、何がしたいのか、できるのか、したいこととできることから、少しずつ始めればいいっていう言葉に、気持ちが救われて。なんか、自分がしたくないことでも、やるべきこと、やんなきゃいけないとか、なんかその、自分をすごい強がって、自分はできるんだみたいな風に、いままで捉えてたんですけど、そうじゃなくって、本当の自分がやりたいことを、自分で見つけて、自分に合った。ことからやってけばいいんだな、っていうのを感じました。

自分のマイナスを語るのって、けっこう、たぶん人間はみんな嫌がると思うんですけど、それを隠さずに言える先生が本当にすごいと思って、そのことがわたしの人生にけっこう大きな影響を与えていて。ていうのが、去年の時にわたしはもう全然、去年も「語り合い」したんですけど、その時は人に相談するとか、全然できなかったんですけど。けど、今回の話、前回の話し合いを終えて、人に相談をめちゃめちゃするようになって。

で、今回の語り合いで「語り手」として思ったのが、なんかあんまり深刻な悩みが自分にはないなって思って。それは何でかというと、おっきくなる前に、軽くなる状態で分散できてるからなんだな、っていう風に思ったので、すごい感謝してます。

教員が自分の犯した失敗や「弱さ」、「至らなさ」を語ることは、必ずしも学生からの評価を下げるわけではない。むしろ、彼らが自分のことを率直に語る勇気を与えたり、自身のあり方や生き方を深く振り返るきっかけになったりする。その意味において、実は「深く教育的」な行為であるとみなすことさえできるかもしれない。

そして、わたし自身にとっても「自分を語る」ことは、自分自身や自分がたどってきた道のりの意味をよりよく知ることにつながるとともに、受講生たちからの好意的なフィードバックを受けられることで、「弱い自分」も含めて「ありのままの自分」でいいことを明確に認識する機会になっている。「語り合う」ことで発生する豊かな相互作用を、わたし自身も毎回のように実感している。繰り返すようだが、この授業においてわたしは、単なるファシリテーターではなく、「学び」の当事者（一受講生）でもあるのだ。

(2) 受講生たちによる「語り合い」の深化

1回目と2回目で変わったことは、1回目と2回目では、「自分はこんな人」っていう作った自分しか話せなかったんですけど、3回目では本当の自分を話すことができて。で、自分と向き合うことができました。

「語り合い」を繰り返すことで、受講生たちはどのように影響し合い、どんな変化を被り、また何を学んでいくのだろうか。以下、「語り」の内容、語り方や聞き方、そして受講生たちの心理や認識において発生する変化について、「語り手」の側面、「聞き手」の側面の順に見ていこう。

まず、「語り手」の観点から言えば、全般的な傾向として、回を重ねるにしたがい、他者の前で「自分を語る」ことに対する緊張が解け、よりオープンに語ることができるようになっていく。


自分が語り手の時は、3回目ということもあってリラックスして話すことができた。自分のことについて話すことが回数を重ねるたびに楽になっていくように感じた。語りの場は普段よりも守られた、他者から批判的な攻撃がない空間であることは、1回目の語りから守られてきたルールであったが、それを3回目で始めて理解できるようになったと思う。1回目と2回目にこのルールが守られていなかったという意味ではなく、それを「語り手」、「聞き手」として実感する、本当に納得したのが今回だったということである。なぜなら、自分自身もリラックスして、つまり安心・信頼して語ることができたからであり、「聞き手」としても他の「聞き手」と共にこの語りの場を作ることができたと感じるからである。


繰り返すうちに「語ること」に対する抵抗感が減り、よりリラックスして率直に語れるようになっていく様子がうかがえるコメントである。

次に「語り」の内容について言えば、2回目以降も同じ話題について語る人もいれば、話題を変えていく人もいる。

まず、同じ内容を繰り返し語った受講生たちの場合を見ていこう。

たとえば、1~2回目を通して同じネガティブな体験について語ったある受講生は、語った際の身体的状態の変化について、次のようにコメントしている。

自分の発表をしてみて思ったことが、1回目でしゃべってるときに、けっこう大学の、ちょっと辛かったというか、体験を話したんですけど、2回目も同じような話をしたんですけど、1回目の時はけっこう声が震えてしまって、こう途切れ途切れにしゃべってたんですけど、2回目ではけっこうこう、すらすらとしゃべれて、わりとちゃんとこう声にはっきり出しながらしゃべったので。

こう、1回こうしゃべってみたことによって、きちんと過去として、辛かったけど、もうなんか、それも過去として思えるようになったのかなっていうのが一番感じました。

（千葉）ちょっと整理ができたっていう感じなんですかね？

そうですね。整理をきちんとつけれたなっていうのがありました。

一度語ることによって、辛かった経験をめぐる思いが整理され、これを受け容れられたこと、その結果、より自信を持って語れるようになったことがわかる。

逆に、再度語ることで同じ経験に関するネガティブな感情が明確になり、その経験によりしっかり向き合えた受講生もいる。

自分自身が語り手となってみて思ったことが、自分自身にとって何がトラウマなのかが、1回目よりはっきりしたなってことです。皆さん、1回目より2回目の方がスムーズに話せた、乗り越えられたのかな、っていうコメントがすごく多かったんですけど、わたしはむしろ逆で。1回目の時は、「わたしの過去、こうだったんです」ってパーってしゃべって、「まあこの時しんどかったんです、アハハ」みたいな、そんな感じだったんですけど。

2回目しゃべる時に、なんかどうしてもつかえる箇所、声が震えてしまう箇所ってのがあって。「あたし、この時そんなしんどかったんだ」って思って。今まで別に自分自身、トラウマあると思ってなかったし、のほほんと生きてきたつもりだったんですよ。そこまで辛いと思ってなかったのに。「あっ、けっこうしんどい思いしてたんやな、自分」っていうのに、改めて、1回目の時より強く思いました。

1回目の時も、「ああ、この時しんどかったわたし、そういえば」っていう気づき、あったんですけど、2回目の時の方が、さらに、けっこう自分にとって相当大きかったんだなっていうのを思いました。

繰り返し語ることで、無意識のうちに抑え込んでいた感情としっかり向き合い、その経験の意味をより深く理解できたことがわかる。

また、同じネガティブな経験について語ることで、3回目にはじめてその経験の深層の部分まで吐露できた留学生もいる。

最初の発表では、なんか自分の結構、自分的にはチャレンジしたなというところもありまして、まあ結構話しましたけど。でもその裏にある、なんか理由とか、もっと深いところはしゃべらなかったですね。でも3回目の発表は全部話して、すごく楽になりました。

今回発表した内容は本当にわたしにとって最大の秘密だと思っている。第1回の授業のオリエンテーションの時、千葉先生にいろいろな覚悟が必要だといわれたが、簡単だと思っていた。しかし、いざ本番で発表しようとしたときは、やはり最も苦しかったことを避けて、最後の発表に詰め込んだ。実は、3回目の発表を構想する時もやめようと思った、語らなかった出来事いっぱいあるだと思って、そんなことは話したくないのは本音だった。でも、2回目のコメント会で、自分の心を開かなくて後悔したという話を聞いた。そして、千葉先生も覚悟して話した3回目の語りで勇気をもらった。その勢いで、泣きながらレジュメを作った。発表した時も、勇気をなくすのが怖くて、トップバッターで発表した。

その経験の深層まで語るのに躊躇していたこと、また2回目のコメント発表会での他の受講生の発言や教員の鬱経験に関する「語り」に励まされ、語り切ることができたことがわかる。

そして、「聞き手」たちの温かい対応から得た感動を、次のようにコメントしている。

3回目のグループのメンバーもすごく優しくて、わたしがなんか、重たい話にはなりましたけど、コメントしづらいなあと、こともありまして。でも皆さんがすごい親切に聞いてくれて、うなずきながら、何か本当にわたしを理解している、と感じてました。すごく、わたしと一緒に泣いたりしたり、わたしよりも泣いてる方もいますし、こころが温めた、って感じで。本当に最後のコメントとかアドバイスとかして、自分……、なんかコンプレックスを持ってダメだと思うところなので、でも認めてくれて、わたしも、間違ってないところもコメントしてくれて、すごく温かい、皆さん、コメントでした。

すごく重たい話だったので、その場の空気を悪くしたのが申し訳ないと思った。幸いで、グループの皆さんはすごく親切で聞いて、コメントやアドバイスをしてくれた。わたしより泣いてくれる方がいるのは本当に感動した。心から心配してくれたり、励ましてくれたり、アドバイスしたりしているのは深く感じていた。皆さんのアドバイスを聞いて少し気楽にもなって、心を開いて素直に語られたのは良かったと感じた。

共感的な態度やもらい泣きなど、「聞き手」たちが見せた温かい反応や肯定的なコメント・助言で気持ちが楽になったことがわかる。

一方、この「語り」の際に「聞き手」を務めた日本人受講生は、次のようにコメントしている。

3回目で印象的だったのは、「今日これを語るんだ」という思いを持った方が、トップバッターに名乗りをあげ、体験をシェアしてくださったことである。その方とは2回目の時と同じグループだったが、前回とは違う強い決意みたいなものを感じた。同じ体験をしていなくても、気持ちが動かされる部分もあり、聞いているわたしも涙がこぼれた。それは、2回目の時には気づかなかったことであった。

【実はわたしも、こう記述しながら涙がこぼれている】

「語り手」の決然とした、勇気ある「語り」が「聞き手」のこころを強く揺さぶり、共感を引き出したのである。「本気で語る」ことの大切さを物語っている。

同じように、3回目に最もオープンに語れたという別の受講生は、他の受講生たちに抱いた「信頼」や「期待」といった感情を特筆している。

1回目の発表の時は、わたしは自分の中で最大限にオープンに話したつもりだったんですけど、でも、トップバッターだったこともあって、班の中で、あとで班の方の話を聞いて、もっと話せたなとか思うことが多くて。それで2回目の時は、後半に話したので、班員の方がどれぐらい自分にオープンになってくれてるのかを、こう、知ってから話すことができて、たくさん話せたとは思うんですけど。3回目は、今回前半で話して、もう1回。で、班員の方の話を聞く前だったんですけど、それでも今回は違ってて、なんか最初から、こう割と自分の中ではオープンに話せたというか。「これは何でなのかなあ」って考えた時に、やっぱりこう、コメント発表会とかでコメント聞いたり、いろんな方の「語り」を聞いたりする中で、ここにいる方々への信頼とか、あとはなんか（中略）面白くなくても、それで、まとまってなくても聞いてくれるんじゃないかとか、あとは、話を真剣に聞いてくれて、もしかしたらいいアドバイスがくれ……、もらえるかもしれない、みたいな期待だとか。そういう信頼と期待があったからこそ、すごく素直に話せたというか、っていうことがあったのかなと思って。普段からいろんな人が、お互いに信頼とか期待を持って話すことができたら、もっとみんな気軽に話せるいい関係になれるんじゃないかなって思いました。

「語り合い」を重ねる過程で、他の受講生の「語り」やコメント発表会での発言を聞き、受講生全般に対し、「信頼」や「期待」を抱けるようになったことで、最初から安心し、よりオープンに語れたこと、また、この経験から、実社会における人間関係の改善にも思いを馳せていることがわかる。

では、回によって話題を変えた受講生たちの場合はどうだろうか。

3回とも異なる時期の経験について語ったある受講生は、自分の「語り」の質の変化について、こうコメントしている。

1回目、2回目、3回目で、最初は、幼少期・現在・将来っていうことで話したんですけど、最初の頃は、すごい、幼少期っていうこともあったんですけど、客観的に語ってしまった部分があって、自分の経験っていうよりかは、客観的に見てこういう経験があったかなっていう感じで話してしまって。で、だんだん回を重ねることで、自分の割と主観的な考えとか経験を話せることができるようになったかなって思いました。で、話をすることで自分の中の整理がついたり、何を大切に思っているのかっていうことが、少しずつわかってきたかなって思いました。

回を重ねるうちに、経験に関する客観的な事実だけでなく、自分の主観についても語れるようになったこと、その結果、それらの経験に関する思いが整理でき、自身の価値観に対する理解も深まっていったことがわかる。

同じように、1~2回目に主に過去の出来事について語ったのち、3回目に初めて、自身の性格を話題にし、聞き手の共感を得たことが自信につながった受講生もいる。

今回の語りで、わたしは1~2回目、ライフ・ヒストリーを語ってきて、でその時にちょっと、今こういうことで悩んでますってしたんですけど、今回は自分の性格でずっと悩んできたことに焦点を当ててお話をして。で、悪いところの性格でずっと悩んでいて、この「ダメやな」と思って、「変えなあかん」と思って。でも、なかなか変えれなくて。それを変えれるきっかけを見つけようと思って相談したんですけど。ダメな部分と思ってたことなので、なかなか友だちとかには相談できなくて。で、自分自身、語っている時も、こう、「あっ、この人そういう人なんや」みたいな、思われたらいややなと思ったんですけど、なんとか話して。

そしたら、こう「別に悪い性格じゃないと思うよ、なんか、それはそれで、こういう、こうこうこうだから、素敵な性格やと思う」って言ってもらって、「あっ、そんなにすごいダメなとこじゃないんだ」って思えて。ずっと自分の中では「ダメだ、ダメだ、ダメだ」って、悪い面しか見えてなかったんですけど、コメントによって「あっ、いいところもあるんだ」って、いい面を照らしてもらえて、すごい、それは衝撃的で。

思い切って告白した欠点について、聞き手からポジティブな解釈を得ることで、自己認識が改善したことがわかる。

また、1回目に過去の経験について語ったのち、2回目にその時点で抱えていた「悩み」に話題を変えた留学生は、次のようにその経緯を説明している。

あたしは2回目（2週目）で「語り」したんですけど、1回目（1週目の語り）で、二人の男子の子が、自分のけっこう苦しんだことを語りましたので、自分も、ああ、なんか、言えるように気がして、逆に初対面の人に言った方が楽っていう感じが……。友だちだったら、いろんなこと思うので、言いにくいので。知らない人に相談した方が、自分もそんなに負担をかけてないし、あのなんか、言えるよう

になれるかなと思って。(中略)
「語り」の前日、夜に、けっこう4時ぐらいで、一人で泣きながら、小さい頃からのことを書いて、(レジメを)まあ全部書き直しました。で発表したら、相手もすごく苦労してたので、なんか理解してくれて、すごくなんか楽っていうか、ほっとしたっていう感じで。

他の「語り手」たちの率直な「語り」に励まされ、直前にレジメの内容を書き変えたこと、抱えていた悩みを吐露した結果、聞き手たちの共感を得て気持ちが楽になったことがわかる。

また、1回目・2回目とも過去の「無難な」経験について語ったのち、3回目にはじめて、来日以来抱えていた悩みについて打ち明けることができた留学生もいる。教員の鬱に関する3回目の「語り」に勇気を得て、自身の「語り」の内容を変更したこの受講生は、率直に語れたことによる心境の変化を、次のように説明している。

今回(3回目)は、思い切ってこういうことを話して、自分も我慢はできたけど泣きかけていて。それにグループの方に、「お母さん、強いですね」というコメントをいただいて本当に感動しました。まるで、自分も肯定されているみたいに、母の努力が……、いや、これからも辛いんだけど、これから何とか、母子二人で乗り越えられるかなと。はい、一層確信が、深めることができました。本当に、聞き手の皆さんに感謝の気持ちを言いたいんです。

こころに秘めていた悩みを吐露した結果、「聞き手」からの肯定的な反応に励まされ、将来に向けた決意を固められたことがわかる。

一方、これらの場合とは逆に、1〜2回目の「語り」で、現時点で抱えていた悩みを語り切ることで、3回目に別の話題について積極的に話せるようになった人もいる。

1回目の発表の際、他の「語り手」たちに触発されてレジメを書き換え、その時点で抱えていた悩みについて語った先述の学生は、3回目の「語り」を前にした心境の変化についてコメントしている。

それで、3回目の「語り」で同じようなことを話そうかなって思ったんですけど、なぜか、なんかあまり「悩み」というような感じがしなくなって。で、3回目の発表の時には、また違うことを話しました。で、まあどんな内容かというと、自分の友人関係とかについてなんですけど。(……)なんか、わたしは今まで、あまり友だちとかを大切にしてきてなかったな、っていうことだったんですけど。そうやって今まで自分よがりな考えが、もうちょっと、人に対する興味が湧いたっていうか、もっとなんか、人を大切にしようかな、という気持ちに変わったなっていう変化が自分で見届けられました。これは自分が語って思ったことなんですけど。

抱えていた悩みについて存分に語ることで考えが整理できた結果、これまで意識していなかった友人との関係に思いを馳せられるようになり、他者に対するポジティブな思いが芽生えたことがわかる。他方、過去の経験について語ったあと、3回目にはじめて、将来のことを話題にした受講生たちもいる。

ある受講生は、次のように自身の認識の変化を説明している。

で、3回目は、みんなが結構いろいろ話してくれるんで、わたしも本当に現在のことを話そうと思って。レジメは一応書いたんですけども、どっちかっていうと、そん時、話してる時に思っていることや、もう少し未来の、これからこうして行きたいんですってことを書けるようになって。それも書けた理由も何個かあると思うんですけど。1個は、自分でこう言語化することによって、昔のことが整理ついたんで。自分はこういうことが得意、得意っていうか、わりと行けるかもしれない。こういうとこが苦手で、苦手な中でも直すべきところと、別に直さなくてもいいんじゃないかなって思うところが出てきたんで。こう苦手なとこでも、直したいなって思うとこだけ直して行きたいです、っていう風に語れるようになったので。

この受講生の場合、二度語ることで過去の経験が整理され、他の受講生たちの語りにも励まされて、今後、よりありのままの自分に素直に生きていこう、という決意を固められたことがわかる。

また、1〜2回目に現時点で抱える悩みについて語ったことで、3回目にはじめて自分の将来について語ることができた受講生もいた。

今回自分が語り手になって思ったことは、1回目、2回目わたしは自分の現状について話してて、今辛いことについてずっと話していて、で3回目に、将来のことについて話していて。でなんか自分で思ったのは、それは意図して書いたのじゃなくて、ふつうに自分が思っていること、そのまま書いたら、自然とその、将来について書いてたっていう感じで。自分が気づかないうちに、「語り」を通して前を向けていたというか。それに感動し……、感動っていうか、気づけたっていうのと。

1~2回目の「語り」を通じ、現時点で抱える悩みをしっかり語れたことで、自然に、今後の歩みに意識が向くようになった様子がうかがえる。

以上見たように、受講生たちは「自分語り」を複数回繰り返すことで、より率直に語れるようになるとともに、自己受容や将来への展望、他者との関係性など、さまざまな点でポジティブな変容を経験することがわかる。

さて、上の多くのコメントでも触れられていたように、「語り手」がより率直に語れるようになる上で、「聞き手」の及ぼす影響は極めて大きい。では、さまざまな他者の「自分語り」を聞くうちに、受講生たちの「聞き方」はどのように変化し、何を感じ、そして学ぶのだろうか。以下、「聞き手」の変化について見ていこう。

前節では、第1セッションでの「語り合い」の際、多くの受講生たちが聞き方に迷い、とまどう様子を見た。そんな彼らも、経験を重ねるうちに、試行錯誤しながら、それぞれ「自分らしい」聞き方を見つけ、より「促進的」な「聞き手」になっていく。

最初のうちは、「傾聴」に関する留意点を気にするあまり、「頭」で考え過ぎ、ぎこちない聞き方になっていた受講生たちも、回を重ねるうちにより自然に反応できるようになっていく。

「聞き手」としては、このあいだ、1回目の時は、どういう風に話そうとか、たとえば、自分が、えっと、自分のことに話を寄せないようにしようとか、ちょっとすごい緊張というか、意識しすぎたかなっていうのがあったんですけど、今回、やっぱ2回目やったんで、リラックスして聞けたかなって思って。やっぱその、「聞き手」がリラックスしてると、「話し手」も話しやすいのかなっていう風に感じました。

1回目と2回目に比べて変わったことは、（……）「聞き手」の場合は、語りについて質問する・反応するということを楽に考えるようになった。（……）傾聴ということを考えすぎるあまりどのような反応をしたらよいのか分からず質問の方法に苦戦していた1・2回目と比べ自由に質問・返答できるようになったのが今回（3回目）である。

回数を重ねて聞くことに慣れ、「語り手」に対してより自然に対応できるようになっていくことがわかる。

たとえば、1回目の「語り合い」に関しても指摘したことだが、全ての「語り」に「共感」できるわけではない。「語り手」の体験が、自分の経験と大きくかけ離れている場合、共感することが難しく、どう反応していいのかわからず戸惑うことがある。

ある年の1回目のコメント発表会で、「共感することの難しさ」に関連し、「語り手」のバックグラウンドが違い過ぎて、どう反応したらいいのかわからない、という趣旨のコメントを多くの受講生が口にした。

「聞き方」に関する説明や助言が不十分であったことに気づいたわたしは、軍事政権時代のチリで、政治的信条の違いゆえに「共感」できない相手でも、「傾聴」することで貴重な学びを得た現地調査の経験に言及しつつ、次のようにアドバイスを行った。

「聞き手」の最も大切な役割は、「話し手」が自分の思いを外に出すことで考えを整理し、自己認識を深めるためのお手伝いをすることにある。特にネガティブな経験の場合、自分で抑圧している感情に浸らせてあげることで、その経験と向き合い、その意味をその人がよりよく理解できるよう支援する。語られる内容に「共感」できなくても、「語り手」がこころの内を思い切って明かせる雰囲気を作ってあげさえすればよいのだ、と。

するとこの助言を参考に、より自然に相手の語りに寄り添うような反応ができるようになった受講生もいた。

まず先生の話を聞いて感じた、あの一番、こう感銘を受けたことが、先生の話が全体的に終わったあとにまとめとして言ってたことで、人の話を聞いて理解できなくても、自分のコンテクストにはめこんで否定するのではなくて、その人の気持ちに浸らせてあげる、いうことが大切っていう言葉と、一緒に考えてあげることも大切っていう言葉にすごく感銘を受けて。第1回目は、理解しよう、理解しようっていうのに捕われかけてたなっていうのを、ここで気づいて。2回目は、もうちょっとこう、浸らせてあげるっていうか、心にたまってるものを出してあげるのを意識して聞こうと思えるようになったことです。

一方わたしも、この時の経験から、「聞く」ことに困難を感じる受講生が多いことを肝に銘じ、「共感」がすべてではないことを、もっと積極的に受講生たちに伝えることの必要性を学んだ。

その他の受講生たちも、「共感することの難しさ」ゆえに試行錯誤しつつ、「語り手」により自然に寄り添い、相手の「語り」を促進するようなそれぞれの聞き方を見出してゆく。
ある受講生は、2回目のセッションで、一人の受講生の「語り」にとまどった時の経験を、次のようにコメントしている。

「話し手」としては、前よりちょっと深く話したかなって思ったんですけど、「聞き手」に関してはちょっと、全然だめだったなと思って。あたしが経験したことないことで、すごい悩んで、苦しんでる子がいたんですけど、自分が経験したことないんで、何を言ってあげたらいいのかとか、全然わからなくて。何とかコメントとかも言ったりしたんですけど、すごい上っつらな言葉だったんじゃないかなと。本当、自分でも「なんであんなこと言っちゃったんかな」とか思って。これからまた、友だちとかと、相談ごとを受けたりして、そういう悩みがあったときにちゃんと、ちゃんとって言ったらあれなんですけど、返せるように、頑張っていけたらいいなと思いました。

この時点では、自分が経験したことのない深い苦悩に関する「語り」に困惑し、うまく反応できなかったことがわかる。
だがこの受講生は、先述したように、第3セッションで自身の「欠点」について語った際、ある「聞き手」からヒントとなるコメントを受けた。

別に悪い性格じゃないと思うよ。それはそれで、こうこうこうだから、素敵な性格やと思う。

このコメントに励まされた経験から、この受講生は、「語り手」を自然に励ますような聞き方に関するこつを得た。

あたし自分が最初に「語り手」したんですけど、それ以降、「聞き手」の時は、相手がすごい「ダメだと思うんです」とかいうことがあったら、自分なりに考えて、「でも自分は、こう、いい点じゃないかな」と思ったら素直に言おうって思えるようになりました。

自分自身そうだったと思うんですけど、自分が「悪いな」と思っているとこって、絶対「悪い」としかなかなか思えなくて、やっぱり他人が、ふっと言ってくれた言葉が助けになったりするんかなと思って、そういうのを言えたらいいなってなりました。

ポジティブに感じた相手の特徴を素直に伝えることで、相手に促進的に寄り添えることに気づいたのである。そして、3回目のコメント発表会の時に、自らの聞き方の変化を次のように振り返っている。

「聞き手」として、前の2回目の時に、自分の経験したことない、想像を超える出来事があった人に、当たり障りないコメントしかできなくて、嫌だったなと感じたんですけど。それは、逆に、こう相手が望むような答えを考えようとして、から回って、そういう風になっちゃったのかなと思って。敢えて今回は、自分の感じたことを素直にコメントできるようにしようと思って、自分の感じたことを素直に、それこそ逆に、悲しみ……、相手の悲しみや苦悩により純粋に寄り添えたんじゃないかなとは思いました。

自らの体験をふまえ、より自然に他者に寄り添うような「聞き方」を見出せたことがわかる。また、別の受講生も、ある「語り手」のコメントから「とにかく話を聞いてあげる」こと（傾聴）の重要性を実感した。

あと、他の「語り手」の方の話を聞いてすごい思ったのが、自分が想像するよりもはるかに辛い体験をされてて、わたしが何を言えるんだろうっていう風に思ってたんですけど。その中である方が、「話せただけですごいすっきりした、ありがとう」って言ってくださる方がいて、やっぱ「話すだけで本当に変わるんやな」って思って。

一方、「語り手」への反応に関し、理屈で考え過ぎていたある留学生も、回を重ねるうちにより自分らしく、傾聴した上で自然に応答できるようになった。

「聞き手」の時にも、最初は相手の話を聞いて反応しなけりゃいけないという、その負担感っていうか、義務感っていうことがあったので、本当に、反応っていうことはオーバーすることかなっていう風に思って。でもそれは、あんまり自分らしく、自分らしい反応の仕方でもなかったので。どんどんそれを、2回目、3回目になって、もう正直、何というか、普通に、静かに聞いて「ああ、そうだったんですか」っていう風に、自分なりの反応の仕方、探すことできたっていうことが、すごくよかったなっていう風に、で思いました。

また、コミュニケーションが不得意だという別の受講生も、「語り合い」を繰り返すうちに、「とにかく言葉をかける」という自分なりの応答の方法を見出した。

1回目や2回目に比べると、他の人の「語り」に対してコメントを言えるようになったと思います。これまでは、これは言っていいのかとか、何て反応したらいいのかわからなくて、すぐには何も言えないことがありましたが、他の人の「語り」を繰り返して「辛かったですよね」や「大変でしたね」と言葉をかけるだけでもいいんだということが3回の語りを通してわかりました。もともと一対一のコミュニケーションが得意ではありませんでしたが、以前に比べると言葉のキャッチボールができるようになったと思います。自分の「語り」の時にも思いましたが、とにかく無言になるのが一番傷つくと思うので、何でもいいから反応を見せるというのが、「聞き手」にとって重要だと思いました。

他方、自身の理解を越えるさまざまな「自分語り」に触ることで、人の経験に関する選択肢が増えた結果、「傾聴する力」が増したと感じた受講生もいる。

「聞き手」としてなんですけど、すごい、自分にないところをたくさん持っているような人たちが、「すごいな」っていつも思っている人たちでも、全然見えない悩みとかバックグラウンドがあって。まそういうのを知ると、やっぱなんか、個人的にですけど、なんか、ちょっと「えっ?」って思うような行動でも、そういうのを知って、なんか「ああ、そういうことがあったんだね」っていう風に、ちょっと優しくなれる気がしてるんですけど、まあ「そういう経験もあるのか」っていう風に、選択肢に入ったというか、自分の中の選択肢に入ったっていう、考慮に入れた、みたいなのが、自分が得たものかなっていう風に思って。

何ていうか、「聞き手」の態度、自分の「聞き手」としての態度を、その3回の「語り」、「語り」というか「聞き」の中で試行錯誤していったんで、なんか共感、完璧に共感するっていうのはできないってわかってるんで、その「傾聴する」っていう力が、少しは向上したんじゃないかなっていう風に思いました。

このように、多くの受講生たちが、試行錯誤しながら、傾聴しつつ自然に応答する自分なりの方法を見つけていく一方で、自分の経験に基づいて質問やコメントを発するなど、より積極的に「語り手」に働きかけられるようになる受講生も少なくない。

ええと「聞き手」としての自分なんですけど、今までとは違って、けっこう「自分なりの返し」ができた、というか。今までは、ちょっとだけやっぱ、こんな風に語ってくれたから、何かしらでもちょっと、言ってあげたいなっていう気持ちで、無理やり、無理やりっていうか、なんか、言葉をちょっとまあ、紡いで言おうとしてたんですけど。今回に関しては、けっこう自分の経験に基づいた返答ができた、というか。というのが、まあ1回目、2回目と通して、変わったとこかなと思います。

他の人のコメントも聞いて、もちろん発見があったんですけど、自分が発表してることに対する周りの人のコメントも、その人の人生に基づいたコメントをしてくれてて、すごい話の本質がどんどん掘り下げられていったような感じで、すごいいい語り合いができたなって思ってます。

で、そうです。あとは、話し合いの雰囲気としてなんですけど、だんだんだんだん、1回目、2回目、3回目となっていくにつれて、コメントを全員が積極的に発表するように……。

（千葉：最初皆さん怖がってはったもんね、傷つけないようにってね）

その感じがなくて、心地いい感じがしました。

過去2回も班員の方の聞き手（方）が良いおかげで話せたと思いましたが、その時にいただくコメントというと内容に対する質問がほとんどでした。

しかし今回は質問より感想が多くて、これまでに比べコメントを受ける回数も多かったです。どんな内容であっても自分の話を聞いていないと言えないことだし、「話を聞いているよ」のサインになって、それが、それだけ聞いてくれているならこれも聞いてくれるかな、これにはどんな反応してくれるかな、と相手の反応を楽しみに話せるようになるのだなあと感じました。コメントの重要性はこれまでももちろん意識はしていましたが、メカニズムが見えたというか、より深く理解できた気がしました。

「聞き手」がより積極的に質問やコメントを発し、「語り手」がそれらの応答を活用しながらより深く語れるようになる。両者が協力してダイナミックに、より深く率直な「語り」を構築していく様子がわかる。

一方、「語り手そのもの」に対して抱く「思い」の重要性に気づいた受講生たちもいる。

あとは、「聞き手」として、そうですねー。1回目、2回目の時に比べて、やっぱり3回目の時では、自分は変化したなっていうことがあって。やっぱり、なんか1回目、2回目だったら、語ってくれた相手とかに対して、一生懸命レジメを見て、で一生懸命聞いて。で、なんか、いいこと考えなきゃとか、なんかコメントしないといけないなっていう風に思ってたんですけど。なんか3回目では、まあもちろん、その、一生懸命考えることはしたんですけど、純粋にその、語ってる相手に対して興味を持ったというか、普通に自然と、その人がすごく、なんだろう、好きになって、もっと聞きたいなっていう気持ちになったんですね。

「語り手」の発表を聞いてみるということなんですけど、最初は、語っている人を尊重しようっていう気持ちがすごくあったんですけど、今回はとにかく相手に興味を持つってことだけを意識しました。で、それだけ意識してたんで、自然とその、コメントっていうのはできるようになったかなあ、っていう風に。そうなんですよ。だから、相手に興味を持つとか、相手を好きになるように心がけていったらいいのかなあという風に思えました。

これらの受講生たちの場合、「聞き方」よりも、一人の人間としての「語り手」その人に「興味」や「好意」を抱くことの重要性に気づいたことがわかる。

このように、実践を重ねるうちに、受講生たちはいろいろな気づきを得た上で、それぞれ自分らしい聞き方を身に付けていく。静かに相手の話をきく、相槌を打つ、相手の言葉を繰り返す、自分の経験も交えて質問・コメントする、相手に興味を持つなど、それぞれのやり方で「語り手」に寄り添い、相手の「語り」を促進するような聞き方ができるようになっていくのである。

以上、「語り合い」を繰り返すことで、参加者たちの間に起こる相互的な影響、自己や他者に対する認識や語り方、聞き方の変化について見た。

はじめのうちは緊張して、遠慮がちに語り、控えめに応答していた受講生たちも、相互に影響を及ぼしながら、次第に、より率直に語り合えるようになっていく。「語り手」は、より相手を信頼して、こころの奥に秘めていた思いまで、率直に語り切ることができるようになる。一方、「聞き手」としても、「語り手」が傷つくことなく、思いを存分に吐露することを促すような聞き方ができるようになっていく。よりよい「語り手」、よりよい「聞き手」になっていくのである。そしてわたしも一人の「聞き手」として参加し、受講生たちの「語り合い」を支援しながら、「一受講生」としてさまざまな影響を受け、学び、そして強い喜びを感じる。

このように「語り手」として、また「聞き手」として成長する過程で、参加者たちは自分にも他者にも、より温かいまなざしを向けられるようになる。

6 「語り合い」の効果と学び

この授業で、人の優しさの素晴らしさを感じました。（……）親や友だちにも話せなかったことを、話せるようになって、「聞き手」の皆さんの優しさも自分の優しさに変えて。もし、将来わたしも誰かを温めることができるかなあ、と思うようになりました。はい、でこれからも、できるだけ、自分をそんなに隠さずに、経験でなく、演技でなく、本当の自分でもっと努力して、本当の自分で人と接していきたいと思います。以上です。はい、四か月間ありがとうございました。

授業を始めた頃、わたしが「語り合い」の目的として意識していたのは、自己や他者をよりよく知ること、そして、より自分を受け容れられるようになること、くらいであった。

しかし、毎年受講生たちとともにこころを開き合い、語り合い、コメントし合う過程で、「語り合い」には、それ以外にもさまざまな心理・認識上の効果や人間関係における学びがあることに気づいていった。以下、相互的な癒し、悩みの共有、仲間意識の生成の順に見ていこう。

(1)「語り合う」ことで互いに癒される

まず、「相互的な癒し」について見てみよう。

ある受講生は、大学における典型的な人間関係の特徴を次のように表現している。

なんかこの授業を受けたり、皆さんの今日の話を聞いて思ったことが、二つあるんですけども。まず一つ目が、大学に入っ……、前からもそうだったのかも知れないんですけど、結構人にこころを開いたりするのが難しくて、「仮面」っていう話もあったんですけど、そういう自分でいることが、なんか多いような気がしていたんですけれども。「何でかな」って考えたら、やっぱり、なんか大学とかって、あんまりこう自分の話をしなくなってりして、なんかこう、今までやってきたことも、いい面に目を向けたりとか、ディスカッションとかしてても、自分の「知識」を使ってこう話をして、なんかこう、その人自身のことってあんまり見えてこなかったりして。

で、なんかそれだけだと、やっぱり、わたしが、その人自身がどういう人かってわからなかったら、あんまりこころを開けないっていうのがあるので、なんかそれで、なかなかみんなにこころを開けなかったのかなっていうのを思いました。

通常の大学のコンテクストでは、自分の外にあるものごとに関する知識や理論を学ぶことに重点が置かれ、自分自身について深く考えたり、自身の内面をさらけだして話す機会はあまりない。ゆえに教員や学生の間、そして学生同士の間でも、互いに自分らしくふるまったり、本音や深い悩みを語ることは難しく、息苦しさを感じている学生は多い。

「語り合い」の授業では、「傾聴」や「守秘義務」という「守られた」環境と、全員が「語り手」にも「聞き手」にもなるという水平的かつ相互的な関係（お互いさま）が存在する。ゆえに、受講生たちは、普段より率直に自分の思いを吐露することができる。

だから、こういうその、なんか、場があることで、こうやってそれこそ、なんか、全然違うルーツを持った人たちが集まって、でそれこそ、いわゆる日本人っていっている中でもものすごい多様性があって、で経験してきたことが違うっていう人たちが、本当に腹を割って話すというか。でまあここで話したことを、まあ漏らさないっていう、その、守られた環境の中で、ちゃんともう本当に、腹を割って語り合えるっていう場所がある。で、それの大事さっていうのは、やっぱり、毎回どっかのグループで必ず泣いてる人がいるみたいなことの理由っていうのは、やっぱり、それぐらい、その、自分の感情とかを出せる場が、まあ、珍しいというか。だから、それがある幸せさっていうのが、すごいあるんだろうなっていうのが、この授業出たぼくの感想なんですけれども。

そして、「互いに自分をさらけ出す」という実践を繰り返す過程で、相手の表面だけでなく、その「人となり」を深く知ること、相手にも自分の内面まで知ってもらうことの意義を実感する。

だから、この授業でみなさんのライフヒストリーを聞いたりして、すごいその人自身に興味を持てて、やっぱりその、人と触れ合う上で、わたしにとっては、そういうライフヒストリーを、みんなのを聞いて自分のも話すっていうのが、すごい大事なことだなっていう風に感じました。

このように、自分を深く振り返り、言語化して表現し合う過程で、それまで意識的に、あるいは無意識のうちに抑圧していた、自然な自分のあり方（自分らしさ）を思い出す。

熱心に語り合う学生たち

自分の話をここでしたり、皆さんの話を聞くことで、なんか毎週、何ていうんだろう、けっこうこころが浄化されるっていうか。「自分がやりたいことが本当にできているのか」、「誰かに、自然にこう、させられていないか」を、毎週この授業で確認できる。1週間っていう短い時間でも、「……しないと」と考えるようになったり、知らないうちに「させられる」ようになったりしていて、この授業で、そういうのを再確認することができたのが、すごいよかったと思います。

自分を受け容れるためには、語る時に相手が温かく接してくれること、相手も自分をさらけ出してくれることが助けになる。また、自分が悩みを打ち明けたり、他の受講生の「語り」を優しく聞いてあげることも、相手の自己認識や自己受容に役立つ。互いに励まし合いながら、それぞれが「わたしはわたしでいい」と確認できる。真剣かつこころの籠もったやりとりがあるからこそ、それぞれが自分を受け容れることができ、気持ちが楽になる。互いに癒されるのである。

一言で、この授業についてのわたしの感想をまとめると思うんですけども、本当に1週間、毎週の1週間しんどいの中、この授業がわたし、自分自身にとってはすごく、ヒーリング・キャンプみたいなことだったので、よかったです。

まあさっき……君も言ってたんですけど、この時間が、1週間の授業を取ってる中ですごく救いとなる。月曜日、実は1限から5限まであって、すごく大変やって、その間の3限、ベスト・ポジションに、しんどい月曜日の、しかも真ん中にこれがあることによって、「ああ、なんとか授業来よう」っていうか、この後の授業も受けられるし、ここも来れるしっていうのがあったので、本当に助けになったと思ってます。

(2)悩みの共有――苦しいからこそつながれる

このように、受講生たちが「互いに癒される」上で、極めて重要な要因の一つが「ネガティブな経験の共有」である。

通常の人間関係では、人は自分のネガティブなところを他者に見せないようにするため、自分の悩みは認識しているが、他者の悩みは見えにくい。「隣の芝生は青く見える」。それゆえに、「苦しいのは自分だけで、他の人たちはそうではない。自分だけがダメな人間なのだ」と思い込んでしまいがちである【わたしもそうである】。

だが「語り合い」の授業で、思い切ってネガティブな経験や自分の欠点について語ってみると、「聞き手」たちが共感したり、優しく受け止めたり、励ましてくれたりする。

でも皆さんがすごい親切に聞いてくれて、うなずきながら、何か本当にわたしを理解している、と感じてました。すごく、わたしと一緒に泣いたりしたり、わたしよりも泣いてる方もいますし、こころが温めた、って感じで。本当に最後のコメントとかアドバイスとかして、自分……コンプレックスを持ってダメだと思うところなので、でも認めてくれて、わたしも、間違ってないところもコメントしてくれて、すごく温かい、皆さん、コメントでした。

そして、自分のカミングアウトに励まされ、他の受講生も同じように、自分の弱みや欠点について語ってくれる。こうして、自分が抱える悩みを打ち明け合ううちに、互いに「悩んできるのは自分だけではない」と気がつく。

あるマイノリティ性に苦しんできた受講生のコメントを見てみよう。

ほかの人のことを聞いて思ったことですが、みんなが自分と同じようにいろんな、多様な苦しい思いをしてきたってことが、本当にわかりました。で、こういう人の経験を聞くっていう経験を積み重ねると、誰しもがみんなそういう多様な状況を抱えてるっていうことに気づくことができて、自分の行動とかも、それが変わっていくんかなって思って、何で先生がこの共生社会論っていう科目でこういうことをされているのかっていうこと、ちょっとわかりました。

他方、目に見えるような「マイノリティ」というわけではない、いわゆる「マジョリティ」に属する（ように見える）学生たちも、同じように「悩みの共有感」を抱く。

何かこう、こうやって見たら、皆さんめっちゃ毎日楽しそうに生きてるみたいに、わたしからしたら見えるんですけど、あ、なんかそういうこと悩んでるんやな、みたいな。あ、悩んでるのってわたしだけじゃないんだなって。そういうのが知れて、なんかこう、自分を卑下する気持ちがちょっと減ったこと。なんでわたしこんなに小さなことに悩むんだろうっていうのが、あまりなくなった、っていうのと。

一つ目の、悩みが同じようなものを持っているっていうのは、悩みの原因となる経験は違っても、悩みの根底にあるものは共通する点があるんだなと思って。わたしが「聞き手」をしてる時に、「あー、わたしもそういう考えたことあるな」とか、「そういうので悩みに当たったことあるな」っていうのを感じました。

こうして、それぞれの「悩み」を共有し合うことで、一人で抱えていた時にはネガティブにしか思えなかった「悩み」が相対化されたり、克服するヒントを得たり、逆にポジティブなものとして捉え直せたりする。

自分のつらい経験は、自分の中でなかなか大きい影響力と重みをもっているものですが、多くの人がたくさんつらい経験をしていて、なかには自分よりつらい経験だと思ってしまうものも多々ありました。自分だけでなく多くの人がつらい経験をしていることは、わかっていたつもりでしたが、あまり実感を持っていませんでした。いろんな人の、いろんな乗り越え方を聞いて、自分に活かしたいと思ったし、自分のつらい経験もただつらい過去のものとして終わらせるのではなく、自分の今後と他者の今後に活かせるポジティブなものに変えたい、と思えるようになりました。

今回まず、聞いてて思ったのが、比べるっていうことなんですけど。日常生活で生きてるとなんか、人のいいところばかりが目に入って、「ああ、自分全然できてないな」って思うんですけど。この「語り合い」では逆のことがすごい起こって。自分は当たり前って思ったけど、それってすごい幸せなことやし、当たり前じゃない人もいるんだって思うと、人と比べて自分が、なんか素晴らしい、っていうか、思えるっていうことが起きるのが、すごい不思議だなあって思いました。そこに不思議な相互作用があるのかなって思ったのと。

それぞれの多様な悩みを集団で共有し合うからこそ、その意味をポジティブなものに転換できることがわかる。教員であるわたしも、鬱の体験を語ったあと、受講生たちがそれぞれの悩みを語り返してくれたことで、その体験を肯定的に捉え直せたことはすでに見た。

そして、「悩みの共有感」はしばしば国境をも越える。留学生たちのコメントを見てみよう。

「聞き手」として、まあ国籍が違うので、まあ悩みとか経験が違うだろうと思ったが、意外に共感することが多かったので、ちょっとびっくりしました。わたしが悩んでいることが、他の人も悩んでいるなと何回も感じまして。そして、「話し手」の経験が、まるで自分の経験みたいにイライラしたりして、悲しんだりして、そうやって共感しました。

そして「聞き手」になって感じたのは、3回目はわたし以外ぜんぶ日本人だったですけれども、国籍が違うので、もちろん悩みも違うだろうと思いましたが、違うところも多いですが、意外に、なんか共通するところもけっこう多かったです。そしてなんか、「語り手」の方々のライフ・ストーリーを聞いて、他の人もわたしと同じ悩みを持っているんだって、自分が一人じゃないなって思いながら、不思議だと思いました。

他方、「悩みの共有感」は、社会的に「マイノリティ」と定義される人とそうでない人の間の境界線を希薄化する契機にもなる。

（学んだことの）一つ目は、ちょっとうまく言えているかわからないんですけれども、世の中で緊急のテーマとされている、「いわゆるマイノリティ」って言われているものだけではなくて、「マイノリティ」っていうタグみたいなものが付いてないだけで、誰しも自分の体験の中に、マイノリティとか困難を感じている側面があるということでした。一見普通の人でもマイノリティの部分を抱えていて、人は何かしらの悩みを抱えているし、本質的には同じなんじゃないのかなっていう風に思いました。

悩みのない人間なんていないんです。みな悩みを抱えていることは共通ですが、その悩みは十人十色で同じことはありません。それぞれが異なる生育環境、経験、性格を持ち、異なる世界を見ています。同じ場所で同じことをしていてもそのことの意味、見え方はきっと人によって違うのでしょう。マイノリティとして苦しむことは誰にでもあることなのです。誰だってマイノリティなのです。だから、マイノリティであること自体に苛(さいな)まれることは少々ナンセンスなのかもしれません。マイノリティな自分を受け容れてあげたらいいのです。そして同じように他者のマイノリティ性も受け容れてあげればよいのです。

これまでなら、こんなことを言われても、ちょっと臭い理想主義な観念のように感じたでしょうが、この授業を通して、みずからこのことに気づきました。

結構その、こうやって何気なく別に、ぱっと見渡した感じじゃ、何にも普通の人にしか見えなくても、結構その、すごいマイノリティな部分を持っているっていう人が多分ほとんどだと思うんですよ。だからその、ちょっとその、日本語的におかしな部分もあるんですけど、「マイノリティであることが普通なんじゃないかな」っていう風に、「それがむしろ大勢、多数派なんじゃないかな」っていう風に思いました。

でその「マイノリティであることが自然なことである」っていうのは、まあこの考え方が、共生とかの考え方につながるんじゃないかなっていう風に思って、この授業の、その、共生学という中でこの授業がある意味を、すごい感じました。

いわゆる「マイノリティ」と定義される人々だけでなく、マジョリティに属するとされる「普通の人々」も、必ずどこかに弱いところや苦しみを抱えている。それぞれが抱える悩みは異なっていても、「悩みを抱えている」という根源的な状態や苦しい思いに変わりはない。腹を割って率直に語り合ううちに、そんな感覚が自然に沸いてくる。

わたしは、3回の語り合いのうちすべてに、社会的マイノリティの方がおられました。……正直言ってはじめは戸惑いました。決してその方たちに嫌悪感を感じるということではないのですが、状況があまりにも自分とかけ離れていて、その方たちが見ている景色、世界観を理解することがとても難しく思えました。というより、そんな簡単に「分かる」などと言っては失礼に値するように思えたからです。なので、「聞く姿勢」にはいつも以上に注意し、できるだけ相手の立場に立って考えられるように努めました。

しかし、だんだんと話を聴くうち、その必要はないように思えてきました。もちろん、差別に値するような言動をしない、などという最低限の配慮は必要ですが、たとえ相手が誰であろうと話を聴く態度、相手との距離感は、みんな同じでよいように感じました。みんなそれぞれ悩みの種類やその原因、数の多さなどは異なります。しかし、その根源にある気持ち、感じているマイナスの感情はどれも通じるものがあるように思えたのです。それがどのようなものであるのか、個々に具体的に表現するのは難しいのですが、しかし自分のことについて考えたとき、共有できる感情があるように思えました。（中略）

「誰かのことは自分のこと、自分のことは誰かのこと」なんだなあと。そんな大切なことを改めて気づかせてくれたこの授業は、本当にかけがえのないものになりました。

悩みの種類は異なれども、悩んでいる点ではみな同じ。「違っているけどつながれる」。「他者すなわち自分なり」。共生の本質にも通じる感覚である。そして、こうした共有感覚は、教室外の人々にも自然に向けられるようになる。

語り合いをして、一番その、この半年通じて思ったのは、人ってなんか、「弱い」のが前提なんだな、っていうのが感じてて。まあだから、自分がそういう、なんか、しんどいなって思ってて、でも周りは違うのかなっていうところも、すごい、この授業で、みんななんか、何かしら抱えて生きていたっていいうのが、街中通り過ぎるだけじゃとか、おんなじ授業でただ先生の話聞いてるだけやったら見えないところが、この人、この人の歩みが見えてきて。どんな人に会っても、その背景っていうのを考えられるようになったかなあっていう風に思います。

その語りというもの全体なんですけど、そうですね、まず全員が本当に悩んでいるっていうことを、やっぱり感じまして、さっき……さんが言ってくださったように、まあ自分だけじゃなくて、みんなその、「あいつすごい楽しそうだな」とか、「あいつは成功するよな」って思っている人でも、本当になんか、いろんな、たぶん、苦しい思いをしてますし。でここにいたメンバーやったり、自分が話をしたメンバー以外の、この授業以外の人でも、きっとその、どんな人でも抱えていると思いますし。その点でやっぱり、自分の周りの人がどんな悩みを抱えているのかなっていうのが、すごい知りたいなっていう風に思いました。

でもちろん、自分の周りだけじゃなくて、たとえば、大学で授業をやってくださっている先生だったり親とかも、なんかそれぞれ悩み抱えてるんだろうなっていうのが、そういう風に思って。まあ、もっと大きく言えば、道歩いてて、すれ違ってる人とかでも、全員が全員、なんかいろいろ抱えてるんだろうなっていう風に思って、すごい面白いなっていう風には思いました。

多様な受講生の間でこころを開き合い、「語り合い」を繰り返す過程で、「みんなが悩んでいる」ことを実感することで、他者のことも自分のことのように思えるようになる。「悩みの共有感」を通じて、広く社会一般の人々に対しても、温かい視線を向けられるようになるのである。

(3)「語り合う」ことで育まれる仲間意識

「弱い自分」も含めた「丸ごとの自分」をさらけ出し、互いに共有するうちに、他人同士だった受講生たちの間に、どこか懐かしい旧知の友人のような仲間意識が生まれてくる。

今回の発表では、自分の今の現状とこれからの将来のことを話したんですけど、割とみんなに共感してもらえて。話すことで何かが解決するわけでもないんですけど、共感してもらえることで、自分のこころの重い部分の一部が、他人と共有されることで、すごい、温かいつながりになるみたいな、そんな感じに思いました。

でもこの授業で、グループのメンバーが違うところで会ってあいさつするのはすごく不思議だと思います。でも他の授業の中では、あんまりその、深い話がないから、「ああ、この人、一緒に授業したなあ」という考えはあるんですけど、あいさつとかはしない、ないんですけど。もうこの授業で一緒に話し合いましたから、すごく、あいさつとかもして、簡単な会話とかもできるようになって、すごく交流、コミュニケーションの場、場所をくれました。

この場を通して、なんだろう、深い話ができる相手ができたっていうのが、すごくうれしくて。自分のいろんな、ところを知ってもらって、すれ違ってもあいさつしてくれて、あいさつできてってていう、そういう人が、大学入ってもできたのがすごくうれしくて。なので、すごい、これからも、なんだろう、人見知りなんで本当、しゃべるの、ちょっと実は苦……、けっこう自分からしゃべるの、苦手なところあるんですけど、すごい、これからも仲良くしてほしいなって思いました。

今は以前と比べすごく気が楽です。みんなもほかの人の評価が気になっていたという事実を知り、仲間がたくさんできたような気分がしました。この授業で出会ったグループメンバーと今後もまた話したいと思いました。

この授業でけっこう、そうだなあ、三回目のグループになったときに、わたし一番最後に行ったんですけど、「あれ、どこの席だろう?」と思ってたら、「こっちこっち」っていう風に、グループの方が教えてくださって、「あっ、なんかすごいありがたいなあ」と思って。そういう一体感みたいなものが、この授業あるなあと思って。けっこう、ね、他の授業とかで、「あっ、この人同じ授業やな」みたいなことになることって、そうそうないけど、授業となってても、そんな挨拶するような仲になってなかったりするんですけど。この授業だと、仮にしゃべったことなくても、「あ、おんなじ授業の人だから」となって、他の授業で、ちょっと声かけてみようか、みたいな……。とりあえず誰も知らんけど聞いてみる、みようかなっていう気になったりとか。すごい、そういう、親近感が沸くような感じになったのが、すごくよかったなあと思っております。

本当にここで受けている人たち、会ったら挨拶してくれるんですよ。他の授業では見られない感じで。

そんなにしゃべってない……、「あ、こんにちは」って言うんですよ。それぞれみんなカミングアウトしてるから、……さんなんか、あの、意外に他の授業とかもけっこう一緒だったりとかして、帰り道、ずっと一緒に帰りながらしゃべったりとか。今日来てはらないですけど、お友達みたいな感じになって、「えー、どうしてるんですか」、いろいろ話しながらするぐらいになって。他の授業ではちょっと考えられない感じのなん……、距離の一気の詰め方は、やっぱカミングアウトをともにし、あとくぐった仲間みたいな。なんか会ったら「ああ、こんにちは」みたいな、なのを言うてるし、言ってたよ、なんかそんな感じがしてます。

自分自身をさらけ出し、深く語り合う過程で、温かい絆や仲間意識が育まれることがわかる。

7 教室での「語り合い」から「語り合える社会」へ

ふだんから、こういろんな人が、お互いに信頼とか期待を持って話すことができたら、もっと、みんな気軽に話せるいい関係になれるんじゃないかなって思いました。

ふだん一緒にいる友だちとかも、勇気出してしゃべってみようかなと思いました。

以上、「語り合い」の授業で、参加者の間に起こるさまざまな相互作用や自己・他者認識の変化、そして心理的な効果や学びについて見てきた。それでは、授業での「語り合い」の経験は、実社会にどんな影響を及ぼし得るだろうか。
「語り合い」を通じ、他者と深いレベルでつながれることの喜びや意義を実感すると、授業以外のコンテクストでも、家族や友人など身近な他者との間に、より率直で深い関係を築きたいという思いが生じてくる。

あと、1個だけ気づいたのが、あんまり親に自分がどう思っているのかを話していないなっていうのも、友人とか……、親しい友人とかと話してて思えたので、将来のこともいろいろありますし、親と自分のことについて、本気で話したいなっていう風に、この授業全体を通して思いました。

他の人の話を聞いてて、なんかなかなか聞くのが、すごい、苦手で、こういうこと言ったら傷つけてしまうんじゃないのかなとか、考えてしまったこともあって。でも、ふと思ったのが、普段友達と話をしている時に、そこまで深く考えてなかったなと思って。で、やっぱりそういうことを考えるのも大切やと思うから、これからも、普段の生活でも気をつけていけたらいいかなって思いました。

で、すごい今思うのが、あんまり普段の生活で、深いところまで話せなくなってるのが、なんでなんやろ、とか思ってきて。人とのつながりとか、すごい薄くなっているのかなって感じて、この授業が、やっぱりあるってのが、すごい大切なことなんじゃないのかなって感じて、これからも続けてやって、って思いました。

これちょっと傲慢なのかもしれないですけど、2回目のコメント発表会の時に、わたしが言ったコメントで、こう言ってもらえてうれしかったみたいなのを、同じグループの方が言ってくださって、それがすごいうれしくて。なんか自分の語りに対してコメントもらったり、わたしがコメントしたりすることって、お互いにとってすごいいいことなんだなって思ったんで。普段はなかなかこういう場って作れないと思うんですけど、もしできたら、仲いい友だちであったり、その場の人で、話聞いてくれる人でもいいんで、これからも随時そういう話をして行ったら、お互いの精神状態にとっていい、じゃないですけども、得られるものが大きいのかなって、すごいこの4か月間思いました。

学校教員をしている受講生（院生）は、授業での「語り合い」の経験を経て、教室の現場でも、生徒たちとの間に、より率直に語り合える関係を作りたいと思うようになった【わたしも学生たちとの関係について、「教員対学生」である前に「人対人」でありたいと強く感じている】。

で、この空間自体が、すごいなんか安心感が作られてて、教師の立場、あたしまだ教師の職を休職してるんですけど、としても、肯定的に相手を受け止める空間っていうことに関して、やっぱ、あたしも学級で作っていきたいなっていうのを感じました。

自分が最後カミングアウトした時に、こうやってると、すごい受け入れてもらった感じがしたので、さらにカミングアウトが持つ力のすご……、強さをさらに感じたとともに、自分が教師なので、この人とどう、向き合うときに、自分の話をするっていうのもありなのかなっていうのをさらに、ちょっと感じた、それぐらい向き合うことができたなと思っています。

また実際に、授業での学びを友人や部活動の仲間など、身近な人たちとの間で実践するようになる受講生も多い。

3回目の発表は、うちのグループは、（……）研究室の……さんが、（……）話を聞いてくれまして、貴重なアドバイスをもらいましたから、そのあと帰りました。友だちとはっきりその話を言いました。その問題が解決できました。だから今、すっきりしました。すごく今まで、こころの中にモヤモヤしている問題が解決できて、本当にうれしかったです。

カミングアウトの持つ力がすごいなっていうのを、すごい感じていて。というのも、あの、たくさんいろんなとこで割と、カミングアウトさせていただくことが、この授業をきっかけに増えて。やっぱ「カミングアウトをするとカミングアウトを引き起こす」というか、なんかすごい通い合うなっていうのを感じていて。

でも今回話してみて、けっこう、整理できたり、一番ブラックなところを話したんですけど、それでけっこう、整理できたかなって思って。で、授業のほかでも、仲いい友だちに、全部じゃないけど、ちょっとずつ心を開くことができたので、この授業のお陰かなって思いました。

で、授業終わってみて、「じゃあ、他の人にも言ってみよう」と思って、めちゃ仲いい友だちとか、部活の仲間とかにも言ってなかったんですけど、初めて言ったら、みんなめちゃめちゃわかってくれて。「ああわたしも、わたしもやねん」みたいな、感じで。「ああ、おんなじこと思ってたんや」みたいな。でなんか、さらに絆も深まって。で、やっぱり、相談するっていうのはすごいいいこと、お互いにとっていいことなんやなっていうのが、わかりました。

この「語り」以外の場でも、いろんな人に語ることができて、で、その中で思ったのは、「絶対わたしのこと怒ってるやろな」っていう、思ってる人も、なんかすごい優しくしてくれて、すごいびっくりして、「こんないい人たちに囲まれてたんや、わたしは」って気づけてたのが本当にうれしかったのと。

最近はそんなに、この授業で自分のことを語ることを、けっこう語れるようになった影響もあってか、仲いい友だちに対して、よく自分の話をしていくように変わってきたなって思ってて。むしろ自分のイメージ変わるところから、逆に仲良くなっていって。そういった意味でも、話すのって大切だなって、いろんなとこを通して感じてて。

前回の「自分語り」をその、将来の点に絞って話したことで、結構、他の人とか、自分語りの時間以外にも、やっぱり、自分の考えがまとまってきて。他の人とかにも結構話せる環境というか、自分のこころの中で整理ができたから、話せることができて、けっこうその、自分の考え自体をすごく固めることができたから、よかったかなって思います。

前回その、「聞き手」として自分が、すごい意識したってことは、普段あんまりできてないことなのかなっていう風に感じたんですけど。それがえーと、授業でやったことが日常生活で出せるようになったかなっていうのがあって。たとえばその、今入学してきた1回生とか、あんまり親しくない人とかでも、自分が語って聞くっていうのを、ちょっと意識することで、こころをちょっとでも開いてもらおうっていう風に、考えられるようになったかなって思います。

授業での「語り合い」は、「傾聴・肯定的な反応」「守秘義務」というルールを課すという意味で、「人工的」に守られた「特殊な」場である。だからといって、そこでの実践や学びが現実の社会の場で活かせないわけではない。

マイノリティであるゆえの悩みを抱えてきたある受講生は、次のようにコメントしている。

このような何を話してもいいというような空間は、今後の人生でおそらくないでしょう、とTAの方が仰（おっしゃ）っていました。確かにそうだと思います。しかし、この授業で学んだ傾聴の姿勢を自分の日常の中で意識していれば、この授業の空気に近い形で本気の語り合いが身近な人間同士においても可能になるように思います。今後の自分の人生で出会う人たちと、そのような姿勢を大切にしていきたいです。

身近な誰かに対し、勇気を持ってこころを開き、「ありのままの自分」で接してみる。もしかしたら、相手もこころを開いてくれるかもしれない。そうすれば、その人との間には、過度に「装う」ことを必要とせず、互いにより「自分らしく」いられる関係が生まれる。そして、今度はその人が、誰か別の人との間に同じことを実践してくれるかもしれない。

個人は小さな存在でも、その人が一生の間に知り合う人々は少なくない。そして、一人一人が知り合う人々との間に、より率直で温かい関係を築いていけば、社会のあり方はゆっくりでも少しずつでも変えていくことができる。「語り合い」の授業における実践は、さまざまな人々が互いに相手を尊重しながら、それぞれより「自分らしく」生きられるような社会の構築に関して、ささやかな手がかりを示唆しているのではないだろうか。

ある留学生のコメントである。

この半年を振り替えて（振り返って）みると、あっという間に過ぎたような気がした。最初は「なんでそんなに多く発表するの、3回発表するネタはないよ」と不理解だったが、3回発表した後ですごくわかるようになった。発表が重なるたびに、自分を振り返ることができ、違う人と出会って、違う話を聞いて、また新しい力がもらえる。自分の人生や経験に対する評価と態度も更新し、他の人に対する受けいれ方や見方も変わった気がする。自分らしさを堂々と出す方法はまだ身につけないかもしれないが、自分を認めて、オリジナルの個性で生きて行く考え方は行き届いてくれた。この授業は小さい社会みたいで、違うバックグラウンドの人と出会ったり、付き合ったり、学んだりして、ある意味での縁だと思う。もともと知らなかった人は一つのグループに入って、自分の人生をシェアして、また違う場所で出会うのは奇跡ともいえる。だから、ありがたい半年、ありがたい人々、ありがたい授業だけはどうしても言いたい言葉だ。

最終回の授業で、受講生たちと一緒に歌う歌がある。数年前、「語り合い」の授業での感動をもとにわたしが創作した「夢連れづれに」という曲である。「道のりは違っても、それぞれ自分の宝物を探し求め、さまよいながら歩み続ける仲間」、そんな思いを表現している。

　同じように答えを求めて
ためらいながら歩んでいく人がいる
きっとどこかで見失った
宝物を探しているのだろう

　いまこころで感じてる
語り合えることのゆたかさを
歩む道違っていても
深くつながれるよろこびを
こころに湧きあがるしあわせを
分かち合えることのよろこびを
こころに込み上げるしあわせを
（歌16：「夢連れづれに」）

第11章

セラピーとしての「自分史」の執筆

昨年（2019年）の1月に還暦を迎えたわたしは、ふたたび大きな苦悩（二度目の鬱）の中にあった。そして、わたしが本書の執筆を開始したのは、この鬱の真っただ中のことであった。数か月にわたる執筆の過程は、わたしの人生と同じように、苦しみと紆余曲折に満ちた道のりになったが、同時にとても意義深い学びも与えてくれた。「弱い自分にも価値がある」。

これまでの歩みをゆっくり振り返り、自分にとって意味深かった出来事を確かめながら、一つ一つしっかりと思い出す。そして、それらの出来事に関するさまざまな感情や気づきを、率直に文章につづっていく。だが、ただでさえ苦しい肉体的・心理的状態にあり、しかも、書くべき内容のほとんどは「ネガティブ」な経験だ。書き進める過程でこころが重くなり、何度も挫折しそうになった。「もう無理だ。わたしの人生に意味などなかった」。

ありがたいことに、これまで友情を育んできた同僚の先生方や、偶然の出会いをきっかけに懇意にさせてもらっている大学院生など、さまざまな他者の温かい励ましを受け、なんとか書き切ることができた。執筆の過程における他者とのやりとりからも、わたしは大事なことを学んだ。

　本人にとって本当に意味のある自分史を書くことは、容易ではない。失敗や挫折などのネガティブな経験も含め、心理的にセーブすることなく赤裸々に、思いっきり記述することではじめて、自分の道のりの「深い意味」が理解できる。

　だが、ネガティブな経験はしばしば否定的に認識され、心理的に受け入れられていない場合が多い。だから、それらの経験も含めて「思いっきり」記述できるためには、自分をまるごと肯定し、温かい態度で見守り、励ましてくれる他者の存在が大きな助けとなる[35]。そもそも「弱い自分」には思いを馳せるのも嫌であり、ましてそれを文字にして表現し、わざわざ人目にさらすのは、心理的にとてもしんどい作業である。特に今回のわたしのように、「執筆」の時点で大きな苦しみを抱え、自己を否定的にしか認識できていない場合、そのような作業を一人で行うのはほぼ不可能だと言っても過言ではない。二人三脚での執筆。「社会的産物」としての「自分史」。それは、「語り合い」の授業（第10章参照）で、「語り手」と「聞き手」の相互作用によって、意義のある「語り」が生成されるのと同じメカニズムであり、プロセスであった。

　このように、苦しみながら、温かい他者の支援を受け、自分史を執筆する過程で、暗闇の中にあったわたしの心境や自己認識はどのように変化していったのか。

　最終章は、「セラピー」としての「自分史執筆」の効果とそこから得られた学びについて、苦悩を抱える患者（著者）がみずから書きつづった記録である。

1　新たな暗闇の中で

現在わたしが苦しめられている二度目の鬱。それは一昨年（2018年）の2月に始まった。先述したように、わたしは、高校時代に始まった視力上の困難に数十年もの間苦しめられてきた。30代の時に受けた手術も、医療過誤により失敗に終わった。そもそも「文字を読む」という、大学教員にとって本質的に必須の作業自体が「苦行」であり、わたしのこころを慢性的に暗闇の中に引きずり込み続けてきた。近年は老眼が加わることで、困難はさらに大きなものとなっていた。

そんな状態の中、限界を越える膨大な数の論文審査の業務に追われ、肉体的にも精神的にも極限状態に追い込まれた。「もう絶対に無理だ……」。先行きに対する強い不安から深い絶望感に襲われたわたしは、極度の精神不調に陥った。毎日起きてから寝るまで「死にたい、（仕事を）辞めたい」としか考えられない。

長年の間苦しめられてきた1回目の鬱から、作曲や学生たちとの「語り合い」を通じ、「何とか抜け出せた、もう大丈夫だ」と思えるようになってから2年も経過していなかった。

「このままではとても持たない」。わたしは同じ分野で、懇意にさせていただいている稲場圭信先生（宗教社会学）に苦しい胸の内を吐露した。気持ちを素直に告白しながら涙してしまったが、東北や熊本の被災地で、とてつもない悲しみ、苦しみを経験している被災者に寄り添ってこられた稲場先生は、わたしの言葉を否定することなく、静かにしっかりと受け止めてくださった【ここを書きながら、今また涙が流れている】。

2週間後、博士論文の公聴会で、グローバル人間学専攻の時代に、多文化共生論分野でご一緒させていただいていた藤目ゆき先生（女性学、アジア女性史）に、論文の副査としてお世話になった。公聴会のあとお話する機会があったので、わたしは視力の件で苦しんでいること、「死にたい」と感じていることを打ち明け、思わず泣いてしまった。藤目先生はとてもびっくりされたが、わたしの苦しみに共感してくださった上で、「本が読めなくても、あなたは音楽を使って十分に貢献できる」と励ましてくださった。研究者・実践者として尊敬する藤目先生の励ましの言葉は、わたしのこころに深く響いた【原稿を提出する直前、この箇所を読み返しながら、また涙してしまった】。

このままでは身の破滅だ。そう感じていたわたしは、翌月（3月）の末、意を決して新たに目の手術を受けた。少しでも近くの文字を見やすくするため、角膜全体を削り、薄くするという手術だった。ところが、以前受けた手術の影響で脆弱になっていたわたしの角膜は、逆に凸形状が強化され、ただでさえ見ることが困難だった近くの文字が、さらに見えなくなってしまった。「手術などしない方がよかった。なぜ、もっと慎重に行動できなかったのか……」。果てしない後悔の念とともに、絶望感は日に日に増すばかりだった。

毎日「死にたい、辞めたい」としか考えられず、のたうち回りながら、何とか自殺だけはせずに1年間をやり過ごした。唯一頑張れるのは作曲だったので、わたしは昨年度だけで17曲もの歌を創作した。作曲に没頭している間だけは鬱のことを忘れ、その時々に抱いていたネガティブな感情を少し外に出すこともできた（歌17：「乾杯！乾杯！」）。それでも今回は「見えない」という肉体的困難が厳然たる事実として立ちはだかっているので、どんなに創作を重ねても精神的回復の兆しは見えてこなかった。これまでの人生で最大級の苦難だった一回目の鬱からの回復経験をもってしても、全く歯が立たなかったのだ。

　定年退職まであと五年もある。とても持たない。今すぐ死にたい。だがわたしには家族がいる。指導する学生もいる。こんなわたしでも、自殺すればきっと悲しむ人がいる。そう思うと自殺することもできない。肉体的には生きているが精神的には死んでいる。まさに「生殺し」の状態だった。

2　執筆までの苦悩

　絶望的な状態の中、幸いにも、勤務先の人間科学研究科で、昨年度（２０１９年度）新たに設置されたサバティカルの制度を利用し、４月から半年の期間をいただけることになった。授業や委員会の業務を免除され、研究に専念できるという制度である。申請の際、同じ分野で、研究副科長を務めておられる志水宏吉先生（教育社会学）が親身になってアドバイスしてくださり、励ましてくださった。先生のお心遣いがうれしかった。

　サバティカルをいただけたとはいえ、視力上の困難を主な原因とする鬱に苦しむわたしには、先行研究や一次資料など、大量の「書かれた資料」の参照を前提とする「通常の学術論文」を書く体力も気力も到底残っていなかった。唯一書けそうに思われたのは「自分史」だった。六十年間にわたる自分の試行錯誤の歩みを、現在の「弱い自分」の視点から振り返り、文章につづる。それなら、パソコンの文字拡大機能を借りればできるかもしれない。

　外大時代からの同僚で、２大学の統合後も、わたしと同じグローバル人間学専攻に所属され、いつもわたしを励まし、支援してくださってきた三好恵真子先生（環境行動論）が、今回もわたしの背中を押してくださった。

「……学の……研究」という類の文章ではなく、これまでの先生の経験を、先生らしく思う存分に記述することが大事だと思います。

三好先生の力強い言葉は、執筆の方向性について迷っていたわたしのこころを解きほぐし、一筋の光を与えてくれた。

そしてわたしは、3年前に岡部美香先生（教育人間学）と一緒に高槻で実施した、「想いを馳せる」というコンポジウム▼36を思い出していた。会の終了後、関係者や参加者たちと近くの飲食店で打ち上げをしていた時、副研究科長の栗本英世先生（人類学）はわたしに、「軍事政権時代のチリでの経験を書くべきですよ」とアドバイスしてくださった。そして同じく、研究科長の中道正之先生（霊長類学）も、一枚のナプキンに書かれたメモを見せてくださった。「軍事政権期の経験を書くべき」。全く同じ内容だった。

また岡部先生もそのころお会いするたびに、狭い意味での「学術研究」の様式にこだわらず、これまでわたしがやってきたさまざまな活動をまとめ、集大成としての著作を執筆してはどうか、とアドバイスしてくださっていた。こんなわたしの経験に価値を見出し、応援してくださる先生方もいたのだ……。

とはいえ、すぐに書き始めることはできなかった。「そもそもこの目の状態でまともに文章が書けるのか？　自分史を書くとしても、具体的に何を書くべきなのか？　書く価値などないのではないか？」。強い自己否定感とネガティブな予測に捕われ、2月中旬から3月にかけての1か月半の間、大学での業務はほぼ皆無だったにもかかわらず、結局一文字も書くことができなかった。

無為のまま容赦なく時間は過ぎ、サバティカルが始まる4月がどんどん近づいてきた。だが、そもそも極度の目の不調が今回の鬱の最大の原因なので、どうしてもパソコンに向かう気持ちになれない。悲観的な観測は日に日に現実味を増していった。

たぶん4月から9月まで、まともに文章を書くことはできないだろう。その結果、罪悪感に押しつぶされ、退職に追い込まれるだろう。その前に死んでしまいたい。でも家族を残して死ぬわけにはいかない。どうしたらいいのか。苦しい……。

どう考えても悪いシナリオしか描けない。来る日も来る日もくよくよ考えることしかできず、肉体的にも精神的にも出口の見えない地獄が続いた。あれだけ苦しんだ1回目の鬱を凌駕する苦しみだった。

そのうち3月下旬となり、卒業式の日を迎えた。指導した院生や学生がいる教員としては、出席するのが当然である。だが家から外に出る気力もない。「引きこもり」の状態である。さまざまな困難を乗り越え、無事に修士号を得ることができた中国人留学生は、来日したご両親とともに卒業式に参加する予定だった。わたしは「申し訳ない」とこころの中で謝りながら、家の中でうずくまっていた。

こうして絶望的な心境のまま4月を迎え、サバティカル期間に突入してしまった。そして数日が経過した4月5日、わたしはついに重すぎる腰を上げた。「誰かが代わりに書いてくれるわけではない。

自分で書くしかない。書かなければ自殺に追い込まれる」。気持ちが全くまとまらないまま、よく見えない目を開き、パソコンの文字を最大に拡大しながら、わたしは「無理やり」執筆を開始した。

その日、唯一書けたのは「執筆宣言」だった。以下、その時書いた文章を文字通り引用する。【　】内は、あとから付け足した補足や修正の文言である。


……………………………………………………

「執筆前＝現時点のわたし」の記述

数年前【2014年】、わたしは『「自分らしさ」をこころの中心に』というタイトルで、自己物語を出版した。ある出版社の編集長から、「高校生など若い人に向けて書いてほしい」という依頼を受けてのことだった。

それまで、各種の概論をはじめ、大学のさまざまな授業で、自分のこれまでの道のりや、そこからの学びについて、要約的に話すことはしばしばあったが、「詳しく綴る」という経験は初めてだった。

当時、その数年前に起こった出来事がきっかけで、ずっと【1回目の】鬱状態に苦しんでいたわたしにとって、自己の道のりを、表面的なことがらだけではなく、深く執筆するという行為は、それまでの試行錯誤に満ちた自分の道のりの意味を考察し、そこから得た学びを自分自身で明確に認識することにつながった。そして結果的に、なかなか浮上できなかった自分の心理状態を回復させる契機の一つになったという意味で、効果的な「セラピー」でもあった【残念なことに、諸々の事情でこの本はその出版社からは出版されず、結局自分の研究費で自主的に出版した[37]】。鬱から完全に開放【「解放」の誤り】された。もう自分は大丈夫だ。そう思っていた。

ところが、それから数年が経過した現在のわたしは、再び「崩壊」した状態にある。その後、自分に起こった一連の出来事や状況【目の不調、手術の失敗など】によって、再構築できていた（と信じていた）「自己」が【再び】崩壊し、これから一体、どういう自己があり得るのか想像できず、極めて不安定な状態にあるからだ。

それまで明確に認識できていたはずの、自分の人生の意味、自分らしい思考や生き方、それらに根差したささやかな自信や自己肯定感、その全てが崩れ去り、これから自分がどうなるのか、どうしていいのかわからず、うずくまっている。これが現時点のわたしの偽らざる現状【状況】である。

先が見えない今、わたしは再び「自己物語」を描こうとしている。果たして、そもそも、新しい自己物語を描くことができるのか。できるとしても、それがどんなものになるのか。現時点では全くわからない。

「自分自身を描く」という努力を続けることで、自己や自己の道のりに関する認識にどのような変化が現れるのか（あるいは、現れないのか）、また、その作業を続ける過程で、どのような他者とどのように交わりたいという気持ちになるのか、また交わった結果、どのような新しい感情や認識が生まれてくるのか。

このように、自分自身を事例として、他者との交流を含め「自己物語を描く」というプロセス自体がもつ力や意味を知ること。このように、「生きること」、「生き直すこと」の本番でもあり、実験でもある試み、これが本著の目的である。

どうなるかはわからないけれども、何となく「きっと何かが変わる」と信じている。

（2019-04-05）

……………………………………

その時陥っていた「自己が崩壊している」状況やその心境を、明確に言葉に表してつづるのは、身の毛もよだつほど苦しい作業だった。だが「絶対」に「いま」の気持ちを書いておかなければならない、そんな気がする……。この直感を信じ、わたしはこころの中で「のたうち回り」ながら、この文章を書き残した。

「書き始める」と宣言したものの、「自己を書く」という行為によって自分のこころにどんな変化が起こるのか、この時点で予測できていたわけではなかった。「何となく『きっと何かが変わる』と信じている」と書いたが、こころの中ではこのあと、「たぶん、無理だと思うけれど」という言葉が続いていた。「書けるかどうかもわからない。また書けたとしても、ポジティブな変化など起こらないだろう」。

4日後の4月9日は、指導する学生の相談に応じるため、月に一度、出勤する日だった。そしてその日の4時間目には、志水先生、稲場先生とともに担当している学部3年生向けのゼミの授業があった。わたしの指導する学生がいることもあり、初回の授業だけでも出席してほしい、という連絡を志水先生からいただいた。わたしは大きな苦しみを抱えつつ、這いずるように出席した。

授業のあと、「何となく」稲場先生とお話したいという気持ちが沸いてきた。幸い先生もご都合がついたので、研究室にお越しいただいた。そしてわたしは、自分が抱える苦しみを吐き出した。前回相談させていただいてから、すでに1年以上の時間が経過していたが、わたしの状態が改善する兆しは全くなかった。

ところが、苦しい思いを吐露したあと、不思議なことが起こった。何となく「今の苦しみにも意味があるはず。そういう内容の本を書こうかなと思っている」と口にしてしまったのだ。なぜそんなことを言ったのか、今でもよくわからない。なぜなら、その時わたしが「本当」に感じていたのは真逆のこと、すなわち「わたしの人生はひたすら苦しいだけで、何の意味もなかった」という強烈な自己否定感だったからだ。

それなのに、苦しくて出口が見えないが自分史を書こうと思っていること、自分史の中軸的な主張は「苦しみよ、ありがとう」といったメッセージになるだろうということ……。自分でも思いがけず、そんな言葉を発してしまったのだ（あれは予感だったのか、それとも予知能力だったのだろうか?）。

するとは稲場先生はこんな言葉を返してくれた。

> とても素敵な言葉です。きっと多くの人を励ます本になります。楽しみです。

力強い励ましの言葉を受け、わたしはようやく「とにかく書き始めよう」と決意することができた。

あれからちょうど4か月が過ぎた。この間、「目がよく見えない」という足かせをはめられた状況の中、パソコンの文字拡大機能に助けられながら、死にもの狂いで少しずつ、だが毎日書き続けた。

その結果、わたしの心理や自分自身、あるいは自分の歩みに関する認識に何か変化は起きたのだろうか？

結論を先に言っておこう。わたしのこころには極めて大きな変化が起きた。しかも、それはとてもポジティブな変化だった。

以下、4か月にわたって自分史を執筆する間に、わたしの心理や認識に起こっていった変化を、できるだけ時系列を追って記述していこう。

3 執筆開始直後の試行錯誤

先述したように、執筆を開始した時、わたしの自己は崩壊した状況にあった。前回自分史を書いた時、一度目の鬱をある程度克服しつつあった段階だったこともあり、それまでの歩みの「振り返り」を行う過程で、「（ポジティブな）自分らしさ」を積極的に活用すれば、豊かな人生を送ることができる、そう信じられるようになった。

だが今回再び鬱に陥り、「極度の目の不調」という厳然たる事実を日々突きつけられる状況の中、とても「自分らしく頑張れば大丈夫！」とは思えていなかった。そもそも「頑張ろう」なんて思えない……。1回目の鬱を克服することで得た「教訓」はもろくも崩れ去り、「絶対的、最終的な正解」だと思っていたことが、そうではないことを思い知らされた。「やはりわたしの人生には意味がなかった。どうしたらいいのかわからない。どう考えたところで、何を書いたところで、崩壊した自己を再構築することなどできないだろう」。これが4か月前のわたしの偽らざる心境だった。

ところが、ネガティブな心境のまま、目の状態と相談しながら、わずかな分量の文章でもがむしゃらに書き続けてみると、わたしの気持ちには少しずつ変化が起きていった。最初のうちわたしは、前回の本（『自分らしさ』をこころの中心に）には書けなかった、いくつかの短いエピソードを書いた。大学院生だった時に留学先（チリ）の大学で経験した、学生がお互いの成績を決めるという「あり得ない」授業、前回の鬱の時期にわたしの背中を押してくれた院生とのやりとりなどである。

短い文章でもとにかく書くことができたので、ほんの少しだけ不安が軽減した。するとこんな思いがこころに浮かんできた。「まず書くべきは別のことではないのか？」。前回出版した本では、自分にとって深い意味を持つ、近年におけるいくつかの重要な経験を、全く記述できていなかったからである。

中でも気になっていたのは、わたしの「自分らしさ」と受講生たちの主体性の双方がフルに活かされている、「語り合い」の授業だった。

それは、わたしが1回目の鬱に苦しんでいた時期に始めた授業で、「教員＝ファシリテーター」であるわたし自身を含め、学部生も院生も自分のたどった道のりを深く「さらけ出す」。その過程で、それぞれが抱える悩みが共有され、互いに励まし励まされる。「専門家」ではない「普通の人々」が本気で語り合うことで、ありのままの自分や他者を受け容れる。そして互いに癒され、仲間意識も生まれる。そんな授業である。

毎年この授業を実施する中で、わたしは大きな手ごたえと意義を感じ、自分自身も癒されていたので、以前からこの授業を記述する必要性を明確に認識していた。ただ、参加者の間で極めて複雑な相互作用が発生するので、そのダイナミックな変容のプロセスを生き生きと記述することは、かなり困難な作業になると予想された。それで、今回執筆を開始した時点では、この授業について書く決心がつかなかった。「わかっちゃいるけどしんどすぎる」。

ところが、短いエピソードをいくつか書くことで気持ちが少し落ち着いたためか、自分を叱咤する気持ちがこころに芽生えてきた。「書く優先順位が違うだろう。よく考えろ！」

4 苦しみの中で「語り合い」の授業をつづる

こうして、少し回り道をしたものの、ずっと書かなければいけないと感じていた「語り合い」の授業に関する記述に取りかかった。

まず、授業が誕生した背景と大きな流れ、実際に授業中に生じることがらについて、自分の記憶に基づいて記述した。ところが「授業はこういう流れだったはず、こんな意義があるはず」という自分の印象だけで書いた結果、その内容は実態からかなりずれた「理想論」になっていた。そのことに気づいた経緯はこうだ。

いったん授業を記述したあと、「彩を添える」ための「補足」情報として、受講生たちの口頭コメントの録音を少しだけ参照してみた。ところが、受講生が語っていた内容は、すでに書き上げていた記述の内容とあまり合致していなかった。自分の思い込みで、彼らの思いや経験を反映しない授業の像を、勝手に作り上げてしまっていたのだ。

このズレに気づいた以上、まずやらなければならない仕事ができた。受講生たちの口頭コメントを聞き、一つ一つ文字に起こしていく作業だ。毎年の授業で、受講生は全員3回ずつ「自己を語り」、その都度「コメント発表会」の場でコメントを発表する。ゆえに、年ごとに20名ほどの学生・院生が、それぞれ3分程度の時間をかけて行った3回分のコメントという、大量の音声資料（計200件以上）が手元にはある。

それらのコメントを一つ一つ聞きながら、文字に起こして資料を作る。極度な視力上の困難に起因する鬱状態の中でこの作業を進めるのは、文字通り「地獄の苦しみ」だった。だが、受講生たちのコメントは、その一つ一つに深い思いがこもった「生きた資料」だった。その「豊かさ」に引きずられ、この極限的に苦しい作業を毎日少しずつ続けた。「どんなに苦しくともやらなければ……」。一挙にすべての証言を文字に起こす気力も体力もなかったので、毎日いくつかのコメントを文字に直しては、それらの情報を反映させるべく文章を修正していった。「口頭コメントを聞く⇓文字に起こす⇓文字資料を参照しつつ原稿を修正する」という作業サイクルを、来る日も来る日も繰り返していったのである。

朝起きてから午後の早い時間までに、とにかく少しでも作業を進めなければならない。午後になると、よく見えない目が疲労でさらに見えなくなり、頭も痛くなってくる。すると、もともと乏しいわたしの思考能力はさらに極端に低下する。もう原稿は書けなくなり、不安や自殺願望など、一時的に放牧されていたネガティブな感情たちが群れをなして勢いよく戻ってくる。それでも翌朝になるとまたパソコンに向かい、午前中から午後の早い時間にかけて作業を進める。「自殺しないために書く」。その毎日だった。

だが、授業の「豊かさ」はわたしを執筆に駆り立てると同時に、この作業を極めて困難なものにしていた。「教員＝ファシリテーター」であるわたしの「自分語り」が受講生に影響する。受講生の

「語り」も他の受講生たちに影響を与える。また、わたしの次回の「語り」も彼らの「語り」の影響を受ける。さらに、コメント発表会で発せられるさまざまなコメントも、他の受講生たちやわたしに影響する。半年をかけ、こうした「語り合い」のセッションが3回繰り返され、わたしを含む参加者たちの心理や自己認識、そしてわたしたちの関係は回を追うごとに変化していく。このように幾重にもわたる上方螺旋的な相互作用のダイナミクスを、生き生きとわかりやすく記述しなければならない。言うのはたやすいが、実際に文章で表現するという作業は一筋縄ではいかず、困難を極めた。

それでも、毎日少しずつ書き進めた結果、1か月半が経過した6月初めの時点で、授業に関する記述だけで8万字を超える長さになっていた。そして、受講生たちの発した大量のコメント情報をしっかり参照できた結果、「苦しみの共有」による「癒し」の効果や、相互的カミングアウトを通じた仲間意識の形成など、「語り合い」が受講生たちの心理や自己認識、そして人間関係に及ぼすさまざまな影響が明らかになった。それはこの授業の実践的意義を雄弁に物語っていたものの、その効果や学びはあまりにも多岐にわたっていた。一体どうまとめればよいのか……？「要するにこの授業の意義はこれです」と、一言で結論付けることができなくなってしまったのである。

それから、3週間以上にわたる、文字通り「地獄の苦しみ」ともいえる試行錯誤が始まった。授業の意義に関して、内容上まとまりのある複数の文章の群れ（節）を、どんな順序で並べ、どんな接続表現でつなげば一つの大きな主張に結実するのか？それがわからない……。トライしては挫折し、挫折してはまたトライする。朝食後、意を決してパソコンに向かい、前日書き終えていたファイルを開く。そして節の順番を変えたり、接続的な文章を加筆したり修正したりして、何とか一つの大きな論理の流れを作ろうとする。だがどうやってもうまくいかない。5分もするともう気力が失せ、ギブアップする。昼食後、再び挑戦するがまた5分でダウンする。そのうち目も悲鳴を上げる。もう見えない、書けない、もう考えられない。不安を抱えているのでよく眠れない。睡眠不足が、ただでさえ低いわたしの視力と思考能力にさらにブレーキをかける。悪循環に捕われていたわたしは、この間ずっと軽い吐き気を感じながら作業を続けていた。

来る日も来る日も堂々巡りするだけで、ただ時間が過ぎていく。すでに8万字を超える文章が書けていて、授業の様子やわたし自身の経験に関する記述も、受講生たちのコメントも、情感と学びに満ちあふれている。この授業に「豊かな意味」が存在することはいやというほどわかっている。ゴールは向こうに見えているのに、どうしてもたどり着けない。このまま何もまとめられずに、サバティカル期間が終わってしまうのではないか？

辛い、苦しい、投げ出したい。記述に没頭することで少し忘れかけていた、強烈な自己否定感（弱い自分）が蘇ってきた。「やっぱり自分はダメ人間なのだ。死にたい。辞めたい」。

出口の見えない袋小路に入りこんでいたわたしに、思わぬ人たちから救いの手が差し伸べられた。西山敦子さんと正井佐知さんである。人間科学研究科の博士前期課程（社会学系）を修了された西山さんは、現在、奈良学園大学の保健医療学部で、客員講師として教鞭を取っておられる。また正井さんは、現在、人間科学研究科の博士後期課程に在籍し、博士論文の執筆に向けて研究を重ねておられる。お二人と知り合ったのは一昨年（2018年）の12月のことだった。

その4年前（2014年）の12月中旬、毎年研究科が実施している年末の忘年会でわたしが演奏した時、文化社会学を専門とする山中浩司先生がこう声をかけてくださった。「ぼくもピアノでジャズやフュージョンを弾くんですよ。バンド活動もしていいてね」。この出会いをきっかけに、山中先生は

3年前に研究科で開催されたコンポジウムや2年前の忘年会でご共演くださり、華麗なピアノの腕を披露してくださった。

その山中先生のバンドが一昨年（2018年）末、京都市内のパブで演奏会を開くことになり、わたしは気晴らしも兼ねて妻とともに出かけた。バンドの素晴らしい演奏が終わると、お客さんの一人が我々を車で京都駅まで送ってくださることになったのだが、その車に同乗しておられたのが西山さんと正井さんだった。

駅までの道中で、「ウクレレの弾き語り」や「語り合い」の授業のことをお話すると、お二人は強い興味を示してくださった。そこからお付き合いが始まり、研究室に来ていただいてお話をするようになり、「ウクレレ授業」の最終回に行う受講生たちの発表会にも参加してくださった。

このように、偶然の出会いから知り合っていたお二人に、サバティカル期間中も月に一度お会いし、ウクレレをお教えすることになった。何となくそうなったのだが、わたしの方は、お二人とお話するたびに励まされ、少し元気になれた。そこで目的はともあれ、月に一度お会いすることで、ポジティブなエネルギーをいただけるのではないか、と予感していたのだ。

こうして4月から、わたしの研究室で月一度の「ウクレレ講座」が始まった。本来の目的は「ウクレレを教える・習う」こと（＝音楽活動）であり、わたしが執筆しようとしていた原稿の相談（＝学術活動）ではなかった。だが、ともに音楽を「楽しむ」ことでこころが解放され、気持ちも軽くなる。すると、悩んでいること、迷っていることなどを互いに開示しやすくなる。お二人も、仕事（大学での授業）のことや研究について考えていること、悩んでいることなどを相談してくださった。そのうちにわたしのこころの中で、「このお二人ならいろいろ打ち開けられそうだ」という信頼感が育まれていった。

「語り合い」の授業に関する記述のまとめ方に行き詰まり、苦しんでいた6月24日は、3回目のレッスンの日だった。わたしはレッスンそっちのけで、授業の記述に関する悩みをお二人に相談した。

発表会に向けて打ち合わせを行う学生たち

「ウクレレ授業」の発表会

優秀な院生や若い教員に、「教授」である自分が「学術上の悩みを相談する」ということへのためらいが全くないわけではなかったが、「苦しみ」の方が勝っていた。まさに「鬱のおかげ」である。

「どうまとめたらいいかわからず苦しんでいる」と素直に打ち明けてみると、正井さんがこう言ってくれた。「無理にまとめなくていいんじゃないですか？」と。「目からウロコ」のアドバイスだった。正井さんは、わたしの話から授業そのものの豊かさを感じてくださったようだった。要するに「こういう効果もあり、こういう学びもある」。そんな記述でよいのでは、と。一方西山さんは、勤務先の大学での授業に関し、「語り合い」の授業を参考にしたいと言ってくださった。

正井さんのアドバイスで気が楽になり、西山さんのコメントを聞き「授業のことをもっと具体的に知ってほしい」という前向きの気持ちがわたしのこころに沸き上がった。知ってもらうためにはとにかく草稿を書き上げなければならない！

その夜、正井さんはこんなメールもくださった。

先生から学生へのお悩み相談というのは初めてだったのですが、なぜかわたしも気が楽になりました。（今思えば姿勢がリラックスし過ぎていたので少し反省しています。）
「たくさん、長くしゃべってごめんなさいね」とおっしゃっていましたが、たくさん喋ってくださる方が、わたしには先生の思考のプロセスがより分かってとても勉強になります。

「長くしゃべってごめんなさい」とわたしが言ったのは、ほとんどの時間をウクレレのレッスンではなく、自分が執筆している原稿に関する相談に使ってしまったからだ。

「教授」であっても、論文や著作を執筆する過程で迷ったり悩んだりする。同じ人間なのだ。だが、先生方が試行錯誤するプロセスを具体的に知る機会はあまりないので、どんなに優秀な院生たちでも論文の作成に関して不安を感じている。肉体的・精神的な苦しみを抱え、のたうち回りながら文章を書いていたわたしにとり、お二人に相談したのは必要に駆られてのことだった。だが、「教員が学生に悩む姿を見せてもよい。それも教育なのだ」と背中を押された気がした。2枚目のウロコが目から落ちた。

お二人のコメントで前向きの気持ちになれたわたしは、帰宅するや否や、もう一度原稿に向き合ってみた。無理に「一つの論理の軸にまとめる」という考えは捨て、授業が及ぼすさまざまな効果や学びに関する記述を、可能な範囲でスムーズな論理の流れになるように並べたあと、全体の内容を素直に要約する帰結部分を書き加えた。こうして翌日、できあがった草稿をお二人にお送りし、数週間にわたる「地獄の苦しみ」にようやく一区切りをつけることができた。

それは、執筆前に励ましてくださった稲場先生に、やはりウクレレの練習も兼ね、進捗状況をお伝えする約束をしていた6月26日の前日だった。直前にはなったが、先生にも無事に原稿をお送りすることができたのだ。

すると、翌日研究室でお会いした先生は、開口一番こうコメントしてくださった。「一気に読みました。とても深い内容で感動しました」と。驚いたことに、9万字を超える長さだったにもかかわらず、その夜のうちに原稿を全部読んでくださったのだ！

先生の温かいコメントを受け、わたしのこころには大きな勇気と力が生まれた。「よっしゃ、本当に出版できる気がしてきた。頑張ろう、千葉泉！」と。そしてまた1か月後、進捗状況をご報告する日程も決めた。月に一度、稲場先生にご報告することを目標に、頑張って書き続けるという「二人三脚」での執筆推進計画が確定したのである。

「語り合い」の授業に関する執筆が一段落したところで、報告も兼ね、もう一度原稿の全体的な構成について、三好先生に相談させていただいた。

授業の記述が極めて大変な作業だった上に、それだけで膨大な長さになってしまったので、途中から、授業に関する文章だけを単独のレポートとして出版すれば十分なのではないかと考えるようになっていた。

だがその反面、いざ書き上げてみると、「語り合い」の授業の意義を読者に本当に理解してもらうためには、授業の成立に先立つわたしの数十年にわたる道のりについても、記述する必要があるように思えてきた。

この授業には、随所に「わたしらしい」特徴やわたし自身の試行錯誤の道のりから得た学びが活かされている。とすれば、この授業の生成過程や授業の背後に控える理念・哲学を読者に理解してもらうためにも、これまでの歩みに「全く言及しない」わけにはいかない。

こうして、三好先生に再び相談させていただいた上で、次にすべき作業が明確になった。結局、三好先生や岡部先生がアドバイスしてくださっていたように、わたしの60年間の道のり全体をしっかり振り返って記述すること、つまり「自分史」を執筆するという方針とこころ構えが、この時点でようやく固まったのである。

このように、執筆過程で何度も迷い、立ち止まってしまったわたしが、何とか原稿を書き上げられたのは、温かい他者による促進的な支援を要所要所で受けられたからだった。

5 「鬱」体験の記述による気づき

60年にわたる道のりの中で次に書くべきことは何か。わたしのこころはすでに決まっていた。そう、

11年前から数年にわたってわたしを苦しめ続けた「1回目の鬱」の経験である。「語り合い」授業の記述を進める過程で、1回目の鬱にも、ごく簡潔にではあるが触れざるを得なかった。すでに書いたようにこの授業では、受講生の率直な「語り」を促進するため、教員であるわたしも、3回にわたって自分の歩みを赤裸々に語ることにしている。そしてこの3年間、わたしは自分の一度目の鬱の体験についても率直に語り、受講生たちの「語り」に大きな影響を及ぼしてきた。

前回自伝を執筆した段階では、まだこの体験を記述できる心境ではなく、全く触れることができなかった。だが今回わたしは「語り合い」の授業を記述した。そして1回目の鬱の体験は、わたしがこの授業で果たす役割（「苦悩」や「学び」の当事者であること）に関し、決定的な重みをもつ事実である。また、鬱からの回復の過程で、学生たちとの間に実践していたインフォーマルな「語り合い」の経験も、この授業の成立には大きく寄与している。だからダイジェスト的な説明では不十分だ。なぜ鬱になったのか、どうしてなかなか回復できなかったのか、どんな要因が回復を後押ししたのかなど、鬱の体験そのものについて、別個の章を設けて詳しく記述しなければならない。そう感じたのである。

このように、「語り合い」授業の「よりよい理解・説明」という目的に突き動かされ、鬱の経験について書く決意が固まった。

すでに授業では、パワーポイントのファイルを使い、何度か口頭で語っているので、記述し始める前は、同じ内容をもう少し詳しく書けば済む話だと思っていた。ところが今回、時間をかけてゆっくり振り返り、文字数も時間も、そして気持ちも制限することなく、「思う存分」記述しているうちに、この件に関して忘れていたある重要な事実に気づいた。「視力上の困難」という要因である。

この時の鬱の直接の原因は「メール事件」（第8章参照）だったが、そもそもこの事件が発生した

「背景の一つ」には、わたしが抱えていた「視力上の困難」という要因が存在した。少なくとも、わたし自身は当時そのように感じていた。だが授業における口頭の語りでは、この要因は省略し、あくまでも「わたしの不注意で起こした事件」とだけ説明していた。

もちろん、だからと言って「事件」が正当化できるわけではないし、正当化するために言うのでもない。だが、わたしの「主観」の中では、「視力上の困難」がこの事件が起こった重要な背景の一つだった。そして、この「語るに語れぬ」苦しみ、「やるせない」苦しみ自体が鬱の大きな原因の一つになっていた。今回記述する過程で、そのことを思い出したわたしは、はじめてこの事実をしっかり文字にして刻み、告白することができた。

さらに、この「気づき」がきっかけとなり、「目の不調状況」がすでに高校生時代に始まっていたこと、それ以来40年以上にわたって、常にわたしの気持ちを暗闇に引きずり込み続けてきたことを、改めて明確に自覚した。これまで長年の間、この要因に気づかないふりをし、これまで自分が犯してきたあらゆる失敗や「頑張れなさ」を、「学者や人間としての不適格な資質」という理由だけで説明してきた。とても「苦しい言い訳」をし続けてきたものだ……。そう気づいた。

以上をまとめよう。「語り合い」の授業を記述することで、1回目の鬱の経験について書く必要が生じた。そして鬱体験を詳しく記述する過程で、今度は「視力上の困難」がわたしの人生と心理に与えてきたネガティブな影響を自覚し、この要因を自分史にしっかり反映させようと決意できたのである。

目の不調と手術の失敗を主な原因とする現在（2回目）の鬱状態や絶望感、「やるせなさ」は、この決断、そして「自分史」を修正する作業の、言い方は変だが、「追い風」となった。修正作業を進める過程でそのことに気づいたわたしは、「再度鬱に陥ってしまっている」現在の「ダメな自分」を少し肯定できる気持ちになった。

6　「弱いわたし」の復権

まず、幼少時代から大学生に至るまでの歩みをつづった第2章の末尾で、すでに高校3年生の段階で、まともに「本が読めない」という視力上の困難が始まったこと、そして、この要因ゆえに今日に至るまで40年以上にわたって苦しんできたという根源的な事実を明記した。

またそれ以降の時期に関しても、この要因がわたしの心理や行動を大きく阻害した経験について、それぞれしっかり記述することに決めた。

たとえば大学院時代、はじめてチリに留学した時の経験（第3章）である。前回の自分史では、農村における儀礼で歌いながら楽しんで調査を進めたり、都市の「スラム地区」（ポブラシオン）に住み、さまざまな「あり得ない！」を経験するなど、単に「充実していた時期」として記述していた。だが実際には、「視力上の不調」により、わたしはしばしば、現地にいるのに「引きこもり」の状態に陥っていた。この事実も今回はしっかり記述することができた。書きながら、わたしのこころには当時味わっていた「やるせなさ」や「悔しさ」が蘇ってきた。それと同時に、そんな苦しみを抱えながら、現地調査もポブラシオン滞在もよく頑張ったものだと、少し自分をいたわれる気持ちになった。

また、帰国後、常勤講師として採用されたという連絡を受けた直後に、その職の「辞退」を考えたという、まことに「恥ずかしい」経験がある。これも前回の本では取り上げなかったエピソードだが、今回は「確信犯」的に記述することにした。「客観的」に見れば「非常識」としか見えないこの行動にも、実は学者や研究者を目指す者にとって致命的ともいえる「目の不調状態」(まともに文字が読めない)が決定的に影響していた。それが、この一件に関する「わたしにとっての」真実だった。だが今までは、それを書くことはおろか、口にすることすらできていなかったのだ。

まさに「視力上の困難」を直接の原因とする2回目の鬱に苦しんでいる今だからこそ、この要因を無視するわけにはいかず、その結果、自分史を修正することができた(鬱よ、ありがとう)。そして、これらの出来事を、当時の心理状態も含めてまるごと記述することで、その時その時の自分の行動が実は「理に適っていた」、あるいは少なくとも「仕方がなかった」と受け止められるようになった。

このように、肉体的困難がわたしの心理や行動に及ぼしてきたネガティブな影響を、自分が「実感」しているレベルにおいて記述し切ることで、自分の人生の歩みを「わたしにとって」より真実に近いものに書き換えることができた。

読者のみなさんに共感していただけるかどうかはわからない。単なる「大学教授のたわごと」と思われるのかもしれない。ただ、長きにわたって自分が背負ってきた苦しみの一つを、少なくとも「わたしの主観」に照らし合わせて、「正しく」記述し直すことはできた。言ってみれば、「あらぬ罪」で裁かれそうになっている法廷の場で、自分自身の言葉で自己を弁護することができ、おとしめられていた「弱い自分」を復権させることができたのである。

だが繰り返さねばならない。この自分史の「書き換え」の作業は、わたし一人で実現できたわけではない。サバティカルの取得をご支援くださった志水先生、そして稲場先生や三好先生を筆頭とする

「優しい他者」が、「弱いわたし」も含め、まるごとわたしを受け容れ、温かく寄り添っていてくれた。だからこそ、わたしは自分の「主観」的な思いを、「空気を読む」ことなく存分に吐露することができたのだ。

7 「癒しの技法」としての作曲と「語り合い」の記述

だが、自分史の「書き換え」はこれで終わりではなかった。

1回目の鬱の経験を取り上げたことで、「回復」の過程についても書く必要が生じた。鬱になった経緯やその状況について書いた以上、鬱からの回復を後押しした二つの実践、すなわち、「癒しの技法」としての作曲、および学生たちとの（インフォーマルな）「語り合い」についても記述せざるを得なくなったのである。

まず作曲に関しては、今回はじめてゆっくり考察・分析してみた結果、驚くべきことに気がついた。第9章で見たように、わたしが作曲を始めたのは今から10年以上前の、2009年9月末、そして鬱に陥るきっかけとなった「メール事件」が起きたのは、そのわずか2か月半後（12月中旬）のことだった。以来、今回の鬱も併せると、10年以上にわたってほぼ恒常的な鬱に苦しむ状況の中、わたしは実に70曲を超える歌の数々を創作し続けてきた。

つまり、わたしの作曲人生は、現在にまで至るわたしの鬱の歴史とほぼ重なっていたのである。ゆえに、「作曲」という行為はわたしにとって、否が応でも精神的な治癒、すなわち「癒しの技法」としての観点から考察・分析せざるを得ない。これは驚くほど大きな発見だった。

そこで、鬱になってから自分が作った多くの曲の事例を念頭に、「曲（歌）を作る」という行為がこころを癒すメカニズムや理由を、自分自身の事例に即して分析してみた。その結果、「作曲」がもたらす「癒し」の効果には「創作活動」としての個人的な側面、および創作の結果である「作品」の活用という集団・社会的な側面の二つがあること、そして「創作活動」には、「物理的な作業」と「自己表現」という二つのレベルでの「癒し」の効果があることに気づいた。

わたし自身が患者で、かつ創作者・演奏者でもあるので、いわば「セルフ音楽療法」のプロセスを、患者側・治療者側双方の視点から、行動と心理の二側面に着目し、思う存分詳細に記述することができた。「研究者」、すなわち「他者」によって「分析される対象」としてではなく、当事者（患者）である自分がみずから、作曲という行為の治療的効果を分析したのである。

次に、当時学生との間で実践していたインフォーマルな「語り合い」についても、はじめてじっくり考察してみた。鬱に苦しむわたしが、「必要」に駆られて学生たちに悩みを打ち明けてみると、彼らも自分の悩みを打ち明け返してくれた。その過程で、「相互的なカミングアウト」という行為が「癒し」の効果を生むこと、そして、実践する者同士の間で「人間対人間」という「温かい関係性や空間」が生成すること。「語り合い」授業にも通じることがらを、わたしは無意識のうちに学んでいたのである。

はじめ授業について記述した時、わたしはこの経験には言及しなかった。インフォーマルな「語り合い」の経験が、のちに授業を貫く哲学の一角を構成したという事実に気づいていなかったからである。だが今回、鬱からの回復の経験を深く振り返り、記述する過程で、この因果的連関をはじめて明確に認識した。

多岐にわたる効果や学びを出席者に供する「語り合い」の授業も、決して偶然の産物ではなかった。さまざまな苦しみを経験する中で、涙や汗とともに得ていた学びをこの授業に活かすことができていた。この気づきも、二度目の鬱に苦しむわたしの背中を少し押してくれた。

このように、鬱の経験について自分自身でしっかり分析してみると、気持ちが少しずつ軽くなっていくとともに、本来ネガティブなはずのこの体験からも大切な学びを得ていたこと、つまり鬱体験そのものにも価値があるように思えてきたのである。

8 「強い自分」も「弱い自分」もまるごと受け容れる

4か月前、執筆を開始した時のわたしは、数年前に自伝を書くことで構築できていた自己が崩壊し、全く先が見えない状況だった。だが今回、大きな苦しみの中、さまざまな優しい他者の励ましを受けながら、これまでの自分の歩みを深く振り返り、記述することができた。

目の不調、他者の価値観の内面化による自己否定、勘当、鬱など、わたしには数多くのネガティブな経験があった。だが、単に苦しく、思い出したくないというだけではなく、それらの経験からも、人間や社会に関する大切なことがらをいろいろ学べていた。苦しみながら、でも温かい他者の支援を受け、新たな「自分史」を生み出す過程で、そのことを明確に認識することができた。[38]

そのうちに、鬱に苦しみ、のたうち回っている「弱い自分」にも意味があるようにも思えてきた。今のわたしは、「苦しみ」を「こころの底から実感」している。だからこそ、同じようにさまざまな苦しみを抱える他者に対し、傍観者ではなく「苦しみを共有」する「仲間」として、自然に優しい言葉をかけたり、手をさしのべたいとこころの底から思える。現在の「弱い自分」にも「そういう価値はある」と気づいたのである。

こうして、否定的な感情が緩和されていくとともに、「自分らしさ」に関するわたしの認識も変わっていった。「強い自分」や「トガった自分」を活用し、「自分らしく」活躍できること、喜びを感じられることは素晴らしい。だが、こうした「ポジティブな自分」だけが「自分らしさ」なのではない。「頑張れない自分」、「すぐヘコんでしまう自分」など、「弱い自分」もまた愛すべき自分なのだ。そして「ネガティブな自分」を持ち、それを自覚しているがゆえに、同じように「弱い自分」を持つ世界中のいろいろな人たちとつながれる。「弱い自分」にもそんな価値がある、と。

こうした認識の変化を受け、わたしは最後に、第1章に書いた「自分らしさ」という言葉の定義や説明を修正した。「ポジティブな特徴」も「ネガティブな特徴」も含め、すべてがかけがえのない「自分らしさ」なのだ。だから、「弱い自分」や「ダメな自分」も否定すべきではなく、無理に克服する必要もない。「ポジティブな自分」も「ネガティブな自分」もひっくるめて、まるごと自分を受け容れよう。そう思えるようになったのである。

おわりに――「弱い自分」と生きる

60年あまりにわたる歩みを振り返る長い旅も、ようやく終着点を迎えた。わたしの人生、それは「自分らしさ」をめぐる葛藤と苦悩に満ちた試行錯誤の連続だった。

家族の唱える「学者至上主義」の影響を強く受けたわたしは、長年の間、幼年期に見出していた音楽的な資質を抑え、苦しい気持ちで生きてきた。しかし、さまざまな失敗や挫折を経験しながら、南米チリでの経験を経て、次第に「ポジティブな自分らしさ（強い自分）」を活かすことの素晴らしさに気づいていった。こうして、本来の資質から言えば決して向いていない学術世界でも、「自分らしく」ふるまうことで、生きることに豊かな意味を感じられるようになった。

しかしその後、仕事上のある失敗をきっかけとして数年に及ぶ鬱を患い、とても「自分らしく頑張ろう」などとは思えない状況が延々と続いた。そして現在でも、視力上の困難に起因する2回目の鬱に苦しんでいる。だが、本著を執筆する過程で、この「苦しみに溺れた、頑張れない自分」、すなわち「弱い自分」にもそれなりの意味や価値があることに気づいた。自分は深い苦しみや悲しみを「実感」している。つまり「弱い自分」を抱えている。だからこそ、同じように苦しい経験をした／している他者にも、「傍観者」ではなく、「苦しみを共有」する「仲間」として向き合い、優しい言葉をかけたり、手をさしのべたいと思える。そんな価値だ。

「強い自分」「弱い自分」のそれぞれに意味や価値があると気づくことで、わたしは挫折や苦しみに満ちた自分の歩みを「全体」として肯定することができ、穏やかな気持ちになれた。そして、自分のポジティブな特徴とネガティブな特徴のすべてをひっくるめて、「自分らしさ」なのだと思えるようになった。

「強い自分」を活用し、生き生きと輝けることは素晴らしい。だが「頑張れない自分」「繰り返し失敗する自分」など、「弱い自分」もまた愛すべき自分なのだ。「弱い自分」があるからこそ、同じように「弱い自分」を抱えるいろいろな人たちを、こころの底から「仲間」だと思える。だから、「弱い自分」や「ダメな自分」を否定することも、また無理に克服する必要もない。「ポジティブな自分」も「ネガティブな自分」もひっくるめて、まるごと自分を受け容れよう。そうすれば自然に、他者についても、「ありのままのその人を受け容れたい」という気持ちになる。

「個人化」[39]が進んだ現代社会では、多くの人が悩みや生きづらさを抱えながら生きている。障がい者、外国人移住者、少数民族、ＬＧＢＴなど、マイノリティといわれる人々は、社会的、制度的に不利な状況に置かれ、苦しんでいる。その一方、社会の「マジョリティ」として、充実した人生を送るように見えても、個別の事情により、悩みを抱えている人は多い。自分が抱える「悩み」に明確な「名前」が付いておらず、他者にわかってもらえない。この「わかってもらえなさ」自体が大きな苦しみの原因となる場合も少なくない。

このように、人が抱える苦しみはそれぞれで、必ずしも他者が簡単に理解・共感できるものではない。だが「悩んでいる」、「苦しんでいる」という現実や、その現実が引き起こすネガティブな感情には共通する部分がある。そして「苦悩を実感している」ゆえに、同じように「悩み」を抱える他者とこころが触れ合い、互いに励まし合うこともできる。「悩む」、「苦しむ」という一点において、われわれは他者と一体になれる。決して一人ぼっちではない。

本著の執筆が可能になったのも、「弱いわたし」を否定することなく、丸ごと受け容れてくれる温かい伴走者がいてくれたからだった。だから、わたしも同じように、苦しんでいる他者に寄り添い、丸ごと受け容れ、励ましていこう。そんな決意をこころに刻みながら、わたしは筆を置く。(歌18：「飾らない自分で」)

❖注

▼1　ビオレタ・パラについては千葉（２００３）参照。

▼2　ビクトル・ハラの生涯については、英国人の舞踊家でビクトルの妻だったジョアンの手による伝記（Jara 1983）が詳しい。

▼3　千葉（１９８６）。

▼4　Echevarría（1962）.

▼5　千葉（１９８８）。

▼6　ロス・プリシオネーロス（Los Prisioneros「囚人たち」の意）は、やはりポブラシオン出身者を含むメンバーで結成されたロック・グループで、軍事政権に批判的なメッセージを含む数々の歌を発表し、多くの若者たちから絶大な支持を受けていた。

▼7　サンティアゴで開催されたペロリオについては、千葉（１９９４）を参照。

▼8　コデグア村で行われたペロリオについては、千葉（２００５）、21‐23頁を参照。

▼9　Moesbach（1963）.

▼10　千葉（２００７）（a）。

▼11　「パリン」については、千葉（a）（１９９７）、２１８‐２２１頁を参照。

▼12　「出る」や「去る」を意味するスペイン語の動詞"salir"の、二人称単数（君）に対する標準的な命令形は"sal"である。だがチリでは、直説法現在時制の三人称単数形に当たる"sale"という表現が使われるのが一般的である。「チリ弁」の一つだ。

▼13　この先住民男性の「語り」については、千葉（b）（１９９７）を参照。

▼14　千葉（1999）（a）、千葉（b）（1999）、千葉（a）（2000）。
▼15　千葉（1998）。
▼16　「邪術」の原理に関しては、フレイザーの古典的研究「金枝篇」の「共感呪術」に関する説明が参考になる（フレイザー（1996）、57-125頁）。また、世界各地における呪術的慣習の歴史については、ヒューズ（1990）を参照。
▼17　ケニアのテソ族の社会における呪詛や邪術の機能については、長島（1987）を参照。また、現代ロシアにおける呪術の実践については、藤原（2010）が詳しい。
▼18　現代のチリ中南部における事例については、千葉（2000）（c）を参照。
▼19　世界各地における邪視習俗の歴史や実態については、E・T・エルワージ（1992）が詳しい。
▼20　千葉（1998）（b）、千葉（2000）（b）、千葉（2001）（a）。
▼21　千葉（2002）。
▼22　千葉（2001）。
▼23　この時行った現地調査については、千葉（2007）（b）、430-435頁参照。
▼24　諸富（2008）。
▼25　このシンポジウムにおけるマリアさんの「語り」については、千葉（2006）を参照。
▼26　「自己語り」には、自分の人生を文章につづる、劇として演ずるなど、さまざまな形態が存在する。社会学者の小林は、自己語りの作品（文章、劇）が他者から肯定的な評価を受けると、作者は、作品に語られた自分の生き方や人生そのものが肯定されたように感じることを指摘している（小林（2018）、121、127頁）。この曲の創作を通じて、わたしにも同じことが起こったのである。
▼27　チリの歌い手ビオレタ・パラ（第3章参照）がみずから命を絶つ直前に発表した作品に、"Gracias a la vida"（ありがとう　いのち）という曲がある。「いのちの豊かさ」を讃えるこの名曲の意味が、この頃はじめて「本当に理解」

できたように感じたわたしは、彼女への敬意も込め、同じ意味の日本語をタイトルに冠するオリジナル曲を創作した。

▼28 本書では「鬱」という言葉を、わたし自身の「主観」（自覚）において、「自殺願望を伴う強度の精神的な不安や葛藤が、長期にわたって継続する状態」という意味で使う。ただ、「鬱」の定義に用いられる尺度はさまざまなので、わたしの場合に関して、この言葉を使うことの是非については、読者の判断にお任せしたい。

▼29 「里山の調べ」は、「メール」事件が問題となった3日後、底の見えない絶望感を吐露するためにわたしが創作した曲である。

▼30 「それでも桜は咲く」にはスペイン語版があり、You Tube のサイトで「Aun así el cerezo florecerá」と入力すると検索できる。

▼31 医療人類学の分野では「サファリングの創造性」が指摘されている。苦しみに向き合う中で、これに対処する術や生きるための技法が生み出される、つまり苦しみが「想像の源」になる、というのである（浮ヶ谷幸代（2015）、5、17頁）。

▼32 「自分語り」や「語り合い」というと、臨床領域における「ナラティブ・アプローチ」や「オープンダイアローグ」など、障がい者やドラッグ依存症者など、特定の共通した問題を抱える人々を対象とした治療、あるいは「当事者研究」のように、問題を抱える人々同士による対話の実践を想起させるかもしれない。

だが、そもそもこの授業は、何らかの先行理論や先行的な試みをモデルにしてデザインされたものでも、特定の社会的カテゴリーの人々を対象にしているわけでもない。大学の通常の授業という枠組みの中で、学生たちと対話する過程で、「臨床のしろうと」であるわたしが、自身の実体験から得た学びを生かしながら、試行錯誤を経て生まれていったものである。

そこで、先行研究で使用されている「概念」を安易に借用することは避け、授業の実践の過程で発生するさまざまな出来事や学びを、平易な言葉でていねいに記述し、説明を加えることで浮き彫りにする、という方法を取ることにする。そして、先行的な事例や研究との共通点については、注で言及するにとどめる。

▼33 音楽の持つ「コミュニケーション促進機能」については、千葉（2019）を参照。

▼34 人類学者である片倉もと子さんが、イスラム社会における豊かな時間「ラーハ」を表現するために考案した「ゆとろぎ」（ゆとり＋くつろぎ―りくつ）という言葉にインスピレーションを受け、わたしが創作したオリジナル曲である。

なお以下、受講生たちのコメント（口頭コメントおよびレポートの文章）を適宜掲載する。外国人留学生の発言や彼らが書いた文章には、日本語の規範からするとイレギュラー（誤り）と判断できる部分もあるが、本人の表現を尊重し、そのまま記述する。

▼35 社会学者の野口は、グループ形式で行われる「物語の書き換え」に言及し、「新しい物語」が安定するためには、「周囲の人々の承認と共有」が必要であることを指摘している（野口（2018）（a）、105-106頁）。

▼36 「コンポジウム composium」とは、「コンサート concert」と「シンポジウム simposium」を混ぜ合わせた言葉で、東京大学の安冨歩教授（東洋文化研究所）の考案による造語である。なお、人間科学研究科の同僚の先生方とともにわたしが実施してきたコンポジウムについては、岡部・千葉・稲場・中道・中山・山田・上林・新谷（2015）、千葉（2018）を参照。

▼37 千葉（2014）。

▼38 精神障がいの当事者の活動施設である「べてるの家」における実践では、精神の病を抱える「当事者」たちが、みずから「自分の状況を〈研究対象〉にする」ことで、その問題に対する余裕と距離感を感じながら、同じように生きづらさを抱える他者と連帯し、その問題が、「公共性」を獲得するための資源として、むしろポジティブに認識される、という利点や特徴が指摘されている（野口（2018）（b）、249-252頁）。

▼39 野口（a）（2018）、55-59。

❖ 参考文献

日本語文献

エル・ワージ・E・T、奥西俊介訳（1992）『邪視』紀伊国屋書店。

浮々谷幸代編（2015）「サファリングは創造性の源泉になりうるか？」浮々谷幸代編『苦悩とケアの人類学——サファリングは創造性の源泉になりうるか？』世界思想社、1-21頁。

岡部・千葉・稲場・中道・中山・山田・上林・新谷（2015）「人間科学による一つの狂詩曲——人間科学研究科による利他コンポジウムの報告」『未来共生学』4、357-385頁。

小林多寿子（2018）「自己を語ること・人生を書くこと——ともに書く自分史の世界」小林多寿子・浅野智彦『自己語りの社会史』新曜社、107-133頁。

千葉泉（1986）「チリのデシマ（十行詩）——民衆の歌う教養詩」『地域研究』4、21-46頁。

千葉泉（1988）「チリにおける宗教民謡『カント・ア・ロ・ディビーノ』——スペインの『教養』詩の詩型を同化したチリ農民」『地域研究誌』東京外国語大学大学院地域研究研究会、6、75-106頁。

千葉泉（1994）「現代チリにおける幼児の葬儀『ベロリオ・デ・アンヘリート』——サンティアゴの事例」『大阪外国語大学論集』11、203-219頁。

千葉泉（1997）（a）「マチと夢と銀細工——チリ先住民伝統医療師の現状」『大阪外国語大学論集』17、203-230頁。

千葉泉（1997）（b）「マプーチェ歴史伝承、ラウタロ区（1）——フアン・コネヘーロの語る『征服』と『平定』」*Estudios Hispánicos*, 22、95-112頁。

千葉泉（1998）（a）『馬に乗ったマプーチェの神々——チリ先住民文化の変遷』大阪外国語大学学術研究双書19、

２１８頁。

千葉泉（１９９８）（b）「『マチ』の証言：ルマコ区（１）――エウダリア・ライマンの場合」『大阪外国語大学論集』19、２３３-２５９頁。

千葉泉（１９９８）（c）「『マチ』の証言：ルマコ区（１）――エウダリア・ライマンの場合〈２〉」Estudios Hispánicos, 23、99-１１２頁。

千葉泉（１９９９）（a）「マプーチェ歴史伝承、チョルチョル地区（１）――ロサ・バーラ・カユルの語る『平定』」『大阪外国語大学論集』21、１９３-２１５頁。

千葉泉（１９９９）（b）「マプーチェ歴史伝承、ラウタロ区（２）――ドン・フランシスコ・ミジャレンの語る「征服」と「平定」」Estudios Hispánicos, 24、１０１-１２２頁。

千葉泉（２０００）（a）「マプーチェ歴史伝承：トライゲン区（１）――ホセ・カディン・ピチュンが語る「平定」と土地闘争」『大阪外国語大学論集』23、41-66頁。

千葉泉（２０００）（b）『『マチ』の証言：トライゲン区（１）――メレヒルダ・ウェンテラオの場合」『大阪外国語大学論集』24、１-26頁。

千葉泉（２０００）（c）「チリ南部の民間医療に見る異文化接触――ある白人系患者の証言（１）」Estudios Hispánicos, 25、１３９-１５４頁。

千葉泉（２００１）（a）「現代チリにおけるある先住民のシャーマン召命（１）――オスカル・レピラオ・グアハルドの証言」『大阪外国語大学論集』25、１-26頁。

千葉泉（２００１）（b）「現代チリにおける『邪視』習俗に関する証言：ニンウェ区（１）――エラスモ・ラミレス氏の事例」Estudios Hispánicos, 26、２０５-２２１頁。

千葉泉（２００２）「現代チリにおける『邪視』習俗に関する証言：ニンウェ区（２）――モニカ・パーラさんの事例」

Estudios Hispánicos, 27、101-122頁。

千葉泉（2003）「ビオレタ・パラ――チリの野辺に咲いた普遍（コスモポリタン）の花」加藤・高橋編『ラテンアメリカの女性群像』イスパニア群像11、行路社、243-257頁。

千葉泉（2005）「『祝祭』から『昇華儀礼』へ――チリ中央部における幼児葬礼の変遷」『大阪外国語大学論集』31、1-27頁。

千葉泉（2006）「暴力と貧困に立ち向かう――軍政下のスラムを生きた女たち」大阪外国語大学グローバル・ダイアログ研究会（代表：武田佐知子）『痛みと怒り――圧制を生き抜いた女性のオーラル・ヒストリー』明石書店、36-57頁。

千葉泉（2007）（a）「チリ⑪マプーチェ――異文化を駆使して民族の復権をめざす『大地の人々』」『講座 世界の先住民族――ファースト・ピープルズの現在 8 中米・カリブ海、南米』明石書店、205-221頁。

千葉泉（2007）（b）「チリにおける農業と国際協力」酒井正人・鈴木紀・松本栄次編『朝倉世界チリ講座――大地と人間の物語』14、朝倉書店、428-436頁。

千葉泉（2014）『「自分らしさ」をこころの中心に』多文化共生を考える会。

千葉泉（2018）「音楽を通じた『実感』としての共生経験――先生方とともに創り上げたコンポジウム」『共生学ジャーナル』3、167-181頁。

千葉泉（2019）「音楽を感じる」入戸野宏・綿村英一郎編『シリーズ人間科学』3、239-267頁。

長島信弘（1987）『死と病いの民族誌――ケニア・テソ族の災因論』岩波書店。

野口裕二（2018）（a）『ナラティブと共同性――自助グループ・当事者研究・オープンダイアローグ』青土社。

野口裕二（2018）（b）「当事者研究が生み出す自己」小林多寿子・浅野智彦『自己語りの社会史』新曜社、249-267頁。

ヒューズ、P・（早乙女忠訳）（１９９０）『呪術――魔女と異端の歴史』筑摩書房。

藤原潤子（２０１０）『呪われたナターシャ』人文書院。

フレイザー（永橋卓介訳）（１９９６）『金枝篇』1、岩波書店。

諸富祥彦（２００８）『カール・ロジャーズ入門――自分が〝自分〟になるということ』コスモス・ライブラリー。

外国語文献

Echevarría, Juan Uribe (1962). *CANTOS a lo divino y a lo humano en Aculeo*, Folklor de la Provincia de Santiago, Editorial Universitaria S.A., Santiago,173p.
Jara, Joan (1983). *VICTOR JARA: UN CANTO TRUNCADO*, EDITORIAL ARGOS VERGARA, S.A., Barcelona.
Moesbach, Ernesto de (1963). *Idioma Mapuche*, Chile: Imprenta y Editorial "San Francisco", Padre Las Casas.

・４、７：チリの伝承曲、演奏＝千葉泉
・５：チリの伝承曲、ただし歌詞はホルヘ・セスペデス氏の作、伴奏楽器はチリの 25 弦ギター「ギタロン guitarrón、演奏＝千葉泉」
・４、５、7 以外の全曲：作詞作曲・編曲・演奏・録音＝千葉泉

ただし
・１、11：パーカッション＝田中良太
・12：笛（竹笛、ケーナ、サンポーニャ）＝岸本タロー、
　バイオリン＝熊澤洋子、パーカッション＝田中良太
・15：ケーナ＝岸本タロー、バイオリン＝熊澤洋子、
　パーカッション＝田中良太
・18：バイオリン＝熊澤洋子

挿入歌リスト

これら 18 曲の「挿入歌」のすべてを、明石書店ホームページ（https://www.akashi.co.jp/）の本書紹介ページで聴くことができます。あわせて、歌詞も（スペイン語の歌は日本語訳も）記載しています。

1.「¡Ole, hola！　オレ・オラ！」（はじめに）
2.「嵐にざわめく幾万の花」（第１章）
3.「Un vals para Víctor Jara　ビクトル・ハラに捧げるワルツ」（第２章）
4.「Verso por nacimiento　イエス生誕の詩――『アクレオ節』で」（第３章）
5.「Despedimento de angelito　アンヘリートのお別れ――『コムン節』で」（第４章）
6.「¡Que viva la amistad!　友情ばんざい！」（第５章）
7.「Quien canta su mal espanta」（第６章）
8.「Cantando y bailando　歌って踊って」（第７章）
9.「ありがとう　いのち」（第７章）
10.「里山の調べ」（第８章）
11.「輝く明日のために」（第８章）
12.「それでも桜は咲く」（第８章）
13.「暗闇の中で」（第９章）
14.「何とかなるさ」（第９章）
15.「ゆとろぎの灯（ともしび）」（第 10 章）
16.「夢連れづれに」（第 10 章）
17.「乾杯！乾杯！」（第 11 章）
18.「飾らない自分で」（おわりに）

[著者略歴]

千葉 泉（ちば いずみ）
所属：大阪外国語大学を経て、現在、大阪大学大学院人間科学研究科教授。
専門：ラテンアメリカ地域研究、「自分らしさ」活用学、音楽的コミュニケーション学。主な著書・論文：『馬に乗ったマプーチェの神々——チリ先住民社会の変遷』大阪外国語大学学術双書 19 号、1998 年。「『自分らしさ』を中心に据える——私が中南米の歌をうたう理由」『東洋文化』89、東京大学東洋文化研究所、2009 年、41-65 頁。「音楽を感じる」入戸野宏・綿村英一郎編『シリーズ人間科学 3——感じる』大阪大学出版会、2019 年、239-267 頁。大阪大学生協学生委員会が 2017 年に機関紙『Handai Walker』で実施したアンケートで、「大阪大学でいっちゃんおもろい教授」に選ばれた。

“研究者失格”のわたしが
阪大でいっちゃんおもろい教授になるまで
——弱さと向き合い、自分らしく学問する

2020 年 3 月 21 日　初版 第 1 刷発行

著　者　千　葉　　泉
発行者　大　江　道　雅
発行所　株式会社 明石書店
〒 101-0021 東京都千代田区外神田 6-9-5
電話 03（5818）1171
FAX 03（5818）1174
振替　00100-7-24505
http://www.akashi.co.jp/

進　行　寺澤正好
組　版　デルタネットデザイン
装　画　ゆう
装　丁　明石書店デザイン室
印　刷　株式会社文化カラー印刷
製　本　協栄製本株式会社

（定価はカバーに表示してあります）　ISBN978-4-7503-4994-7

痛みと怒り 圧政を生き抜いた女性のオーラル・ヒストリー
大阪外国語大学グローバル・ダイアログ研究会編 ◎1800円

中米・カリブ海、南米
講座 世界の先住民族―ファースト・ピープルズの現在8
綾部恒雄監修 黒田悦子、木村秀雄編 ◎4800円

震災復興と宗教
叢書 宗教とソーシャル・キャピタル4
稲場圭信、黒崎浩行編著 ◎2500円

未来を創る人権教育 大阪・松原発 学校と地域をつなぐ実践
志水宏吉、島善信編著 ◎2500円

学力政策の比較社会学【国際編】 PISAは各国に何をもたらしたか
志水宏吉、鈴木勇編著 ◎3800円

学力政策の比較社会学【国内編】 全国学力テストは都道府県に何をもたらしたか
志水宏吉、高田一宏編著 ◎3800円

日本の外国人学校 トランスナショナリティをめぐる教育政策の課題
志水宏吉、中島智子、鍛治致編著 ◎4500円

高校を生きるニューカマー 大阪府立高校にみる教育支援
志水宏吉編著 ◎2500円

ニューカマーと教育 学校文化とエスニシティの葛藤をめぐって
【オンデマンド版】 志水宏吉、清水睦美編著 ◎3500円

「往還する人々」の教育戦略 グローバル社会を生きる家族と公教育の課題
志水宏吉、山本ベバリーアン、鍛治致、ハヤシザキカズヒコ編著 ◎3000円

シリーズ・学力格差【全4巻】
志水宏吉監修 ◎各巻2800円

南三陸発！ 志津川小学校避難所 59日間の物語 ～未来へのメッセージ～

志津川小学校避難所自治会記録保存プロジェクト実行委員会、志水宏吉・大阪大学未来共生プログラム編 ◎1200円

アジア現代女性史【全10巻】
藤目ゆき監修

日仏比較 変容する社会と教育
園山大祐、ジャン＝フランソワ・サブレ編著 ◎4200円

現代フランスにおける移民の子孫たち
都市・社会統合・アイデンティティの社会学
エマニュエル・サンテリ著 園山大祐監修 村上一基訳 ◎2200円

新自由主義的な教育改革と学校文化
大阪の改革に関する批判的教育研究
濱元伸彦、原田琢也編著 ◎3800円

〈価格は本体価格です〉